COLLECTION FOLIO

Jorge Luis Borges

Livre de préfaces

Traduit de l'espagnol
par Françoise Rosset

SUIVI DE

Essai d'autobiographie

Traduit de l'anglais
par Michel Seymour Tripier

Gallimard

Titres originaux :

PRÓLOGOS CON UN PRÓLOGO DE PRÓLOGOS
AN AUTOBIOGRAPHICAL ESSAY

Né en 1899 à Buenos Aires, Jorge Luis Borges est mort à Genève le 14 juin 1986. Après des études secondaires en Suisse, où la Grande Guerre le surprend avec sa famille, il s'installe en Espagne où il adhère au mouvement ultraïste. Dès son retour en Argentine, il fonde une revue et, en 1923, publie son premier recueil de poèmes.

En 1938, après la mort de son père, il accepte un emploi dans une bibliothèque municipale de la banlieue de Buenos Aires. Huit ans plus tard, il perd son poste. La chute du gouvernement péroniste en 1955 lui permet d'être nommé directeur de la Bibliothèque nationale et professeur à la Faculté des Lettres. Il est élu membre de l'Académie argentine des Lettres, voyage fréquemment aux Etats-Unis, en Europe, au Japon où il donne de nombreuses conférences et dirige des séminaires d'études.

Conteur, essayiste, il est reconnu comme l'un des maîtres de la littérature du XXe siècle. Toute son œuvre est maintenant traduite en langue française et ses recueils de nouvelles — *Fictions, L'Aleph, Le Livre de sable* — ainsi que ses livres de poèmes et ses essais — *Discussion, Enquêtes* — s'inscrivent déjà comme des classiques dans la littérature contemporaine.

Né en 1899 à Buenos Aires, Jorge Luis Borges est mort à Genève le 14 juin 1986. Après des études secondaires en Suisse, où sa [illegible] [illegible] avec sa famille, il [illegible] en Espagne où il adhère au mouvement ultraïste. Dès son retour en Argentine, il fonde une revue et, en 1923, publie son premier recueil de poèmes.

En 1938, après la mort de son père, il accepte un emploi dans une bibliothèque municipale de la banlieue de Buenos Aires. Huit ans plus tard, il en est renvoyé par [illegible]. La chute du gouvernement péroniste en 1955 lui permet d'être nommé directeur de la Bibliothèque nationale et professeur à la faculté des Lettres. Il est élu membre de l'Académie argentine des Lettres. [illegible] premiers voyages aux États-Unis, en Europe, au Japon où il donne de nombreuses conférences et dirige des séminaires d'étude.

Conteur, essayiste, il est reconnu comme l'un des maîtres de la littérature du XXe siècle. [illegible] son œuvre [illegible] en langue française ses recueils de nouvelles — *Fictions*, *L'Aleph*, [illegible] — ainsi que des livres de poèmes et d'essais — *Histoire de l'infamie*, *Enquêtes* — s'imposent déjà comme des classiques de la littérature contemporaine.

Livre de préfaces

PRÉFACE DES PRÉFACES

Je crois inutile de préciser que cette « Préface des Préfaces » n'est pas un superlatif venu de l'hébreu comme le Cantique des Cantiques, la Nuit des Nuits ou le Roi des Rois. Il s'agit simplement d'une page d'introduction à un ensemble de préfaces choisies par l'éditeur Torres Agüero et dont les dates s'échelonnent de 1923 à 1974. Une sorte de préface élevée dirions-nous à la puissance deux.

Vers 1926 je commis un livre d'essais — dont je veux oublier le nom — que Valery Larbaud, sans doute pour faire plaisir à notre ami comun Güiraldes, vanta pour la variété de ses thèmes qu'il jugea être le propre d'un auteur sud-américain. Cette constatation repose sur un fait historique. Au Congrès de Tucumán, nous avions décidé de cesser d'être espagnols ; notre devoir était de fonder, comme les Etats-Unis, une tradition qui nous fût propre. Rechercher cette tradition dans le pays dont nous venions de nous couper aurait été un évident contresens ; la rechercher dans une hypothétique culture indigène aurait été non seulement impossible mais absurde. Nous nous sommes tournés, fatalement, vers l'Europe et plus particulièrement vers la France (Poe lui-même, qui était américain, n'était arrivé jusqu'à nous qu'à travers Baudelaire et Mallarmé). En dehors du sang et du langage qui sont eux aussi des traditions, c'est la France, plus qu'aucune autre nation, qui nous a marqués. Le modernisme, dont les deux capitales — au dire de Max Henriquez Ureña — furent Mexico et Buenos Aires, a renouvelé les diverses littératures qui ont pour langage commun l'espagnol, mais il est inconcevable sans Hugo et sans Verlaine. Par la suite ce modernisme allait traverser l'océan et inspirer en Espagne d'illustres poètes. Dans mon enfance, ignorer le français c'était presque être un analphabète. Au fil des années nous sommes passés du français à l'anglais et de l'anglais à l'ignorance, y compris celle même du castillan.

En achevant la révision de ce présent ouvrage je m'aperçois qu'il est aussi éclectique que mon premier recueil, aujourd'hui à si juste titre oublié. La fumée et le feu de Carlyle, père du nazisme, les récits d'un Cervantes n'ayant pas encore fini de rêver au second Quichotte, le mythe génial de Facundo, l'immense voix continentale de Walt Whitman, les aimables artifices de Valéry, l'échiquier onirique de Lewis Carroll, les éléatiques atermoiements de Kafka, les cieux concrets de Swedenborg, le bruit et la fureur de Macbeth, la mystique souriante de Macedonio Fernández et celle, désespérée, d'Almafuerte ont ici leur écho. J'ai relu attentivement mes textes et, l'homme d'aujourd'hui n'étant plus l'homme d'hier, je me suis permis d'ajouter des notes qui confirment ou réfutent certains passages.

Personne n'a encore, que je sache, formulé une technique de la préface. Cette lacune n'est pas grave, étant donné que nous savons tous de quoi il s'agit. La préface, la plupart du temps, hélas ! ressemble à un discours de fin de banquet ou à une oraison funèbre et elle abonde en hyperboles gratuites que le lecteur qui n'est pas dupe prend pour de simples clauses de style. Mais il y a des cas où la préface — rappelons-nous la remarquable étude que Wordsworth plaça en tête de la deuxième édition de ses Lyrical Ballads *— expose et commente une esthétique. La préface de Montaigne à ses* Essais, *émue et laconique, est la plus belle page de ce livre admirable. Celle de bien des ouvrages que le temps n'a pas voulu oublier fait corps avec le texte. Dans les* Mille et Une Nuits *— ou, comme le* *veut Burton, dans* le Livre des Mille Nuits et Une Nuit — *la fable initiale du roi qui fait décapiter sa reine chaque matin n'est pas moins merveilleuse que celles qui suivent ; le défilé des pèlerins qui raconteront, au cours de leur pieuse chevauchée, les disparates* Contes de Canterbury, *a été généralement considéré comme le récit le plus vivant de tout le recueil. Sur les tréteaux élisabéthains, le « prologue » était l'acteur qui annonçait le sujet du drame. Je serais tenté de mentionner aussi les invocations rituelles de l'épopée : l'*Arma virumque cano, *que Camoëns reprit avec tant de bonheur :*

As Armas e os Baroes assignalados...

Une préface, quand elle est réussie, n'est pas une manière de toast ; c'est une forme latérale de la critique. Je ne sais quel jugement favorable ou défavorable mériteront les miennes, qui groupent tant d'opinions sur tant d'années.

La relecture de ces pages oubliées m'a amené à imaginer le blan d'un autre livre, plus original et meilleur, que je propose à qui voudra l'écrire. Je pense qu'il exige une plume plus habile que la mienne et une ténacité qui m'a quitté. Carlyle, vers 1830, imagina dans son Sartor Resartus *qu'un certain professeur allemand avait fait imprimer un savant ouvrage sur la philosophie du vêtement et il en traduisit des extraits et les commenta, non sans formuler quelques réserves. Le livre auquel je pense aujourd'hui relève de ce même genre. Il consisterait en une série de prologues de livres qui n'existent pas. Il abonderait en citations caractéristiques de ces œuvres possibles. Il y a des sujets qui se prêtent moins bien à l'écriture laborieuse qu'aux flâneries de l'imagination et au dialogue indulgent ; de tels sujets seraient la substance impalpable de ces pages qu'on n'écrira pas. Nous pourrions préfacer, par exemple, un Quichotte ou Quijano qui ne saurait jamais s'il est un pauvre homme qui rêve qu'il est un paladin entouré de sorciers, ou s'il est un paladin entouré de sorciers qui rêve qu'il est un pauvre homme. Il faudrait, bien entendu, éviter la parodie et la satire, et les intrigues seraient celles-là mêmes que notre esprit accepte et désire.*

J.L.B.

Buenos Aires, 26 novembre 1974.

Prose et poésie d'Almafuerte

(1962)

Il y a un peu plus d'un demi-siècle, un jeune homme d'Entre Rios, qui venait à la maison tous les dimanches, nous récita dans le bureau de mon père, sous les globes bleutés de l'éclairage au gaz, une tirade en vers peut-être interminable mais certainement incompréhensible. Cet ami de mes parents était poète et il puisait de préférence son inspiration parmi la population pauvre de notre quartier; mais le poème qu'il nous récita ce soir-là n'était pas de lui et il semblait en quelque sorte refléter le monde entier. Il est possible que les circonstances que je viens d'évoquer ne soient pas tout à fait exactes; ce n'était peut-être pas un dimanche mais un samedi et la lumière électrique avait peut-être déjà remplacé le gaz d'éclairage. Ce dont je suis sûr c'est de la brusque révélation que furent pour moi ces vers. Jusqu'à ce soir-là, le langage n'avait été rien d'autre pour moi qu'un moyen de communication, qu'un mécanisme quotidien de signes; les vers d'Almafuerte qu'Evaristo Carriego venait de nous réciter me révélèrent qu'il pouvait être aussi une musique, une passion et un rêve. Housman a écrit que la poésie est quelque chose qu'on ressent physiquement, dans sa chair et dans son sang; je dois à Almafuerte ma première expérience de cette étrange fièvre magique. D'autres poètes et d'autres langages obscurcirent ou estompèrent par la suite cette impression ; Hugo fut effacé par Whitman et Liliencron par Yeats, mais j'ai évoqué Almafuerte sur les bords du Guadalquivir et sur les bords du Rhône.

Les défauts d'Almafuerte sont évidents et lui font côtoyer à tout instant la parodie ; mais nous ne pouvons mettre en doute l'inexplicable force de son art poétique. Ce paradoxe, ou ce problème, d'une qualité profonde, se frayant un chemin à travers une forme parfois vulgaire m'a toujours intéressé ; parmi les ouvrages que je n'ai pas écrits et n'écrirai jamais, mais qui en quelque sorte me justifient, ne serait-ce qu'au plan de l'illusion ou de l'idéal, il en est un que l'on pourrait intituler *Théorie d'Almafuerte*. Des brouillons d'une encre passée prouvent que je songe à ce livre hypothétique depuis 1932. Il comporte, si l'on peut dire, une centaine de pages in-octavo ; l'imaginer de façon plus précise serait le transformer indûment en fantôme. Personne ne doit se plaindre de sa non-existence ou de ce qu'il n'existe que dans le monde immobile et étrange que constitue le domaine des possibilités ; le résumé que je vais en donner ressemblera au souvenir que laisse, après des années, la lecture d'un long ouvrage. Et puis sa condition de livre non écrit lui convient singulièrement : le sujet traité est moins la lettre que l'esprit d'un auteur, il s'agit moins d'accompagner l'œuvre d'annotations que de connotations. La théorie générale d'Almafuerte est précédée d'une hypothèse particulière sur Pedro Bonifacio Palacios. L'étude (je m'empresse de l'affirmer) peut se passer de l'hypothèse.

On sait que Palacios, durant toute sa vie, fut un homme chaste. L'amour et le bonheur ordinaire des hommes semblent avoir suscité chez lui une sorte d'horreur sacrée qui prenait la forme du mépris ou de la sévère réprobation. Sur ce point, le lecteur peut se reporter à la polémique de Bonastre (*Almafuerte*, 1920) et la réfutation (*Almafuerte y Zoilo*, 1920) que tenta d'en faire Antonio Herrero. D'ailleurs, le témoignage personnel d'Almafuerte vaut mieux que toute discussion ; relisons donc les strophes qui terminent le premier poème qu'il composa, intitulé *En el abismo* (Au fond de l'abîme) :

Yo soy de tal condición
Que me habrás de maldecir,
porque tendrás que vivir
en eterna humillación.
Soy el alma, la visión,
el hermano de Luzbel,
que imponente como él,
como él blasfema y grita.
¡ Sobre mi testa gravita
la maldición del laurel !
Yo soy un palmar plantado
sobre cal y pedregullo :
la floración del orgullo,
del orgullo sublimado.
Soy un esporo lanzado
tras la procesión astral ;
vil chorlo del pajonal
que al par del águila vuela...
¡ Sombra de sombra que anhela
ser una sombra inmortal !
Yo, cada vez que me río,
pienso que ríe algún otro,
y cual si domase un potro
no me trato como a mío.

Soy la expresión del vacío,
de lo infecundo y lo yerto,
como ese polvo desierto
donde toda hierba muere...
¡ Yo soy un muerto que quiere
que no lo tengan por muerto [1] *!*

Ce qui importe, bien au-delà des malheurs évoqués dans ce poème, c'est l'acceptation courageuse de ces malheurs.

D'autres — Boileau, Kropotkine, Swift — connurent cette solitude qui entoura Palacios ; personne n'a conçu comme lui une doctrine générale, une défense et une mystique de la frustration. J'ai signalé la solitude fondamentale d'Almafuerte ; ce dernier parvint à se

1. Je suis de condition telle
qu'il te faudra me maudire,
car tu auras à vivre
une éternelle humiliation.
Je suis l'âme, l'apparence,
le frère de Lucifer
qui, terrible comme lui,
comme lui blasphème et crie.
Autour de ma tête gravite
la malédiction du laurier !
Je suis une palmeraie plantée
sur du calcaire et du gravier ·
la floraison de l'orgueil,
de l'orgueil sublimé.
Je suis une graine lancée
à la poursuite des étoiles ;
un vil étourneau des champs
qui prétend voler comme l'aigle ..
Ombre d'ombre qui se veut
être une ombre immortelle !
Et moi, chaque fois que je ris,
je pense que c'est un autre qui rit,
et comme si je domptais un poulain
je crois agir sur un autre que moi.
Je suis l'expression du vide,
de l'infécond et de l'inanimé
comme cette poussière déserte
où toute herbe se meurt...
Je suis un mort qui ne veut pas
qu'on le prenne pour un mort !

convaincre que l'échec n'était pas un stigmate qui lui fût personnel mais le destin propre et final de tous les hommes. Il a écrit par exemple : « *Le bonheur* humain n'est pas inscrit dans les desseins de Dieu » et : « Ne demande que la justice, mais mieux vaut encore ne rien demander » et encore : « Méprise tout, car tout est conscient de sa condition méprisable [1]. » Le pessimisme pur d'Almafuerte dépasse celui de l'*Ecclésiaste* et celui de Marc Aurèle ; ces derniers vilipendent le monde mais louent et admirent l'homme juste, qui est à la ressemblance de Dieu. Il n'en va pas ainsi chez Almafuerte pour qui la vertu est un hasard né des forces de l'univers.

Yo repudié al feliz, al potentado,
Al honesto, al armónico y al fuerte...
¡ Porque pensé que les tocó la suerte,
Como a cualquier tahúr afortunado [2] *!*

nous dit-il dans *El misionero.*

Spinoza condamna le repentir, y voyant une forme de la tristesse ; Almafuerte condamna le pardon. Il le condamna pour ce qu'il comporte de suffisance, de condescendance hautaine, de témérité à se vouloir un Jugement dernier porté par un homme sur un autre homme :

Cuando el Hijo de Dios, el Inefable,
Perdonó desde el Gólgota al perverso...

1. Blake avait écrit de même : « Ce que l'air est à l'oiseau ou la mer à un poisson, le mépris l'est aux êtres méprisables. » *Mariage du Ciel et de l'Enfer*, 1793.

2. J'ai renié l'homme heureux, le potentat,
l'homme honnête, l'homme équilibré, l'homme fort...
car j'ai pensé que la chance leur avait souri
comme à n'importe quel tricheur que le sort favorise !

¡ Puso, sobre la faz del Universo,
La más horrible injuria imaginable[1] *!*

Plus explicites encore sont ces deux vers :

... No soy el Cristo-Dios, que te perdona.
¡ Soy un Cristo mejor : soy el que te ama[2] *!*

Almafuerte, pour mieux compatir, aurait voulu être aussi aveugle que l'aveugle, aussi infirme que l'infirme et — pourquoi pas ? — aussi infâme que l'infâme. Il avait le sentiment, nous l'avons déjà dit, que la frustration était le but final de toute destinée ; plus un homme tombe bas, plus il est grand ; plus il est humilié, plus il est admirable ; plus il est abject, plus il ressemble à cet univers qui n'est certainement pas moral. Il put donc écrire en toute sincérité :

Yo veneré, genial de servilismo,
En aquél que por fin cayó del todo,
La cruz irredimible de su lodo,
La noche inalumbrable de su abismo[3].

Dans un autre passage du même poème, il dit de l'assassin :

¿ Dónde oculta sus pálpitos de lobo ?
¿ Dónde esgrime su trágica energía ?

1. Quand le fils de Dieu, l'Ineffable,
Pardonna du haut du Golgotha au pervers...
Il marqua la face de l'Univers
De la plus horrible injure imaginable !
2. ... Je ne suis pas le Christ-Roi qui te pardonne.
Je suis un Christ meilleur : je suis celui qui t'aime !
3. J'ai vénéré, dans un servilisme génial,
Chez celui qui est tombé au plus bas,
La croix sans rachat de sa fange,
La nuit sans étoiles de son abîme.

¡ Para ponerme yo como vigía
Mientras urde su crimen y su robo[1] *!*

Du poème « *Dios te salve* » (Dieu te sauve) qui ébauche ou préfigure la même idée, qu'il me suffise de citer les derniers vers :

Al que sufre noche y día
— Y en la noche hasta durmiendo —
La noción de sus miserias,
La gran cruz de su pasión :
Yo le agacho mi cabeza, yo le doblo mis rodillas
Yo le beso las dos plantas, yo le digo : ¡ Dios te salve !
¡ Cristo negro, santo hediondo, Job por dentro,
Vaso infame del Dolor[2] *!*

Almafuerte aurait dû vivre à une époque adverse. Aux débuts de l'ère chrétienne, en Asie Mineure ou à Alexandrie, il eût été un hérésiarque, rêvant à de secrètes rédemptions et ourdissant des formules magiques ; en pleine barbarie, un prophète chez les pasteurs et les guerriers, un Antonio Conselheiro[3], un Maho-

1. Où cache-t-il ses palpitations de loup ?
Sur quoi porte-t-il sa tragique énergie ?
Que j'aille me poster en vigie
Tandis qu'il ourdit son crime et sa rapine !
2. Devant celui qui souffre nuit et jour
— Et même la nuit quand il repose —
De connaître ses misères,
De la grande croix de sa passion :
Je m'incline, je m'agenouille
Je lui baise les pieds et lui dis : Dieu te sauve !
Christ noir, saint puant, âme de Job,
Urne infâme de la Douleur !

3. Euclydes da Cunha (*Os sertoes*, 1902) raconte que pour Conselheiro, prophète des « *sertanejos* » du Nord, la vertu « était un reflet supérieur de la vanité, presque une impiété ». Almafuerte

met ; en pleine civilisation, un Butler ou un Nietzsche. Le destin lui départit les faubourgs de la province de Buenos Aires ; l'enferma dans les années 1854 à 1917 ; l'entoura de terrains vagues, de poussière, d'impasses, de cabanes en planches, de comités, de souteneurs pas même illettrés. Il lut à la fois très peu et trop ; il se familiarisa avec les versets de l'Ecriture selon Cipriano de Valera, mais aussi avec les débats parlementaires et les articles de fond des journaux. En Amérique du Sud, à cette époque-là, on ne croyait qu'au catéchisme, avec sa divinité qui est une et triple et sa hiérarchie ecclésiastique, et au noir labyrinthe d'atomes aveugles qui tout au long de l'éternité se combinent entre eux, comme l'enseignèrent Büchner et Spencer. Almafuerte se rallia à ce dernier ; il fut un mystique sans Dieu et sans espérance. Il n'eut, comme dit Bernard Shaw, que mépris pour la duperie du ciel ; il croyait en toute honnêteté que le bonheur n'était pas à souhaiter. On découvre sa pensée inquiète dans les recoins de son œuvre, comme par exemple dans cette phrase évangélique : « L'état de perfection de l'homme est un état d'anxiété, de désir, de tristesse infinie. »

Federico de Onis (*Anthologie de la poésie espagnole et hispano-américaine*, 1934) dit à plusieurs reprises que l'idéologie d'Almafuerte est vulgaire. Cette préface veut prouver le contraire. Beaucoup d'écrivains argentins font montre d'une rhétorique non moins splendide que la sienne et bien plus lucide et soutenue ; aucun n'est aussi complexe que lui sur le plan intellectuel ; aucun n'a comme lui renouvelé les thèmes de l'éthique.

---

aurait partagé cette opinion. A la veille d'une bataille désespérée, T. E. Lawrence (*Les Sept Piliers de la sagesse*, LXXIV) fit à la tribu des Serahim une apologie de la défaite et de l'échec, identique à celle déjà rêvée par Almafuerte.

Le poète argentin est un artisan ou, si l'on préfère, un créateur d'artifices; son œuvre relève d'une décision, non de la nécessité. Almafuerte, par contre, est organique, comme le fut Sarmiento, comme le fut, en de rares occasions, Lugones. Ses défauts éclatent au grand jour, mais il est sauvé par sa ferveur et sa sincérité.

Comme tout grand poète instinctif, il nous a laissé les vers les plus mauvais que l'on puisse imaginer, mais aussi, parfois, les meilleurs.

HILARIO ASCASUBI

Paulino Lucero – Aniceto el Gallo – Santos Vega

(1960)

Ascasubi est né et a grandi en même temps que sa patrie. Le hasard l'a fait vivre en ces premières années chaotiques, pas tellement éloignées dans le temps mais qui paraissent inconcevables aujourd'hui, où l'homme vivait près de la terre dans la solitude antique parmi les troupeaux sauvages ; à cette époque qui nous laisse une sensation de multiplicité et de vertige, car sur cette scène vide chacun devait tenir la place de plusieurs. On raconte que c'est au relais de poste de Fraile Muerto (aujourd'hui Bell Ville) que sa mère lui donna le jour sous une charrette, un matin de l'été 1807 ; au-delà de la simple vérité historique, le fait acquiert une vérité de légende. A Buenos Aires Ascasubi fit ses études primaires, que devaient enrichir par la suite d'occasionnelles lectures. En 1819 il s'engagea comme mousse sur le premier bateau marchand de notre pays, *La Rosa Argentina*, en partance pour la Guyane française. Il revint en 1822 après avoir parcouru le sud des Etats-Unis et la Californie. A Salta, où il collabora au gouvernement d'Arenales, il reprit l'imprimerie qui avait été celle des Enfants Trouvés et il fonda avec José Arenales la *Revista de Salta*. Après plusieurs voyages en Bolivie, il revint à Buenos Aires et prit part à la campagne du Brésil. Il servit sous les ordres de Paz et aussi de Soler, à propos de qui il rapporte, dans l'un de ses dialogues de gauchos, une curieuse anecdote. Affilié au parti unitaire, Ascasubi guerroya dans les rangs de Lavalle avec le grade de capitaine et fut fait prisonnier, en 1832, par les troupes de Rosas. En 1834 il réussit à s'évader d'un ponton près du Retiro et il s'enfuit à Montevideo. Oribe, par ordre du dictateur, assiégeait cette place ; Ascasubi, durant les nombreuses années du siège, écrivit pour la guitare du soldat les *Trobos de Paulino Lucero* (les Complaintes de Paulino Lucero) qui renferment ce qu'il y a de plus vivant et de plus durable dans son œuvre poétique. Il consacra les bénéfices que lui rapporta une boulangerie qu'il avait ouverte à armer et équiper un bateau pour la seconde expédition de Lavalle. En 1852, le long siège de Montevideo prit fin ; après la bataille de Caseros, Ascasubi prit le parti de Buenos Aires et attaqua Urquiza sous le pseudonyme aujourd'hui célèbre d'Aniceto el Gallo (Aniceto le Coq). C'est à cette époque qu'il finança de ses deniers l'édification du premier théâtre Colón, dont l'incendie causa sa ruine. Il dut avoir recours pour vivre à sa pension de militaire retraité qu'on lui octroya largement ; Rufino de Elizalde, le procureur, déclara dans son rapport : « Quand il fut parvenu à une situation aisée, il demanda à quitter le service pour ne pas grever le budget de l'Etat, et il fit don à des institutions publiques des soldes qu'on lui versait. » Le gouvernement de Mitre l'envoya en Europe en 1860 pour recruter des hommes. Il commença et termina à Paris la composition de son œuvre la plus connue et la plus morne, la presque inextricable histoire de *Santos Vega*, que rachètent à peine quelques évocations mémorables de l'aube et des Indiens. Il est évident que son génie exigeait des stimulations immédiates; ses meilleurs morceaux furent écrits sur le vif, et le loisir et la nostalgie ne lui apportèrent rien ou presque rien. Une anthologie rend mieux compte de lui que les trois volumes exhaustifs qu'il écrivit à Paris avec moins de rigueur que de plaisir. Ascasubi mourut à Buenos Aires à la fin de 1875.

Si José Hernández était mort avant 1872 — l'année où, selon ses propres paroles, la composition de *Martín Fierro* l'avait aidé « à dissiper l'ennui de sa vie d'hôtel » —, Ascasubi serait l'archétype du poète gaucho. L'ombre tutélaire et ancienne d'Hidalgo et les variations filiales d'Estanislao del Campo n'auraient fait que confirmer cette primauté. Il n'en fut pas ainsi et Ascasubi a été sacrifié, dans l'histoire littéraire et, ce qui est sans doute plus grave, dans la mémoire des Argentins, pour la plus grande gloire d'Hernández. Il n'est plus aujourd'hui qu'un vague et souriant souvenir, ou une fiche qu'on relit hâtivement à la veille d'un examen. Un des buts de ce livre est de mettre en évidence le fait que son œuvre, en dehors de certaines coïncidences de thèmes ou de langage, a une saveur qui n'a rien de commun avec l'œuvre d'Hernández. Elles correspondent à des époques différentes de l'évolution de l'Argentine : Hilario Ascasubi nous montre « les gauchos du Rio de la Plata, chantant et combattant contre les tyrans des Républiques argentine et orientale de l'Uruguay »; Hernández, lui, rapporte le cas personnel d'un paysan que ses tribulations mènent à la frontière de son pays puis au désert Plus le sujet qu'ils traitent est semblable, plus apparaît ce qui les différencie l'un de l'autre. Hernández raconte :

Marcha el indio a trote largo,
Paso que rinde y que dura ;

Viene en direción sigura
Y jamás a su capricho —
No se les escapa vicho
En la noche más escura.

Caminan entre tinieblas
Con un cerco bien formao;
Lo estrechan con gran cuidao
Y agarran al aclarar
Ñanduces, gamas, venaos —
Cuanto han podido dentrar.

Su señal es un humito
Que se eleva muy arriba —
Y no hay quien no lo aperciba
Con esa vista que tienen;
De todas partes se vienen
A engrosar la comitiva. —

Ansina se van juntando,
Hasta hacer esas riuniones
Que cain en las invasiones
En número tan crecido —
Para formarla han salido
De los últimos rincones[1].

1. L'Indien va au grand trot,
Allure efficace et durable;
Il suit une direction sûre
Que n'infléchit aucun caprice —
Aucun animal ne lui échappe
Dans la nuit la plus obscure.

Ils cheminent dans les ténèbres
En un arc de cercle bien formé;
Ils le resserrent avec grand soin
Et attrapent au lever du jour
Des nandous, des daims, des cerfs —
Autant qu'ils ont pu en cerner.

Leur signal est une fumée légère

Ecoutons (et voyons) maintenant la version d'Ascasubi :

Pero al invadir la indiada
se siente, porque a la fija
del campo la sabandija
juye adelante asustada,
y envueltos en la manguiada
vienen perros cimarrones,
zorros, avestruces, liones,
gamas, liebres y venaos,
y cruzan atribulaos
por entre les poblaciones.

Entonces les ovejeros
coliando bravos torean
y también revolotean
gritando los teruteros ;
pero, eso sí, los primeros
que anuncian la novedá
con toda seguridá
cuando los indios avanzan,
son los chajases que lanzan
volando : ¡ chajá ! ¡ chajá !

Y atrás de esas madrigueras
que los salvajes espantan

Qui monte très haut —
Et il n'est Indien qui ne l'aperçoive
Avec cette vue qu'ils ont ;
De toutes parts ils affluent
Pour se joindre à la petite troupe. —

C'est ainsi qu'ils se groupent
Jusqu'à former ces rassemblements
Qui déferlent dans les invasions
En nombre si impressionnant —
Pour se rejoindre ils sont venus
Des coins les plus éloignés.

como nubes, polvaderas
como nubes, polvaredas
preñadas todas enteras
de pampas desmelenaos
que al trote largo apuraos
sobre sus potros tendidos
cargan pegando alaridos
y en media luna formaos [1].

Essayons une autre comparaison. Hernández énumère les aspects essentiels du matin :

Y apenas la madrugada
Empezaba a coloriar,
Los pájaros a cantar

1. Mais l'invasion des Indiens
on la sent venir, car à la lisière
des champs les bêtes
se sauvent effrayées,
et, encerclés par la horde,
fuient des chiens sauvages,
des renards, des autruches, des lions,
des daims, des lièvres et des cerfs,
qui passent affolés
en plein milieu des villages.

Alors les chiens de bergers
s'agitent, farouches, en remuant la queue,
et volent aussi de çà de là,
lançant leur cri, les teruteros ;
mais en vérité les premiers
à annoncer la nouvelle
à coup sûr
quand les Indiens approchent
ce sont les échassiers qui crient
dans leur vol : chara ! chara !

Et derrière ces terriers désertés
par la peur de l'Indien
monte de la plaine
comme des nuages une poussière
grosse en tout point
de sauvages échevelés
qui lancés au grand trot
couchés sur leurs chevaux
et formés en demi-cercle,
chargent en poussant de longs cris.

Y las gallinas a apiarse,
Era cosa de largarse
Cada cual a trabajar[1].

Ascasubi, presque avec les mêmes mots, suit la lente progression de la lumière :

Venía clariando el cielo
la luz de la madrugada
y las gallinas al vuelo
se dejaban cair al suelo
de encima de la enramada[2].

Son œuvre ne manque pas non plus de brutalité. S'il est, dans la littérature argentine, une page qui puisse rivaliser avec le *Matadero* (l'Abattoir) d'Esteban Echeverría, cette page est *La Refalosa*[3] d'Ascasubi bien que la première ait une force hallucinatoire qui manque à l'autre, dont la caractéristique est essentiellement une sorte de férocité innocente et maladroite. Le climat de la poésie d'Ascasubi se définit par l'allégresse et le courage, et par la conviction qu'une bataille peut être aussi une fête. Le poète Detlev von Liliencron a dit que, même au ciel, il aurait voulu participer à quelque campagne ; Ascasubi aurait compris ce sentiment, qui rejoint les belliqueux paradis des mythologies nordi-

1. Et à peine le matin
Commençait à prendre couleur
Les oiseaux à chanter
Et les poules à quitter leur perchoir,
Il fallait s'en aller
Chacun travailler.

2. La lumière du matin
venait éclairer le ciel
et les poules à tire-d'aile
se laissaient tomber au sol
du haut des branches.

3. Sonnerie qui annonçait les exécutions capitales de la *Mazorca*, l'équipe d'hommes de main à la solde du dictateur Rosas. *(N.d.T.)*

ques. Ecoutons ce toast porté à un militaire du Parti rouge[1] :

Mi coronel Marcelino
valeroso guerrillero,
oriental pecho de acero
y corazón diamantino :
todo invasor asesino,
todo traidor detestable,
y el rosín más indomable
rinde su vida ominosa,
donde se presenta Sosa,
¡y a los filos de su sable[2] *!*

Après un siècle les vers d'Ascasubi, ni flétris ni ternis par l'usure du temps, continuent à avoir l'éclat d'un jeu de cartes neuf ou d'une monnaie neuve. Leurs défauts sont ceux de l'improvisation, à la merci d'un dieu mystérieux et qui peut passer à tout moment de l'inspiration enflammée à la négligence ou à la trivialité. Comme tout poète, Ascasubi a droit à ce que nous le jugions sur ses vers les meilleurs. Dans le plus célèbre comme dans le plus humble palpite ce grand amour de la patrie qui l'amena à risquer sa vie, simplement et joyeusement en cette aubade d'épées et de poignards.

1. Parti libéral uruguayen, opposé au Parti blanc.
2. Mon colonel Marcelino
valeureux guerrier,
uruguayen à la poitrine d'acier
et au cœur adamantin :
tout envahisseur assassin,
tout traître détestable,
et la rosse la plus rétive
trouve le terme de sa funeste vie
quand se présente Sosa.
Je bois au tranchant de son épée !

ADOLFO BIOY CASARES

L'Invention de Morel

(1940)

Stevenson, vers 1882, observait que les lecteurs britanniques dédaignaient un peu les péripéties romanesques et pensaient qu'il était plus habile d'écrire un roman sans sujet, ou avec un sujet infime, atrophié. José Ortega y Gasset — *La déshumanisation de l'Art*, 1925 — essaye d'analyser le dédain observé par Stevenson et il établit, à la page 96, qu'il est « très difficile, aujourd'hui, d'inventer une aventure capable d'intéresser notre sensibilité supérieure », et à la page 97, que cette invention « est pratiquement impossible ». Dans d'autres pages, dans presque toutes les autres pages, il plaide pour le roman « psychologique » et il est d'avis que le plaisir que peuvent donner les aventures est inexistant ou puéril. Telle est, sans doute, l'opinion commune en 1882, en 1925 et même en 1940. Quelques écrivains (parmi lesquels il me plaît de compter Adolfo Bioy Casares) croient raisonnable de n'être pas d'accord. Je résumerai, ici, les motifs de ce dissentiment.

Le premier (dont je ne veux ni souligner ni atténuer l'aspect paradoxal), c'est la rigueur propre au roman d'aventures. Le roman de caractère, ou « psychologique », tend à être informe. Les Russes et les disciples des Russes ont démontré jusqu'à la nausée que rien n'est impossible : suicides par excès de bonheur, assassinats par charité, personnes qui s'adorent au point de se séparer pour toujours, traîtres par amour ou par humilité... Cette liberté totale finit par rejoindre le désordre total. D'autre part, le roman « psychologique » veut être aussi roman « réaliste » : il préfère que nous oubliions son caractère d'artifice verbal, et il fait de toute vaine précision (ou de toute languissante imprécision) une nouvelle touche de vraisemblance. Il y a des pages, il y a des chapitres de Marcel Proust qui sont inacceptables en tant qu'inventions, et auxquels, sans le savoir, nous nous résignons comme au quotidien insipide et oiseux. Le roman d'aventures, en revanche, ne se propose pas comme une transcription de la réalité. Il est un ouvrage artificiel dont aucune partie ne souffre d'être sans justification. La crainte de tomber dans cette simple succession d'épisodes que l'on trouve dans l'*Ane d'Or,* dans les sept voyages de *Sindbad,* ou dans *Don Quichotte,* lui impose une trame rigoureuse.

J'ai allégué un motif d'ordre intellectuel : il y en a d'autres de caractère empirique. Tous nous murmurons tristement que notre siècle n'est pas capable d'inventer des intrigues intéressantes : personne ne se risque à prouver que si ce siècle possède quelque suprématie sur les siècles antérieurs, c'est la suprématie des intrigues. Stevenson est plus passionné, plus divers, plus lucide, peut-être même plus digne de notre amitié absolue que Chesterton ; mais les intrigues qu'il bâtit sont inférieures. De Quincey, en des nuits de minutieuse terreur, a su creuser de profonds labyrinthes, mais il n'a pas concrétisé son sentiment d'*unutterable and self-repeating infinities* dans des fabulations comparables à celles de Kafka. Ortega y Gasset observe justement que la « psychologie » de Balzac ne nous satisfait point ; on en pourrait dire autant de ses intrigues. Shakespeare, Cervantes se complaisent dans l'idée antinomique d'une jeune fille qui, sans rien perdre de sa beauté, réussit à passer pour un homme ; cet effet n'agit pas sur nous. Je me crois libre de toute superstition de modernisme, d'aucune illusion qu'hier diffère profondément d'aujourd'hui, ou différera de demain ; mais je considère qu'aucune autre époque ne possède des romans de sujet aussi admirable que *Le Tour d'Ecrou, Le Procès* ou *Le Voyageur sur la Terre ;* ou que ce roman qu'a réussi, à Buenos Aires, Adolfo Bioy Casares.

Les fictions de caractère policier — autre genre typique de ce siècle qui ne peut pas inventer de sujets — rapportent des faits mystérieux qu'un fait raisonnable justifie et illustre ensuite ; Adolfo Bioy Casares, dans les pages qui vont suivre, résout avec bonheur un problème peut-être plus difficile. Il déploie une Odyssée de prodiges qui ne paraissent admettre d'autre clef que l'hallucination ou le symbole, puis il les explique pleinement grâce à un seul postulat fantastique, mais qui n'est pas surnaturel. La crainte de tomber dans des révélations prématurées ou partielles m'interdit d'examiner le sujet, et les nombreuses et savantes finesses de l'exécution. Qu'il me suffise de dire que Bioy renouvelle littéralement un concept que saint Augustin et Origène réfutèrent, que Louis-Auguste Blanqui analysa et que Dante Gabriel Rossetti a formulé dans une musique mémorable :

I have been here before,
But when or how I cannot tell :
I know the grass beyond the door,
The sweet keen smell,
The sighing sound, the light around the shore...

En espagnol, les œuvres d'imagination raisonnée sont peu fréquentes et même très rares. Nos classiques pratiquèrent l'allégorie, les exagérations de la satire ou bien, parfois, la pure incohérence verbale ; parmi les œuvres récentes, je n'en vois pas, sinon tel conte des *Forces Etranges* ou tel autre de Santiago Dabove : tombé dans un injuste oubli. *L'invention de Morel* (dont le titre fait filialement allusion à un autre inventeur insulaire, à Moreau) acclimate sur nos terres et dans notre langue un genre nouveau.

J'ai discuté avec son auteur les détails de la trame, je l'ai relue ; il ne me semble pas que ce soit une inexactitude ou une hyperbole de la qualifier de parfaite.

(Traduction d'Armand Pierhal pour *L'invention de Morel*, Ed. Robert Laffont, Paris, 1952.)

RAY BRADBURY

Chroniques martiennes

(1955)

Au deuxième siècle de notre ère, Lucien de Samosate composa une *Histoire véridique* où l'on trouve, entre autres merveilles, une description des Sélénites, lesquels (selon le savant historien) filent et tissent les métaux et le verre, enlèvent et remettent leurs yeux, boivent du jus d'air ou de l'extrait d'air. Au début du seizième siècle, l'Arioste imagine qu'un paladin découvre sur la Lune tout ce qui a été perdu sur la Terre, les larmes et les soupirs des amants, le temps gaspillé au jeu, les projets inutiles et les désirs inassouvis. Au dix-septième siècle, Kepler rédigea un *Somnium Astronomicum* qui feint d'être la transcription d'un livre lu en rêve et dont les pages révèlent avec prolixité la conformation et les habitudes des serpents de la Lune qui, pendant les ardeurs du jour, se mettent à l'abri dans de profondes cavernes et qui sortent au crépuscule. Entre le premier et le deuxième de ces voyages imaginaires mille trois cents années se sont écoulées et, entre le deuxième et le troisième, une centaine; les deux premiers sont néanmoins des inventions gratuites et libres alors que le troisième voyage est comme alourdi par son souci de vraisemblance. La raison en est évidente. Alors que pour Lucien et pour l'Arioste, un voyage dans la Lune était un symbole ou un archétype de l'impossible, comme pour le latin les cygnes à plumage noir, c'était déjà pour Kepler une chose envisageable, comme elle l'est pour nous. N'est-ce pas vers cette époque que John Wilkins, inventeur d'une langue universelle, publia sa *Découverte d'un Monde sur la Lune, discours tendant à démontrer qu'il peut y avoir un autre Monde habitable sur cette Planète*, avec un appendice intitulé *Discours sur la possibilité d'une traversée*? Dans les *Nuits attiques* d'Aulu Gelle on lit qu'Arquitas le pythagoricien fabriqua une colombe en bois qui volait dans l'air; Wilkins prédit qu'un véhicule d'un mécanisme plus ou moins analogue nous transportera, un jour, jusqu'à la Lune.

Parce qu'il est l'anticipation d'un futur possible ou probable, le *Somnium Astronomicum* préfigure, à mon sens, le nouveau genre littéraire que les Américains du Nord désignent sous le nom de science-fiction ou *scientifiction*[1] et dont ces présentes *Chroniques* sont un admirable exemple. Leur sujet est la conquête et la colonisation de la planète Mars. Cette entreprise ardue des hommes futurs semble concerner notre époque, mais Ray Bradbury (sans le vouloir, peut-être, et par une secrète inspiration de son génie) a préféré lui donner un ton élégiaque. Les Martiens qui, au début du livre, sont terrifiants, éveillent sa pitié au moment de leur anéantissement. Les hommes remportent la victoire et l'auteur ne s'en réjouit pas. Il annonce avec tristesse et déception la future expansion de la race humaine sur la planète rouge — que sa prophétie nous

1. *Scientifiction* est un monstre verbal où s'amalgament l'adjectif *scientific* et le substantif *fiction*. La langue espagnole, avec humour, a souvent recours à des formations analogues; Marcelo del Mazo parla des orchestres de *gringaros* (*gringos* + *hungaros*) et Paul Groussac des *japoniaiseries* qui encombraient le musée des Goncourt

révèle comme un désert de sable vaguement bleu, avec des ruines de cités bâties en échiquier, des crépuscules jaunes et des barques antiques pour circuler sur les sables.

D'autres auteurs indiquent avec précision une date dans le futur et nous ne les croyons pas, parce que nous savons qu'il s'agit là d'une fiction littéraire ; Bradbury parle de l'an 2004 et nous sentons la gravitation, la fatigue, la vaste et vague accumulation du passé — le *dark backward and abysm of Time* du vers de Shakespeare. La Renaissance déjà, par la bouche de Giordano Bruno et de Bacon, avait remarqué que les véritables anciens c'était nous et non pas les hommes de la Genèse ou d'Homère.

Comment a fait cet homme de l'Illinois, pensai-je, en refermant les dernières pages de son livre, pour que le récit de la conquête d'une autre planète provoque en moi cette impression de terreur et de solitude ?

Comment ces affabulations peuvent-elles me toucher d'une façon si profonde ? Toute littérature (me risquerai-je à répondre) est symbolique ; il n'y a que quelques rares expériences fondamentales et il est indifférent que, pour les transmettre, un écrivain ait recours au « fantastique » ou au « réel », à Macbeth ou à Raskolnikov, à l'invasion de la Belgique en août 1914 ou à une invasion de la planète Mars. Qu'importe le roman, ou le romanesque de la science-fiction ? Dans ce livre apparemment fantasmagorique, Bradbury a mis ses longs dimanches vides, son ennui américain, sa solitude, comme le fit Sinclair Lewis dans *Grand-Rue*.

Peut-être *La Troisième Expédition* est-elle l'histoire la plus alarmante de cet ouvrage. Son horreur (je le soupçonne) est métaphysique ; son incertitude sur l'identité des hôtes du capitaine John Black laisse supposer de façon troublante que nous non plus ne savons pas qui nous sommes ni quel est, pour Dieu, notre visage. Je voudrais également attirer l'attention sur l'épisode intitulé *Le Martien*, où j'ai vu une variante pathétique du mythe de Protée.

Vers 1909 j'ai lu, avec une fascination angoissée, dans le crépuscule d'une grande maison qui n'existe plus, *Les Premiers Hommes dans la Lune*, de Wells. Grâce à ces *Chroniques*, de conception et de forme très différentes, il m'a été donné d'éprouver de nouveau, dans les derniers jours de l'automne 1954, ces délicieuses terreurs.

NOTE DE 1974.

Je relis avec une admiration inattendue les *Contes du Grotesque et de l'Arabesque* (1840) de Poe, dont l'ensemble est bien supérieur à chacun des textes qui le composent. Bradbury est l'héritier de la vaste imagination du maître, mais non de son style exclamatif et parfois mélodramatique. Nous ne pouvons malheureusement pas en dire autant de Lovecraft.

ESTANISLAO DEL CAMPO

Faust

(1969)

Estanislao del Campo est le plus aimé de nos poètes argentins. Il se peut que nous ne croyions pas tout à fait à ses gauchos bavards, mais nous sentons tous que nous aurions été heureux de connaître celui qui les inventa. Son œuvre, comme celle des rhapsodes homériques, pourrait se passer de l'écriture ; elle continue à vivre dans notre mémoire et à la réjouir.

Notre ami naquit le 7 février 1834 dans la ville de Buenos Aires. Fils du colonel Estanislao del Campo, chef d'état-major du général Lavalle, il était comme son maître Hilario Ascasubi de bonne tradition unitaire[1]. Il connut les années mélancoliques de la dictature de Rosas et les guerres civiles ultérieures, auxquelles il prit part. Nous le retrouvons dans la défense de Buenos Aires, à Cepeda, à Pavón et à la bataille de La Verde. Contrairement à José Hernández, il n'eut pas besoin de se documenter pour connaître la vie dans les fortins ; il la vécut. On raconte qu'il se mettait en grande tenue pour aller à la bataille et qu'il saluait la première balle, la main à son képi. En

1. Le parti unitaire groupait les partisans de la centralisation au profit de Buenos Aires. *(N.d.T.)*

1868, Adolfo Alsina le nomma chef du Ministère de la province ; Groussac allait le surnommer par dérision le chantre de bureau, comme si tous les poètes qui ont chanté les gauchos n'avaient pas été des citadins. En 1870, il réunit ses compositions sous le titre de *Poésies* ; le volume fut préfacé par José Mármol. Les pièces ainsi recueillies n'avaient pas toutes pour sujet les gauchos ; au milieu de médiocres bendécasyllabes, certains dirigés contre Napoléon III, *Napoléon le Petit*, il y a des couplets de saveur espagnole :

Mira : si fuera pastor
Y si tú pastora fueras,
Me parece que andarían
Mezcladas nuestras ovejas[1].

En 1880 il mourut dans sa maison de Buenos Aires, à l'angle des rues Lavalle et Esmeralda où se trouve aujourd'hui le Bar Suárez. José Hernández et Guido Spano prirent la parole à son enterrement. Manuel Mujica Lainez nous a donné sa meilleure biographie.

En août 1866, Estanislao del Campo assista à une représentation du *Faust* de Gounod et pensa à l'étonnement que cet opéra causerait à un gaucho ; dans la même nuit il composa le premier manuscrit de son poème. Celui-ci, comme on sait, rapporte le dialogue de deux gauchos ; l'un d'eux, qui a assisté à la représentation, la raconte à son ami comme s'il s'agissait de faits réels. Lugones conteste ce sujet : « Le gaucho n'y aurait pas compris un mot et il n'aurait pu

1. Si j'étais un berger
Et toi une bergère,
Je crois, vois-tu,
Que nos brebis iraient mêlées.

supporter sans s'endormir ou sans quitter sa place cette musique atroce pour lui ; il n'est même pas concevable qu'un gaucho ait eu l'idée d'entrer de lui-même dans un théâtre lyrique. » (*El Payador*, p. 157.) A cette objection, on pourrait répondre que tout art, même naturaliste, est conventionnel et que les conventions les plus faciles à admettre sont celles sur lesquelles repose la construction même des œuvres : par exemple, l'« illusion comique » d'Anastasio[1] ou la longue biographie rimée de *Martín Fierro*. Si nous acceptons, selon le conseil de Coleridge, de n'être plus incrédules, il nous est donné un admirable poème.

Des œuvres qui semblent faire l'apologie de choses indéfendables — *L'Eloge de la folie*, d'Erasme ; *De l'assassinat considéré comme un des beaux-arts*, de Thomas de Quincey ; *Le Déclin du mensonge*, de Wilde — présupposent des époques raisonnables, des époques tellement étrangères à la folie, à l'assassinat et au mensonge, qu'elles s'amusent de ce que quelqu'un puisse plaider en faveur de ces fléaux. Que penserions-nous, par contre, d'époques où il serait nécessaire de prouver, par une dialectique rigoureuse, qu'il vaut mieux boire de l'eau que d'avoir soif et que la lune vaut qu'on la regarde ne serait-ce qu'une fois avant de mourir ? Or c'est à une telle époque que nous vivons ; à Buenos Aires, au milieu du vingtième siècle, une préface au *Faust* doit, avant tout, être une défense du *Faust*.

Son premier détracteur, que je sache, fut, *et pour cause*[2], Rafael Hernández, dans un livre paru en 1896 et dont le thème inattendu est la nomenclature des

1. Anastasio el Pollo (Anastasio le Poulet), pseudonyme pris par Estanislao del Campo, en souvenir d'*Aniceto el Gallo* (Aniceto le Coq) d'Ascasubi. *(N.d.T.)*

2. En français dans le texte.

rues de Pehuajo ; Lugones, en 1916, renouvela l'attaque. Tous deux accusent Estanislao del Campo d'ignorance et de fausseté. Ils jugent inadmissible le premier vers de la première strophe. Rafael Hernández observe : « Ce cheval de selle est de couleur aubère rosé, ce qui est justement la robe que l'on n'a jamais vue à un cheval de selle, et il serait aussi rare d'en rencontrer un que de trouver un chat de trois couleurs. » Lugones confirme : « Aucun cavalier créole et prestigieux comme l'est notre protagoniste n'a jamais monté un aubère rosé : animal forcément déprécié, bon pour tirer la cuve à purin, ou pour servir de monture aux valets de ferme. » On a aussi condamné les vers suivants :

Capaz de llevar un potro
A sofrenarlo en la luna[1].

Rafael Hernández fait remarquer qu'on ne met pas un frein à un cheval mais un mors et que freiner un cheval « n'est pas le fait d'un véritable cavalier créole, mais d'un *gringo*[2] rageur ». Lugones confirme ou transcrit : « Aucun gaucho n'arrête son cheval en le freinant. C'est là une fausse locution populaire, de *gringo* fanfaron qui caracole sur la jument de sa charrette. » (Vicente Rossi, plus tard, a fait la même analyse dans le *Martín Fierro*, pour aboutir au même type de critique.)

Que dire devant des dénégations aussi formelles ? Pour ma part, je me déclare incompétent pour trancher de ces controverses campagnardes ; je suis encore

1. Capable de mener un cheval
Jusqu'à le freiner sur la lune.
2. Terme péjoratif désignant les émigrés italiens.

plus ignorant qu'Estanislao del Campo, l'auteur incriminé. C'est à peine si je me risque à insinuer que si les orthodoxes abominent le pelage aubère rosé, le vers :

En un overo rosao [1]

continue — mystérieusement — à me plaire. J'ignore si c'est le résultat d'une habitude, j'ignore si le mot *rosao* diffuse une clarté spéciale mais je sais que toute variante me serait intolérable. La strophe entière, par ailleurs, est un frémissant et bizarre ensemble verbal ; inutile de la comparer à la réalité, aux autres réalités.

Les circonstances passent, les événements passent, passe aussi l'érudition des hommes versés dans le pelage des chevaux ; ce qui ne passe pas, ce qui peut-être nous accompagnera dans l'autre monde, c'est le plaisir que donne le spectacle du bonheur et de l'amitié. Ce plaisir, qui est peut-être non moins rare en littérature que dans la réalité physique, est (je le soupçonne) la vertu majeure de ce poème. On a beaucoup vanté les descriptions de l'aube, de la plaine, du crépuscule, que cet écrivain a intercalées dans ses pages ; j'estime quant à moi que la seule mention préliminaire du décor où se déroule la scène a entaché ces descriptions de fausseté. Ce qui est admirable, c'est le dialogue, c'est la claire et resplendissante amitié qui transparaît dans ce dialogue.

On dit de toi, Estanislao del Campo, que tu n'as pas su chanter le gaucho, l'homme qui fut d'un moment dans le temps et d'un lieu dans l'espace, mais moi je sais que tu as chanté l'amitié et la vaillance, qui sont des réalités de tous les temps.

1. Sur un aubère rosé.

NOTE DE 1974.

L'incompréhension du gaucho pour le phénomène théâtral n'aurait pas dû étonner Lugones : relisons cette anecdote, publiée en 1911 dans la revue *Caras y Caretas* : « Ces années-là, les Podestá parcouraient la province de Buenos Aires en jouant des pièces où il était question de gauchos. Dans presque tous les villages, ils donnaient en première représentation *Juan Moreira*, mais, en arrivant à San Nicolás, ils jugèrent opportun d'annoncer *Hormiga Negra* (Fourmi noire). Rappelons que le héros de ce nom dont les Podestá baptisaient leur pièce avait été dans sa jeunesse le mauvais sujet le plus fameux de la contrée.

La veille de la représentation, un individu plutôt petit et d'âge avancé, en vêtements pauvres mais décents, se présenta sous le chapiteau :

— Le bruit court, dit-il, que l'un d'entre vous va se présenter dimanche devant le public et va dire qu'il est Fourmi noire. Je vous préviens que vous n'allez tromper personne, car Fourmi noire c'est moi et tout le monde ici me connaît.

Les frères Podestá l'écoutèrent avec cette déférence qui leur était coutumière et ils essayèrent de lui faire comprendre que la pièce en question était le plus bel hommage qu'on pouvait rendre à son personnage déjà légendaire. Rien n'y fit, bien qu'on fût allé lui chercher à l'hôtel plusieurs verres de gin. L'homme, ancré dans sa décision, les avertit qu'on ne lui avait jamais manqué de respect et que si quelqu'un se présentait en disant qu'il était Fourmi noire, lui-même, tout vieux qu'il était, il lui casserait la figure.

Il fallut se rendre à l'évidence ! Le dimanche, à l'heure dite, les Podestá jouaient *Juan Moreira*. »

THOMAS CARLYLE

Sartor Resartus

(1945)

Depuis Parménide d'Elée jusqu'à ce jour, l'idéalisme — doctrine qui déclare que l'univers, y compris le temps, l'espace et sans doute nous-mêmes, n'est autre chose qu'une apparence ou un ensemble chaotique d'apparences — a été professé sous des formes diverses par de nombreux penseurs. Personne peut-être ne l'a exposé plus clairement que l'évêque Berkeley ; personne avec plus de conviction, de désespoir et de force satirique que le jeune Ecossais Thomas Carlyle dans son complexe *Sartor Resartus* (1831). Ces mots latins veulent dire le Tailleur Rapiécé ou le Tailleur Reprisé ; l'œuvre n'est pas moins singulière que son titre.

Carlyle invoque l'autorité d'un professeur imaginaire, Diogène Teufelsdroeckh (Fils de Dieu-Crotte-de-Diable), qui aurait publié en Allemagne un copieux ouvrage sur la philosophie de sable, c'est-à-dire des apparences. Le *Sartor Resartus*, qui comporte plus de deux cents pages, serait un simple commentaire et un abrégé de cette œuvre gigantesque. Cervantes déjà (que Carlyle avait lu en espagnol) attribue le *Quichotte* à un auteur arabe, Cide Hamete Benengeli. Le livre renferme une pathétique biographie de Teufelsdroeckh, qui est à vrai dire une autobiographie symbolique et secrète, assaisonnée de plaisanteries. Nietzsche accuse Richter d'avoir fait de Carlyle le plus mauvais écrivain d'Angleterre. L'influence de Richter est évidente, mais ce dernier ne fut rien d'autre qu'un rêveur de rêves inoffensifs et souvent ennuyeux, alors que Carlyle rêva des cauchemars. Dans son histoire de la littérature anglaise, Saintsbury laisse entendre que le *Sartor Resartus* est le long développement d'un paradoxe de Swift, dans le style prolixe de Sterne, qui fut le maître de Richter. Carlyle lui-même fait mention des anticipations de Swift qui, dans le *Conte du tonneau*, écrivit qu'un certain nombre de peaux d'hermine et une perruque, disposées d'une certaine manière, formaient ce que l'on est convenu d'appeler un juge, tout comme on appelait Evêque une juste combinaison de velours noir et de batiste de Cambrai.

L'idéalisme affirme que l'univers est une apparence ; Carlyle insiste en disant qu'il est une farce. Il était athée et il crut avoir abjuré la foi de ses pères, mais, comme devait le remarquer Spencer, sa conception du monde, de l'homme et de la conduite que l'on doit tenir prouve qu'il ne cessa jamais d'être un rigoureux calviniste. Son pessimisme mélancolique, son éthique inflexible et ardente sont peut-être un héritage presbytérien ; sa maîtrise dans l'art d'injurier, sa doctrine selon laquelle l'histoire est une Ecriture Sainte que nous déchiffrons et que nous écrivons continuellement, et dans laquelle s'inscrit aussi notre destin, annoncent — de façon assez précise — Léon Bloy. Il écrivit de façon prophétique, en plein dix-neuvième siècle, que la démocratie est le chaos doté d'urnes électorales, et il conseilla de transformer toutes les statues de bronze en d'utiles baignoires. Je ne connais pas de livre plus hardi et volcanique, plus pétri de désespoir, que le *Sartor Resartus*.

THOMAS CARLYLE

Les Héros

RALPH WALDO EMERSON

Les Hommes représentatifs

(1949)

Les voies de la Providence sont impénétrables. A la fin de 1839, Thomas Carlyle feuilleta *Les Mille et Une Nuits* dans la convenable version d'Edward William Lane ; ces récits lui semblèrent d' « évidents mensonges », mais il approuva les nombreuses et pieuses réflexions qui les ornent. Sa lecture l'amena à méditer sur les tribus pastorales d'Arabie, qui dans leur aveuglement adorèrent des puits et des étoiles jusqu'à ce qu'un homme à barbe rousse vînt les réveiller avec l'étonnante nouvelle qu'il n'y a pas d'autre dieu que Dieu et les lancer dans une guerre qui dure encore et dont les limites géographiques ont été les Pyrénées et le Gange. Que seraient devenus les Arabes si Mahomet n'avait pas existé ? se demanda Carlyle. Telle fut l'origine des six conférences qui composent ce livre.

Malgré son ton impétueux, ses nombreuses hyperboles et métaphores, *Les Héros, le Culte des Héros et l'héroïque dans l'histoire* est une théorie de l'histoire. Repenser ce thème était une des habitudes de Carlyle ; en 1830 il insinua que l'histoire est une discipline impossible, parce qu'il n'y a aucun fait qui ne découle de tous les faits antérieurs et ne soit la cause partielle, mais indispensable, de tous les événements futurs et donc « la narration est linéaire, mais ce qui est raconté fait partie d'un tout immuable » ; en 1833, il déclara que l'histoire universelle était une Ecriture Sainte[1], « que tous les hommes doivent déchiffrer et aussi écrire, et dans laquelle s'inscrit aussi notre destin ». Un an plus tard, il répéta dans le *Sartor Resartus* que l'histoire universelle était un évangile et il ajouta dans le chapitre qui s'intitule *Centre d'indifférence* que les hommes de génie sont de véritables textes sacrés et que les hommes de talent, et les autres, sont de simples commentaires, des gloses, des scolies, des paraphrases et des sermons.

La composition de ce livre est, parfois, complexe et va jusqu'au baroque ; la thèse qu'il soutient est très simple. Le premier paragraphe de la première conférence l'énonce avec force et conviction ; il dit textuellement : « L'histoire universelle, l'histoire de ce que l'homme a accompli en ce monde, c'est au fond l'Histoire des Grands Hommes qui ont travaillé ici-bas. Ce sont eux qui ont mené les hommes ; ils ont été les modeleurs, les patrons, et en un large sens les créateurs de tout ce que la masse générale des hommes a pu s'efforcer de faire ou d'atteindre. » Un paragraphe, plus loin, conclut : « L'histoire du monde est la biographie des grands hommes. » Pour les déterministes, le héros est, avant tout, une conséquence ; pour Carlyle, il est une cause première.

Herbert Spencer observe que Carlyle crut avoir abjuré la foi de ses pères mais que ses conceptions du monde, de l'homme et de l'éthique prouvent qu'il ne cessa jamais d'être un rigoureux calviniste. Son noir

1. Léon Bloy développa cette idée, à propos de la Kabbale. Voir, par exemple, la seconde partie de son roman autobiographique, *Le désespéré*.

pessimisme, sa doctrine des quelques élus (les héros) et des réprouvés en nombre presque infini (la canaille) sont un évident héritage presbytérien, quoiqu'il ait déclaré, au cours d'une discussion, que l'immortalité de l'âme est une « friperie juive » — *old Jewish rags* — et dans une lettre de 1847, que la foi en Jésus-Christ avait dégénéré « en une misérable et mielleuse religion de couards ».

Plus importante que la religion de Carlyle est sa théorie politique. Ses contemporains ne la comprirent pas mais aujourd'hui elle tient en un seul mot qui a été largement diffusé : le nazisme. C'est ce qu'ont bien vu Bertrand Russell dans son étude *The Ancestry of Fascism* (1935) et Chesterton dans *The End of the Armistice* (1940). Dans son livre lucide, Chesterton raconte l'étonnement et même la stupéfaction que lui causa son premier contact avec le nazisme. Cette doctrine toute nouvelle fit revivre en lui d'émouvants souvenirs de son enfance. « Il est vraiment incroyable (écrit G. K. Chesterton) qu'avant d'arriver au terme de ma vie je me trouve confronté à cette résurgence de tout le mal, de toute la barbarie et la stupidité qu'il y avait chez Carlyle, mais sans la moindre étincelle de son humour. C'est comme si le Prince consort descendait de l'Albert Memorial et traversait le parc de Kensington. » Les textes à l'appui abondent ; le nazisme (quand il n'est pas la simple formulation de certaines vanités raciales que tout le monde porte obscurément en soi, surtout les imbéciles et les délinquants) est une incarnation des vitupérations de l'Ecossais Carlyle. Celui-ci, en 1843, écrivit que la démocratie est le désespoir de ne pas trouver de héros pour nous gouverner. En 1870, il acclama la victoire de la « patiente, noble, profonde, solide et pieuse Allemagne » sur la « fanfaronne, aniteuse, gesticulante, querelleuse, inquiète, hypersensible France ». Il loua le Moyen Age, il condamna les outres gonflées de vent que sont les parlementaires, il exalta la mémoire du dieu Thor, de Guillaume le Bâtard, de Knox, de Cromwell, de Frédérique II, du taciturne docteur Francia [1] et de Napoléon, il se réjouit de ce que dans toute ville il y ait une caserne et une prison, il souhaita un monde qui ne soit pas « le chaos doté d'urnes électorales », il loua la haine, il loua la peine de mort, il condamna l'abolition de l'esclavage, il proposa la mise en fonte des statues — ces « affreux solécismes de bronze » — pour en faire d'utiles baignoires, il déclara qu'un Juif torturé valait mieux qu'un Juif millionnaire, il écrivit que toute société qui n'est pas morte ou sur le point de mourir ne peut être qu'une société hiérarchisée, il justifia Bismarck, il vénéra et peut-être inventa la Race Germanique. Ceux qui voudraient connaître certaines autres de ses opinions — je n'en ai glané ici que quelques-unes — n'ont qu'à feuilleter *Past and Present* (1843) et les violents *Latter-Day Pamphlets* qui datent de 1850. Elles abondent dans le présent ouvrage ; comme par exemple dans la dernière conférence, qui approuve avec des arguments de dictateur sud-américain la dissolution du parlement anglais par les mousquetaires de Cromwell.

Les concepts que j'ai cités ne manquent pas de logique. Une fois admise la mission divine du héros, il est inévitable que nous le jugions (ou qu'il se juge) libéré des contraintes humaines, comme le protagoniste le plus célèbre de Dostoïevski ou comme l'Abraham de Kierkegaard. Il est inévitable aussi que tout aventurier politique se croie un héros et se dise que ses propres hardiesses sont la preuve irréfutable qu'il en est un.

1. Dictateur du Paraguay. *(N.d.T.)*

Dans le premier chant de la *Pharsale*, Lucain a écrit cette phrase limpide : *Victrix causa diis placuit, sed victa Catoni* (la cause du vainqueur plut aux dieux, mais celle du vaincu plut à Caton), qui postule qu'un homme peut avoir raison contre l'univers entier. Pour Carlyle, par contre, l'histoire se confond avec la justice. Sont vainqueurs ceux qui méritent la victoire, principe selon lequel la cause de Napoléon peut apparaître à ses commentateurs irréprochable jusqu'au matin de Waterloo, injuste et détestable à dix heures du soir.

De telles constatations n'affectent en rien la sincérité de Carlyle. Personne n'a senti comme lui combien ce monde est irréel (irréel comme les cauchemars, et atroce). De cette fantasmagorie générale il n'estime qu'une seule chose : le travail. Non pas son résultat, comprenons-le bien, qui n'est que vanité, qu'apparence, mais bien son exécution. Il écrit : « Toute œuvre humaine est transitoire, petite, méprisable en soi ; seul n'a de sens que celui qui œuvre, et l'esprit qui l'habite. »

Carlyle, il y a un peu plus de cent ans, croyait percevoir autour de lui la dissolution d'un monde caduc et il ne voyait pas d'autre remède que l'abolition des parlements et la remise inconditionnelle du pouvoir à des hommes forts et silencieux [1]. La Russie, l'Allemagne, l'Italie ont épuisé jusqu'à la lie les bienfaits de cette universelle panacée ; les résultats en sont la servilité, la terreur, la brutalité, l'indigence mentale et la délation.

On a beaucoup parlé de l'influence que Jean-Paul

1. Tennyson a manifesté ce désir d'un *Fuehrer* dans certains de ses poèmes ; par exemple, dans la cinquième strophe de la dixième partie de *Maud* : *One still strong man in a blatant land...*

Richter a exercée sur Carlyle. Ce dernier a traduit en anglais *Das Leben des Quintus Fixlein* de Richter ; aucun lecteur, aussi peu attentif qu'il soit, ne pourra rapprocher une seule page de cette traduction avec les propres textes de Carlyle. Tous deux sont labyrinthiques, mais Richter l'est par sensiblerie, par mélancolie, par sensualité ; Carlyle, parce qu'il est emporté par la passion.

En août 1833, le jeune Emerson rendit visite aux Carlyle, dans les solitudes de Craigenputtock. (Carlyle, cet après-midi-là, vanta l'œuvre historique de Gibbon qu'il qualifia de « pont prestigieux jeté entre l'ancien monde et le nouveau ».) En 1847 Emerson revint en Angleterre et donna les conférences qui composent *Les Hommes représentatifs*. Le plan de la galerie de personnages est identique à celui de la galerie de Carlyle. Je pense qu'Emerson a voulu suivre ce parallèle dans la forme pour mieux faire ressortir leurs différences essentielles.

En effet, les héros, pour Carlyle, sont d'intraitables demi-dieux qui commandent, non sans rondeur militaire et jurons, à une humanité subalterne ; Emerson par contre les vénère comme de magnifiques exemples des possibilités que tout homme porte en lui. Pindare est pour lui une preuve de mes propres facultés poétiques ; Swedenborg ou Plotin, de ma prédisposition à l'extase. « Dans toute œuvre de génie, écrit-il, nous reconnaissons des pensées qui furent les nôtres et que nous avons rejetées ; elles nous reviennent comme parées du prestige de l'étranger. » Dans un essai ultérieur il note : « On dirait qu'une seule personne a rédigé tous les livres qu'il y a dans le monde ; il y a une telle unité centrale en eux qu'il est indéniable qu'ils sont l'œuvre d'un seul individu omniscient. » Et ailleurs : « Un présent éternel est la forme de la nature qui met dans mes rosiers les mêmes roses qui charmèrent le Chaldéen dans ses jardins suspendus. »

Les lignes qui précèdent suffisent à déterminer la philosophie fantastique qu'Emerson professa : le monisme. Notre destin est tragique parce que nous sommes, irrémédiablement, des individus limités dans le temps et dans l'espace ; rien, par conséquent, n'est plus mensonger qu'une foi qui élimine tout ce qui est circonstanciel et qui déclare que tout homme est tous les hommes et qu'il n'y a personne qui ne soit l'univers. Ceux qui professent une telle doctrine sont généralement des hommes malheureux ou indifférents, avides de s'anéantir dans le cosmos ; Emerson était, bien qu'atteint d'une maladie pulmonaire, instinctivement heureux. Il réconforta Whitman et Thoreau ; il fut un grand poète intellectuel, un forgeur de sentences, un amateur des variétés de l'être, un généreux et fin lecteur des Celtes et des Grecs, des Alexandrins et des Perses.

Les latinistes baptisèrent Solinus le singe de Pline ; vers 1873, le poète Swinburne se crut attaqué par Emerson et il lui envoya une lettre personnelle qui contenait ces mots curieux, parmi d'autres dont je ne veux pas me souvenir : « Vous êtes, Monsieur, un babouin édenté et affaibli qui est parvenu à la célébrité en se hissant sur les épaules de Carlyle » ; en 1897, Groussac abandonna la comparaison zoologique mais renouvela la condamnation : « Quant au transcendant et symbolique Emerson, on sait bien qu'il fut une sorte de Carlyle américain, sans le style incisif ni la prodigieuse vision historique de l'Ecossais : celui-ci devient souvent obscur à force d'être profond ; je crains que parfois l'autre ne paraisse profond à force d'obscurité ; en tout cas, il ne parvint jamais à secouer la fascination qu'exerçait celui qui *était* sur celui qui *aurait pu être ;* et seule la vanité naïve de ses compatriotes a pu comparer au maître le modeste disciple qui conserva jusqu'à la fin, vis-à-vis de lui, un peu de l'attitude respectueuse d'Eckermann devant Goethe. » Babouin mis à part, les deux accusateurs se trompent ; Emerson et Carlyle n'ont pratiquement pas d'autre point commun que leur animosité envers le dix-huitième siècle. Carlyle fut un écrivain romantique, avec les vices et les vertus de la plèbe ; Emerson, un gentilhomme et un classique.

Dans un article, par ailleurs décevant, de la *Cambridge History of American Literature,* Paul Elmer More estime qu'il est « la figure marquante des lettres américaines » ; Nietzsche avait déjà écrit : « Je ne me suis jamais senti autant d'affinités avec un auteur comme avec Emerson ; il ne m'appartient donc pas de faire l'apologie de son œuvre. »

Au cours du temps, au fil de l'histoire, Whitman et Poe ont fait ombre à la gloire d'Emerson, et comme inventeurs, et comme fondateurs de sectes ; sur le plan de l'écriture, ils lui sont bien inférieurs.

Poèmes de Carriego

(1963)

Deux villes : Paraná et Buenos Aires, deux dates : 1883 et 1912, marquent dans le temps et dans l'espace les limites de la brève existence d'Evaristo Carriego. De vieille et illustre souche d'Entre-Ríos, il avait la nostalgie du glorieux destin de ses ancêtres et il cherchait une sorte de consolation dans les fictions romanesques de Dumas, dans la légende napoléonienne et dans le culte idolâtre des gauchos. Ainsi, un peu *pour épater le bourgeois* [1], un peu sous l'influence des Podestá et d'Eduardo Gutiérrez, il dédia un de ses poèmes à la mémoire de saint Juan Moreira [2]. Les faits marquants de sa vie tiennent en peu de mots. Il fit du journalisme, fréquenta les cénacles littéraires et se grisa, comme toute sa génération, d'Almafuerte, de Rubén Darío et de Jaimes Freyre. Enfant, je l'ai entendu réciter de mémoire les cent et quelques strophes du *Misionero* et j'ai encore dans l'oreille la chaleur passionnée de sa voix. Je sais peu de chose de ses opinions politiques ; il est permis de supposer qu'il

1. En français dans le texte.

2. *Martín Fierro* n'avait pas encore été canonisé par Lugones. *(N.d.A.)*

était vaguement, mais tapageusement, anarchiste. Comme tous les Sud-Américains cultivés du début du siècle, il était, ou se sentait, une sorte de Français honoraire et, vers 1911, il entreprit de lire dans l'original Hugo, une autre de ses idoles. Il lisait et relisait le *Quichotte* et le fait qu'il ait préféré Herrera à Lugones est peut-être symptomatique. Les noms que j'ai cités jusqu'à présent épuisent sans doute le catalogue de ses peu nombreuses mais non négligeables lectures. Il travaillait continuellement, tenaillé par la fièvre sournoise de la tuberculose. Hormis quelque pèlerinage à la maison d'Almafuerte, à La Plata, il ne fit d'autres voyages que ceux que proposent à l'esprit l'histoire et le roman historique. Il mourut à vingt-neuf ans, au même âge et du même mal que John Keats. Tous deux furent assoiffés de gloire ; la passion était permise en ce temps où la publicité n'exerçait pas encore ses maléfices.

Esteban Echeverría fut le premier à contempler le spectacle de la pampa ; Evaristo Carriego, lui, fut le premier à observer celui des faubourgs. Il n'aurait pu exécuter sa tâche sans la grande liberté de vocabulaire, de thèmes et de mètres que le modernisme donna aux littératures de langue espagnole de ce côté-ci et de l'autre de l'océan, mais ce modernisme qui le stimula lui fut aussi néfaste. Une bonne moitié de ses *Misas herejes* (Messes profanes) consiste en parodies involontaires de Darío et de Herrera. Mais malgré ces pages et les défauts éventuels du reste de l'ouvrage, la découverte, pouvons-nous dire, de nos faubourgs n'en demeure pas moins le mérite principal de Carriego.

Pour mener à bien cette œuvre, il aurait fallu que l'auteur fût un homme de lettres, sensible aux nuances ou aux connotations des mots, ou bien au contraire un homme inculte, proche des humbles personnages que lui imposait son thème. Malheureusement, Carriego n'était ni l'un ni l'autre. Les réminiscences d'Alexandre Dumas et le vocabulaire raffiné du modernisme s'interposèrent entre Palermo et lui et c'est ainsi qu'il fut inévitablement amené à comparer son héros batailleur à d'Artagnan. Dans deux ou trois poèmes d'*Alma del barrio* (La complainte du quartier) il passe de la dans d'autres la revendication sociale ; dans la *Canción del barrio* (La chanson de mon quartier) il passe de la « foule cosmique sacro-sainte » à la modeste classe moyenne. A cette seconde et dernière étape correspondent ses plus célèbres œuvres poétiques qui ne sont pourtant pas les meilleures. Il parvint par cette voie à ce que l'on peut à juste titre appeler la poésie du malheur quotidien, des maladies, des peines de cœur, du temps qui nous use et nous décourage, de la famille, de la tendresse, de l'habitude, et presque des potins. Il est significatif que le tango ait suivi une évolution parallèle.

Carriego a eu la destinée de tous les précurseurs. L'œuvre qui fut considérée par ses contemporains comme une curiosité court aujourd'hui le risque de paraître triviale. Un demi-siècle après sa mort, Carriego appartient moins à la poésie qu'à l'histoire de la poésie.

Nous savons qu'il eut la mort prématurée qui semble être le lot des poètes romantiques. Je me suis souvent demandé ce qu'il aurait écrit s'il ne nous avait quittés si tôt. Un poème exceptionnel — *El Casamiento* (Le Mariage) — peut avoir été l'amorce d'une approche de la poésie humoristique. Ce n'est là, évidemment, qu'une hypothèse ; mais, ce qui est certain, c'est que Carriego a modifié, et continue à modifier l'évolution de nos lettres et que certaines de ses pages entreront dans cette anthologie que tend à devenir toute littérature. Aux personnages de son œuvre — le souteneur, la cousette qui a mal tourné, l'aveugle, le joueur d'orgue de Barbarie — force nous est d'en ajouter un autre : le jeune homme phtisique et endeuillé qui marche lentement entre des maisons basses, s'escrimant sur un vers ou s'arrêtant pour regarder ce qu'il va bientôt quitter.

NOTE DE 1974.

La poésie travaille sur le passé. Le Palermo des *Misas herejes* fut celui de l'enfance de Carriego et je n'ai pu le connaître. Le vers exige la nostalgie et, même légère, la patine du temps. Cela, nous le constatons également dans toute la littérature consacrée aux gauchos. Ricardo Güiraldes chanta ce que fut, ce que put avoir été, son *Don Segundo,* non ce qu'il était quand il composa son élégie.

LEWIS CARROLL

Œuvres

(1975)

Dans le deuxième chapitre de sa *Symbolic Logic* (1892), C. L. Dodgson, dont le nom immortel est Lewis Carroll, écrivit que l'univers est composé de choses qu'on peut ranger par catégories, et que l'une d'entre elles est la catégorie des choses impossibles. Il donna comme exemple de cette catégorie une masse qui pèserait plus d'une tonne et qu'un enfant serait capable de soulever. Si les livres *Alice au pays des merveilles* et *De l'autre côté du miroir,* ces livres qui font notre bonheur, n'existaient pas, nous pourrions dire qu'ils rentrent dans cette catégorie. En effet, est-il concevable qu'une œuvre qui est aussi savoureuse et accueillante que *Les Mille et Une Nuits* soit faite d'un tissu de paradoxes d'ordre logique et métaphysique? Alice rêve du Roi Rouge qui est en train de rêver d'elle et quelqu'un la prévient que si le Roi se réveille elle s'éteindra comme une bougie parce qu'elle n'est rien d'autre qu'un rêve du Roi auquel elle-même est en train de rêver. A propos de ce rêve réciproque qui peut bien ne pas avoir de fin, Martin Gardner rappelle l'histoire de cette dame obèse qui faisait le portrait d'une artiste peintre maigre en train de peindre une artiste peintre obèse laquelle peignait une artiste peintre maigre et ainsi de suite à l'infini. La littérature anglaise et les rêves entretiennent une vieille amitié ; Bède le Vénérable rapporte que le premier poète d'Angleterre dont le nom nous a été conservé, Caedmon, composa son premier poème en rêve ; un triple rêve de mots, d'architecture et de musique dicta à Coleridge l'admirable fragment de *Kubla Khan* ; Stevenson affirme qu'il rêva la transformation de Jekyll en Hyde et la scène centrale de *Olalla*. Dans les exemples que je viens de citer, le rêve est créateur de poésie ; innombrables sont les œuvres dont le thème est constitué par le rêve et, parmi les plus célèbres, nous avons les livres que nous a laissés Lewis Carroll. Les deux rêves d'Alice frisent continuellement le cauchemar. Les illustrations de Tenniel — qui font maintenant partie inhérente de l'ouvrage et qui déplaisaient à Carroll — accentuent encore la menace toujours suggérée. A première vue, ou dans le souvenir qu'on en garde, les aventures paraissent arbitraires et inconséquentes ; mais nous constatons ensuite qu'il y a en elles la rigueur secrète des jeux d'échecs ou de cartes, qui sont eux aussi des aventures de l'imagination. Dodgson, on le sait, fut professeur de mathématiques à l'Université d'Oxford ; les paradoxes logico-mathématiques que l'œuvre nous propose n'empêchent pas celle-ci d'être magique pour les enfants. Au tréfonds des rêves, guette une mélancolie résignée et souriante ; la solitude d'Alice au milieu de ses monstres reflète celle du célibataire qui ourdit l'inoubliable fable. La solitude de l'homme qui ne se risqua jamais à aimer et qui n'eut jamais d'autres amies que quelques petites filles que le temps lui arracha, ni d'autre passe-temps que la photographie, art méprisé à l'époque. A cela il nous faut ajouter, bien entendu, les spéculations abstraites, l'invention et la réalisation d'une mythologie qui lui fut personnelle mais qui, heureusement, nous appartient à tous aujourd'hui. Il reste un autre domaine qui échappe à ma compétence et que les gens qui s'y entendent dédaignent : celui des « *pillow problems* » qu'il inventa pour pallier les nuits d'insomnie et pour éloigner, nous avoue-t-il, les mauvaises pensées. Le pauvre Cavalier Blanc, créateur de choses qui ne peuvent servir à rien, est un autoportrait délibéré et une projection, peut-être involontaire, de cet autre seigneur de province que voulut être Don Quichotte.

Le génie quelque peu pervers de William Faulkner a appris aux écrivains actuels à jouer avec le temps. Qu'il me suffise de mentionner les ingénieuses pièces dramatiques de Priestley. Carroll avait déjà écrit que la Licorne avait révélé à Alice le *modus operandi* à suivre pour servir aux invités le boudin aux raisins. On le partage d'abord et ensuite on le coupe. La Reine Blanche pousse un cri soudain parce qu'elle sait qu'elle va se piquer un doigt qui saignera avant la piqûre. Elle se souvient également avec précision des événements de la semaine à venir. Le Messager est en prison avant d'être jugé pour le crime qu'il commettra après la sentence du juge. Au temps réversible s'ajoute le temps arrêté. Chez le Chapelier Fou il est toujours cinq heures de l'après-midi ; c'est l'heure du thé et les tasses se vident et se remplissent. Autrefois les écrivains cherchaient d'abord à intéresser ou à émouvoir le lecteur ; aujourd'hui, sous l'influence des histoires de la littérature, ils tentent des expériences qui permettent à leur nom de survivre ou du moins de laisser une trace. La première expérience de Lewis Carroll, les deux livres d'Alice, connut un tel succès que personne ne la prit pour une expérience et bien des gens la jugèrent très facile. De son dernier livre seulement, *Sylvie et Bruno* (1889-93), on peut honnêtement affirmer qu'il fut une expérience. Carroll avait observé que la majorité sinon la totalité des livres partent d'un argument préalable auquel l'écrivain ajoute ensuite les détails ; il résolut d'inverser le procédé et de noter les épisodes que ses journées et ses rêves lui proposaient et de les ordonner ensuite. Il consacra dix longues années à forger ces éléments hétérogènes dont l'ensemble lui donna, dit-il, une claire et accablante notion de ce que représente le mot *chaos*. C'est à peine s'il voulut intervenir dans son œuvre en ajoutant quelques phrases requises par la nécessité de lier le tout. Noircir un nombre déterminé de pages avec un sujet et ses développements, cela lui semblait une servitude à laquelle il n'avait pas à se soumettre, puisqu'il n'attachait d'importance ni à la renommée ni à l'argent.

A cette théorie singulière que j'ai résumée j'en ajoute une autre consistant à présupposer l'existence de fées pouvant à l'occasion devenir des êtres tangibles, soit dans la veille, soit dans le sommeil, et les incursions réciproques l'un dans l'autre du quotidien et du fantastique.

Personne, pas même Fritz Mauthner, si injustement oublié, n'eut plus de méfiance envers le langage. Le jeu de mots est en général la simple parade d'un esprit sot (« el aligero Dante[1] », « el culto pero no oculto Góngora[2] » de Baltasar Gracián) ; le jeu de mots chez Lewis Carroll nous découvre l'ambiguïté qui se cache dans les locutions courantes. Par exemple, celle qui se cache dans le verbe *to see* :

He thought he saw an argument
That proved he was the Pope ;

1. « Le Dante allégé », jeu de mots sur le nom de Dante Alighieri.
2. « Le cultivé mais non occulté Góngora. »

He looked again, and found it was
A Bar of Mottled Soap.
« *A fact so dread* », *he faintly said,*
« *Extinguishes all hope*[1] *!* »

Ici, on joue avec le double sens du mot *to see*; découvrir une raison n'est pas la même chose qu'apercevoir un objet concret.

Celui qui écrit pour les enfants court le risque d'être taxé de puérilité ; on confond l'auteur avec son public. Tel est le cas de Jean de La Fontaine, de Stevenson et de Kipling. On oublie que Stevenson s'il écrivit *A Child's Garden of Verses* a aussi écrit *Le maître de Ballantrae* ; on oublie que Kipling nous a laissé, outre les *Histoires comme ça*, les récits les plus complexes et tragiques de notre siècle. En ce qui concerne Lewis Carroll, j'ai déjà dit que les livres d'Alice peuvent être lus et relus, selon l'expression courante aujourd'hui, à des niveaux très différents.

De tous les épisodes de l'ouvrage, le plus inoubliable est celui de l'adieu du Cavalier Blanc. Peut-être le Cavalier est-il ému parce qu'il n'ignore pas qu'il est un songe d'Alice comme Alice fut un songe du Roi Rouge, et qu'il est sur le point de disparaître. Le Cavalier est également Lewis Carroll qui prend congé des rêves chéris qui peuplèrent sa solitude. On est tenté de se rappeler la mélancolie de Miguel de Cervantes quand

1. Il croyait voir un argument
Prouvant qu'il était Pape ;
Regardant mieux, il voit que c'est
Un morceau de savon marbré :
« Grand Dieu, dit-il, une erreur si funeste
Eteint toute espérance ! »

(*Chanson du Jardinier fou*, Trad. Henri Parisot)

il prit congé pour toujours de son ami et de notre ami, Alonso Quijano, lequel « au milieu de la douleur et des larmes de ceux qui l'assistaient rendit l'esprit ; je veux dire qu'il mourut ».

MIGUEL DE CERVANTES

Les Nouvelles exemplaires

(1946)

En bonne logique, les platoniciens pourraient imaginer qu'il existe au Ciel (ou dans l'insondable intelligence de Dieu) un livre où sont enregistrées les délicates émotions d'un homme à qui rien, précisément rien, n'arrive, et un autre où se dévide une série infinie d'actes impersonnels, exécutés par n'importe qui ou personne. Le premier de ces livres, ici-bas, c'est *La bête dans la jungle* d'Henry James ; l'autre est le *Livre des Mille et une Nuits,* ou les souvenirs entassés que nous gardons du *Livre des Mille et Une Nuits.* Le premier est le modèle du roman psychologique ; le second du roman d'aventures.

Un partage aussi rigoureux n'existe pas dans la littérature des hommes. Le roman le plus mouvementé peut comporter des traits psychologiques ; le plus sédentaire, quelque événement. Dans la troisième nuit des *Nuits,* un génie emprisonné par Soliman dans un vase de cuivre et jeté au fond de la mer jure d'enrichir celui qui le délivrera ; mais cent années passent, et il jure alors qu'il fera de lui le maître de tous les trésors du monde ; cent années passent encore et il jure qu'il exaucera trois de ses souhaits ; mais les siècles continuent à passer et, à la fin, désespéré, il jure de le tuer.

N'est-ce pas là une véritable trouvaille psychologique, vraisemblable et surprenante à la fois ? Un phénomène semblable nous est présenté avec le *Quichotte*, qui est le premier et le plus intime roman psychologique, le dernier et le meilleur roman de chevalerie.

Les *Nouvelles exemplaires* parurent en 1613, entre les deux *Quichotte*. Elles ne comportent pratiquement pas de satire en dehors du cadre picaresque de Rinconete et Cortadillo et du dialogue des chiens ; elles ont, par contre, beaucoup de cette extravagance contre laquelle s'élevèrent le curé et le barbier et qui devait atteindre plus tard son extraordinaire point culminant dans *Les Travaux de Persiles et Sigismonde*. Le fait est que chez Cervantes, comme chez Jekyll, il y eut au moins deux hommes : le dur vétéran, un peu *miles gloriosus*, lecteur assidu de contes chimériques, et l'homme compréhensif, indulgent, ironique et sans fiel, que Groussac, qui ne l'aimait pas, comparait à Montaigne. Un même antagonisme apparaît entre la virulence des choses racontées et l'agréable lenteur du conte. Lugones a écrit que les longues périodes de Cervantes ne réussissent jamais leur conclusion. A vrai dire elles y visent à peine. Cervantes les laisse tomber sans hâte, pour des lecteurs qu'il ne s'efforce pas d'intéresser mais qu'il intéresse cependant. Les deux affectations opposées que sont la grandiloquence sonore et la sentence laconique lui sont aussi étrangères l'une que l'autre. Il n'ignore pas que le style dit oral est une des nombreuses formes du style écrit ; ses dialogues portent le nom de discours. Les interlocuteurs ne s'interrompent pas et laissent l'autre conclure. Les phrases tronquées du réalisme de notre temps lui auraient fait l'effet d'une maladresse indigne de l'art littéraire.

Dante écrivait pour être analysé ; la critique espagnole accepte trop volontiers Cervantes et préfère se borner à le vénérer plutôt que d'en faire l'étude. Personne n'a signalé, par exemple, que pour l'inventeur d'Alonso Quijano, qui rêvait d'être don Quichotte, la Manche n'était qu'un lieu irrémédiablement provincial, poussiéreux et prosaïque. Non moins précis est le titre *Nouvelles exemplaires*. Pedro Henríquez Ureña note que *novela* équivaut exactement à l'italien *novella* et au français *nouvelle* ; quant à *ejemplares* (exemplaires) l'auteur nous prévient : « J'irai jusqu'à te dire ceci : que s'il advenait que la leçon de ces nouvelles pût inciter celui qui les aurait lues à quelque mauvais désir ou mauvaise pensée, je préférerais m'être coupé la main qui les écrivit plutôt que de les avoir fait publier. »

Tolérant dans un siècle d'intolérance, contemporain des bûchers publics du Saint-Office et du sac de Cadix, le narrateur de *L'Espagnole Anglaise* ne laisse pas voir le moindre sentiment de haine pour l'Angleterre. De tous les pays d'Europe, c'est l'Italie qu'il aime le plus et sa littérature a eu une grande influence sur lui.

Il est attiré par la coïncidence, le hasard, les desseins magiques du destin, mais plus profondément par l'homme, soit comme type (*Rinconete et Cortadillo, La Force du Sang*), soit comme individu (*Le Jaloux d'Estramadoure, Le Licencié de Verre*) ; ajoutons à ces derniers *Le Curieux impertinent,* intercalé dans le *Quichotte*. Il y a lieu de penser cependant que, pour les lecteurs d'aujourd'hui, le charme de ces fictions ne réside pas dans la fable, ni dans les indications psychologiques, ni dans leurs peintures de la vie espagnole au temps de Philippe III. Il réside dans la manière de Cervantes ; nous dirions presque, dans la voix de Cervantes. Le *Marcus Brutus* de Quevedo, les *Empresas* et la *Corona Gótica* de Saavedra Fajardo sont des exemples célèbres de style écrit ; celui de Cervantes, quand il n'est pas soucieux de vaines ambitions rhétoriques, donne l'impression du style parlé. Dans une étude sur l'élaboration du *Quichotte*, Menéndez y Pelayo vante « l'heureuse et savante lenteur » avec laquelle travaillait Cervantes, affirmation que justifient ensuite ces mots : « De deux des *Nouvelles exemplaires, Le Jaloux d'Estramadoure* et le *Rinconete*, nous avons encore une copie des brouillons primitifs retranscrits par le licencié Porras de la Camara. De ces brouillons à la rédaction définitive, quelle distance ! » Rappelons à ce propos ce passage de l'*Adam's Curse* de Yeats : « Un seul vers peut exiger de nombreuses heures de travail ; mais s'il ne semble pas être le don de l'instant, inutile d'avoir fait et défait cent fois notre ouvrage. »

Si on le juge suivant les préceptes de la rhétorique, aucun style n'est plus pauvre que celui de Cervantes. Il abonde en répétitions, en longueurs, en hiatus, en fautes de construction, en épithètes inutiles ou préjudiciables, en coq-à-l'âne. Mais un certain charme qui émane de l'œuvre annule ou tempère tous ces défauts. Il y a des écrivains — Chesterton, Quevedo, Virgile — dont l'œuvre entière supporte l'analyse ; il n'est pas chez eux de procédé, de bonheur d'expression qu'un rhéteur ne puisse expliquer. D'autres — De Quincey, Shakespeare — présentent des zones d'ombre qui se refusent à tout examen. D'autres, plus mystérieux encore, défient les lois de l'analyse. Il n'y a pas une seule phrase chez eux, à les examiner de près, qui ne soit à corriger ; n'importe quel homme ayant des lettres peut souligner leurs erreurs ; leurs observations relèvent de la logique, le texte lui-même peut-être pas ; et cependant ce texte, tout critiquable qu'il soit, est des plus efficaces, sans que nous sachions pourquoi. C'est à cette catégorie d'écrivains, que la simple raison ne peut expliquer, qu'appartient Miguel de Cervantes.

Parmi les nombreux éloges qu'ont mérités ces *Nouvelles exemplaires,* le plus célèbre est peut-être celui que Goethe leur a décerné. Il figure dans une de ses lettres à Schiller, de 1795. Le voici : « J'ai trouvé dans les Nouvelles de Cervantes un trésor d'enseignements et d'agrément. Comme il est réjouissant de pouvoir reconnaître comme bon ce qui est déjà reconnu comme tel, et comme nous allons plus rapidement notre chemin quand nous rencontrons des œuvres réalisées suivant les principes que nous nous efforçons d'appliquer nous-mêmes dans la mesure de nos moyens et sur notre propre terrain ! » Moins enthousiaste est l'opinion de Lope de Vega : « En Espagne... il existe aussi des recueils de nouvelles, certaines traduites d'auteurs italiens, d'autres originales, et pour ces dernières ni la grâce ni le style ne manquèrent à Miguel Cervantes. Je reconnais que ce sont des livres très distrayants et qui pourraient être exemplaires, comme certaines des Histoires tragiques de Bandello[1] ; mais elles devraient être écrites par des hommes de science ou, tout au moins, par de grands courtisans, à qui les désillusions inspirent de remarquables sentences et aphorismes. »

Destin paradoxal que celui de ce livre. Cervantes le composa pour se distraire par des fictions des premières mélancolies de sa vieillesse ; et nous, nous l'ouvrons pour découvrir à travers ses récits les traits du vieux Cervantes. Ce n'est pas Mahamut ou la Gitanilla qui nous émeuvent, mais Cervantes occupé à les imaginer.

1. Matteo Bandello (1480-*circa* 1560), imitateur du *Décaméron* de Boccace. *(N.d.A.)*

WILKIE COLLINS

La Pierre de lune

(1971)

En 1841, un pauvre homme de génie, dont l'œuvre écrite est sans doute moins considérable que l'influence qu'elle eut sur les diverses littératures du monde, Edgar Allan Poe, publia à Philadelphie *Double crime dans la rue Morgue,* le premier roman policier qu'enregistre l'histoire. Ce récit fixe les lois essentielles du genre : le crime énigmatique et, à première vue, inexplicable, le détective sédentaire qui déchiffre l'énigme par un effort d'imagination et en faisant appel à la logique, le cas raconté par un ami impersonnel et imprécis du détective. Ce dernier s'appelait Auguste Dupin ; il deviendra, avec le temps, Sherlock Holmes... Une vingtaine d'années plus tard paraissent *L'Affaire Lerouge,* du Français Emile Gaboriau, puis *La Femme en blanc* et *La Pierre de lune* de l'Anglais Wilkie Collins. Ces deux derniers romans méritent beaucoup plus que d'être simplement mentionnés au passage ; Chesterton les a jugés supérieurs aux productions les plus réussies de l'école contemporaine. Swinburne, qui allait renouveler avec passion la musique de la langue anglaise, affirma que *La Pierre de lune* était un chef-d'œuvre ; Fitzgerald, insigne traducteur (et presque l'inventeur) d'Omar Khayyam, préféra *La Femme en blanc* aux œuvres de Fielding et de Jane Austen.

Wilkie Collins, maître des rebondissements de l'intrigue, du suspense pathétique et des dénouements inattendus, laisse aux divers protagonistes le soin de narrer les épisodes successifs de l'histoire. Ce procédé, qui permet la confrontation dramatique et souvent satirique des divers points de vue, est sans doute inspiré des romans par lettres du dix-huitième siècle et il a été repris par Browning dans son fameux poème *L'anneau et le livre*, où dix personnages racontent l'un après l'autre la même histoire, qui varie non pas dans les faits mais dans leur interprétation. Rappelons également certaines expériences de Faulkner et du lointain Akutagawa, qui fut, d'ailleurs, le traducteur de Browning.

La Pierre de lune est inoubliable non seulement par son argument, mais encore par ses protagonistes qui sont de si vivants personnages : Betteredge, respectueux et inlassable lecteur de *Robinson Crusoé;* Ablewhite, le philanthrope; Rosanna Spearman, difforme et amoureuse; Miss Clack, « la sorcière méthodiste »; Cuff, le premier *détective* de la littérature britannique.

Le poète T.S. Eliot l'a déclaré : « Il n'y a pas de romancier de nos jours qui ne puisse apprendre quelque chose de Collins sur l'art d'intéresser le lecteur; tant qu'on écrira des romans, on devra faire de temps en temps appel aux possibilités du mélodrame. Le roman policier contemporain se répète dangereusement : au premier chapitre le majordome classique découvre le crime classique; au dernier chapitre, le criminel est découvert par le détective classique, après avoir été déjà découvert par le lecteur classique. Les trouvailles de Wilkie Collins sont, au contraire, sans cesse renouvelées. » A vrai dire le genre policier se prête moins au roman qu'à la nouvelle ; Chesterton et Poe, son inventeur, ont toujours préféré la seconde. Collins, voulant que ses personnages ne soient pas les simples rouages d'un jeu ou d'un mécanisme, nous les présente comme des types humains parfaitement crédibles.

Fils aîné du paysagiste William Collins, l'écrivain naquit à Londres, en 1824 ; il mourut en 1889. Son œuvre est variée ; ses thèmes sont à la fois complexes et clairs, ils ne traînent ni ne s'embrouillent. Il fut avocat, opiomane, acteur et ami intime de Dickens, avec qui il lui arriva de collaborer.

Le lecteur curieux peut consulter sa biographie par Ellis (*Wilkie Collins*, 1931), la correspondance de Dickens et les études que lui consacrèrent Eliot et Swinburne.

SANTIAGO DABOVE
La Mort et son vêtement

(1961)

Un personnage rêvé par Shakespeare a dit que nous étions faits de la matière même des rêves ; pour la plupart des gens, cette opinion est un soupir de découragement ou une métaphore ; pour les métaphysiciens et les mystiques, c'est l'énonciation pure et simple d'une vérité précise. (Nous ignorons laquelle des deux interprétations fut celle de Shakespeare ; peut-être ne chercha-t-il autre chose que la simple musique de ses mots immortels.) Macedonio Fernández, qui ne formula pas d'idées neuves — peut-être n'en existe-t-il pas — mais qui redécouvrit et repensa les idées éternelles, parlait admirablement, avec humour et passion, de ce caractère onirique des choses et c'est dans son entourage d'amis que je rencontrai, vers 1922, Santiago Dabove. Quelques heures suffirent à Macedonio pour nous convertir à l'idéalisme. Le souvenir de Berkeley et mon goût pour les hypothèses magiques ou surprenantes me poussèrent dans cette voie ; quant à Santiago Dabove, je suppose qu'il fut guidé par sa conviction que la vie a si peu d'importance qu'elle ne peut être autre chose de plus qu'un songe. Nihilisme et amertume le conduisirent à la thèse onirique. C'est pour ce songe ou cette réalité qui porte la date de 1960 que Santiago est mort et survit dans les réalités ou les songes que nous propose ce livre.

Tous les samedis, pendant une période de temps qui finit par se compter en années, nous nous retrouvions autour de Macedonio, en ces réunions devenues aujourd'hui presque légendaires, dans la salle austère d'un café de la rue Jujuy. Nous discutions parfois jusqu'à l'aube ; nos thèmes habituels étaient la philosophie et l'esthétique. La politique n'avait pas encore dévoré les autres passions ; nous nous considérions sans doute comme des anarchistes individualistes, mais Kropotkine ou Spencer nous importaient moins que les jeux de la métaphore ou l'inexistence du moi. A notre insu presque, Macedonio menait la conversation ; nous qui l'avons écouté alors, nous ne pouvons nous étonner de ce que les hommes qui ont eu une influence durable sur l'humanité — Pythagore, Bouddha, Socrate, Jésus-Christ — aient préféré la parole à l'écriture... Le propre de tels cénacles abstraits et passionnés est de faire passer les idées générales avant le particulier ; je sais très peu de chose de la vie et des aventures de Santiago Dabove, sinon qu'il était employé à l'Hippodrome et qu'il habitait Morón, village de ses parents, grands-parents et arrière-grands-parents. Je crois cependant l'avoir connu à fond, aussi complètement qu'une personne peut être connue d'une autre ; il me semble que je pourrais le présenter dans un conte et le faire agir sans commettre d'inexactitudes. C'était, comme le voulait Pythagore, un spectateur. Il supportait sans ennui les lentes journées de la semaine dans son village ; la cigarette qu'il roulait lui-même, maladroitement, le maté, la guitare meublaient ses loisirs. Sa maison était une de ces demeures anciennes dans lesquelles s'ouvrent une succession de cours intérieures avec, tout au fond, un espace clair qui est le jardin. Une grande treille tamisait les diverses lumières de la journée et Santiago, sans doute, allait et venait par ces cours et ces pièces à haut plafond, cherchant à comprendre et à préciser ses songes.

Il nous dit une fois, en souriant, qu'il disposait de tous les matériaux pour la rédaction d'un grand roman, parce qu'il avait toujours vécu à Morón ; Mark Twain pensait la même chose du Mississippi dont il avait pendant tant d'années, comme pilote, fendu les vastes et sombres eaux. Peut-être que tous les types humains sont représentés dans n'importe quel endroit limité de la planète et peut-être même en chacun de nous. Quant à l'idée, ou au préjugé naturaliste, qui veut que les écrivains soient obligés de voyager en quête de thèmes, Dabove jugeait que cela concernait moins la littérature que le journalisme. Je me souviens d'avoir commenté avec lui des passages de De Quincey et de Schopenhauer, mais je le soupçonne de n'avoir lu que ce que le hasard lui avait mis entre les mains. En dehors de quelques anciennes admirations — le *Quichotte* et Edgar Poe, certainement, et peut-être Maupassant — il n'attendait pas grand-chose de la parole écrite. Il avait fait tout ce qu'il était humainement possible de faire pour admirer Goethe mais, comme beaucoup d'autres, il n'y était pas parvenu. La musique était pour lui une jouissance non seulement émotionnelle mais intellectuelle. C'était un bon exécutant, mais il préférait l'écouter et l'analyser.

Je me rappelle quelques-unes de ses remarques. Dans le cénacle de Macedonio on discutait la question de savoir si le tango était gai ou triste. Certains tenaient pour des exceptions des morceaux que d'autres prétendaient être typiques, et nous n'étions même pas d'accord sur la valeur émotionnelle de *Siete palabras* ou de *Don Juan*. Santiago, qui nous écoutait en silence, finit par faire observer que la discussion était vaine, étant donné que toute mélodie, même celle, très pauvre, du tango est d'une richesse et d'une précision bien plus complexes que les adjectifs *triste* ou *gai*. Le tango ne l'intéressait pas, mais plutôt la chronique épique des faubourgs, les histoires de marlous. Il les racontait sans y mettre le moindre ton admiratif ou sentimental. Je n'oublierai pas cette anecdote, entre autres : l'inauguration d'une maison close dans un village de la province de Buenos Aires. Les « jeunes gens bien » qui connaissaient la capitale durent expliquer la raison d'être de l'insolite établissement aux mauvais garçons qui n'avaient goûté jusqu'alors qu'à des amours de couloir, ou à la belle étoile. Maupassant aurait apprécié cette conjoncture.

Plus qu'à l'irréalité des choses, Santiago était sensible à leur vanité. Ces deux sentiments se retrouvent dans le conte fantastique, qu'il aborda lui aussi à l'exemple — nous l'avons vu — de Poe et à celui de Lugones dans *Las fuerzas extrañas* (Les forces étranges). Tous les morceaux qui composent ce volume posthume appartiennent à un genre que nous pourrions définir comme de l'imaginaire raisonné, mais les genres ne sont autre chose que des conventions commodes ou des étiquettes et nous ne savons même pas de façon certaine si l'univers appartient à la littérature fantastique ou au réalisme.

L'usure des ans érode les œuvres des hommes, mais elle en épargne certaines dont le thème est paradoxalement la dispersion et l'évanescence. Je suis sûr que les générations à venir ne se résigneront pas à laisser sombrer dans l'oubli l'étrange et douloureux conte *Ser polvo* (Etre poussière).

Comme Peyrou et comme Julio César, son frère, Santiago Dabove eut, pour employer une expression qu'affectionnait Macedonio Fernández, le génie de l'amitié.

Macedonio Fernández

(1961)

Personne n'a encore écrit la biographie de Macedonio Fernández, de cet homme qui condescendit rarement à passer à l'action et pour qui seules comptèrent les joies pures de la pensée.

Macedonio Fernández naquit à Buenos Aires le 1er juin 1874 et mourut dans cette même ville le 10 février 1952. Il fit des études de droit ; il plaida occasionnellement devant les tribunaux et il fut, au début de ce siècle, secrétaire du Tribunal fédéral à Posadas. Vers 1897, il fonda au Paraguay, avec Julio Molina y Vedia et Arturo Muscari, une colonie anarchiste qui dura ce que durent habituellement ces utopies. Vers 1900, il épousa Elena de Obieta qui lui donna plusieurs enfants et à la mort de laquelle il composa une élégie qui est restée célèbre. L'amitié était une des passions de Macedonio. Je me souviens, parmi ses amis, de Leopoldo Lugones, de José Ingenieros, de Juan B. Justo, de Marcelo del Mazo, de Jorge Guillermo Borges, de Santiago Dabove, de Julio César Dabove, d'Enrique Fernández Latour, d'Eduardo Girondo.

En cette fin d'année 1960, je dicte au hasard de ma mémoire et de ses méandres ce que le temps m'a laissé des chères images, mystérieuses certes, qui représentent pour moi Macedonio Fernández.

Au cours d'une vie déjà longue j'ai conversé avec des personnages célèbres ; aucun d'eux ne m'a impressionné autant que lui, ni même de façon analogue. Il s'efforçait de cacher, de ne pas dévoiler son intelligence extraordinaire ; il parlait comme en marge d'une conversation dont il était pourtant le centre. Il préférait le ton interrogatif, le ton modestement consultatif, à l'affirmation magistrale. Jamais il ne pontifiait ; son éloquence était faite de concision et même de bribes de phrases. Il faisait montre en général d'une prudente circonspection. Je puis imiter, mais non définir, cette voix égale, enrouée par le tabac. Je me rappelle le vaste front, les yeux d'une couleur indéfinissable, les cheveux gris et la moustache grise, la silhouette brève et presque banale. Le corps chez lui n'était pour ainsi dire qu'un prétexte pour l'esprit. Ceux qui l'ont fréquenté évoqueront peut-être les figures de Mark Twain ou de Paul Valéry. La première de ces ressemblances l'aurait réjoui, mais non la seconde, car je crois bien que Valéry était pour lui une espèce de jongleur du scrupule. Sa sympathie pour tout ce qui était français était loin d'être entière ; de Victor Hugo, que j'admirais et admire encore, je me souviens lui avoir entendu dire : *Laisse-moi tranquille avec cet énergumène insupportable. Le lecteur est parti qu'il continue encore à parler.* Le soir du fameux combat entre Carpentier et Dempsey, il nous dit : *Au premier coup de poing de Dempsey, le petit Français sera au tapis, et demandera qu'on lui rende son argent parce que le spectacle aura été trop court.* Quant aux Espagnols, il préférait les juger d'après Cervantes qui était l'un de ses dieux, et non d'après Gracián ou Góngora qu'il trouvait détestables.

J'ai hérité de mon père l'amitié et le culte de

Macedonio. Vers 1921, nous revînmes d'Europe, après un séjour de plusieurs années là-bas. Les librairies de Genève, et un certain style généreux de vie parlée que j'avais découvert à Madrid, me manquèrent beaucoup au début ; cette nostalgie me passa quand je connus, ou plutôt quand je récupérai, Macedonio. Ma dernière émotion, en Europe, avait été une conversation avec le grand écrivain judéo-espagnol Rafael Cansinos-Asséns, qui parlait toutes les langues et connaissait toutes les littératures, comme s'il était lui-même l'Europe et toutes les richesses de l'Europe. Chez Macedonio je trouvai autre chose. C'était comme si Adam, le premier homme, avait pensé et résolu au Paradis les problèmes fondamentaux. Cansinos était la somme du temps ; Macedonio, la jeune éternité. L'érudition lui semblait une chose vaine, une façon prétentieuse de ne pas penser. Dans une arrière-cour de la rue Sarandi, il nous dit un après-midi que s'il avait pu aller à la campagne, s'allonger par terre à midi, fermer les yeux et laisser aller sa pensée, en faisant abstraction des circonstances qui nous empêchent de concentrer notre esprit, il résoudrait immédiatement l'énigme de l'univers. Je ne sais si ce bonheur lui fut donné, mais sans doute l'entrevit-il. Des années après la mort de Macedonio, j'ai lu que dans certains monastères bouddhistes le maître a coutume de ranimer le feu avec quelques images pieuses ou d'utiliser pour des besoins qu'il est inutile de préciser les pages des livres canoniques, ceci pour apprendre aux novices que la lettre tue et que l'esprit vivifie ; je pensai que cette curieuse pratique était dans la ligne des habitudes mentales de Macedonio, mais je l'aurais sans doute agacé en la lui contant, à cause de son exotisme. Les adeptes du bouddhisme Zen n'apprécient pas qu'on leur parle des origines historiques de leur propre doctrine ; de même, Macedonio n'aurait pas aimé qu'on lui parlât d'une pratique circonstancielle au lieu de s'en tenir à cette vérité intime qui existe maintenant et ici à Buenos Aires. L'essence onirique de l'Etre était un des thèmes préférés de Macedonio, mais quand je me risquai à lui raconter qu'un Chinois avait rêvé qu'il était un papillon et qu'il ne savait pas, au réveil, s'il était un homme qui avait rêvé qu'il était un papillon ou un papillon qui maintenant rêvait qu'il était un homme, Macedonio ne se reconnut pas dans ce miroir ancien et se limita à me demander la date du texte que je citais. Je lui parlai du cinquième siècle avant l'ère chrétienne et Macedonio me fit remarquer que la langue chinoise avait tellement changé depuis cette date lointaine que de tous les mots de cette histoire le mot *papillon* devait être le seul dont le sens ne prêtât pas à confusion.

L'activité mentale de Macedonio était incessante et rapide, bien que sa façon d'exprimer sa pensée fût lente ; ni les réfutations ni les confirmations d'autrui ne l'intéressaient. Il suivait imperturbablement sa propre idée. Je me souviens qu'il attribua un jour telle ou telle opinion à Cervantes ; quelque imprudent fit remarquer qu'en un certain chapitre du *Quichotte* on lit précisément le contraire : Macedonio ne fut pas ébranlé par ce léger obstacle et dit : *C'est possible, mais Cervantes a écrit cela pour ne pas avoir d'ennuis avec le commissaire.* Mon cousin Guillermo Juan, qui faisait ses études à l'Ecole Navale de Rio Santiago, alla rendre visite à Macedonio et celui-ci fit observer que dans cet établissement, où se trouvent tant de provinciaux, on devait beaucoup jouer de la guitare. Mon cousin lui dit que depuis des mois qu'il était là, il ne connaissait personne qui en jouât : Macedonio prit cette négation pour une affirmation et me dit, du ton d'un homme qui corrobore les dires d'un autre : *tu vois, un centre de guitaristes remarquables*.

L'indolence nous porte à supposer que les autres sont faits à notre image ; Macedonio Fernández commettait l'erreur généreuse de penser que tous avaient son intelligence. Il commençait par attribuer cette qualité aux Argentins, qui étaient, naturellement, ses plus fréquents interlocuteurs. Ma mère lui reprocha une fois d'embrasser, ou d'avoir embrassé, le parti de tous les divers et successifs présidents de la République. De tels changements d'opinion, qui le firent passer en un seul jour du culte d'Yrigoyen à celui d'Uriburu, venaient de sa conviction que Buenos Aires ne pouvait se tromper. Il admirait, évidemment sans les avoir lus, Josué Quesada et Enrique Larreta, pour l'unique et suffisante raison que tout le monde les admirait. Cet attachement irraisonné pour tout ce qui était argentin l'incita à penser qu'Unamuno et les autres auteurs espagnols en étaient venus à penser, et souvent à bien penser, parce qu'ils savaient qu'ils seraient lus à Buenos Aires. Il aimait personnellement et appréciait sur le plan littéraire Lugones, dont il fut grand ami, mais un jour il s'amusa à imaginer qu'il écrivait un article pour manifester son étonnement de voir que Lugones, malgré sa grande culture et son indiscutable talent, n'avait jamais entrepris d'écrire. *Pourquoi ne nous donne-t-il pas le moindre vers ?* se demandait-il.

Macedonio était passé maître dans l'art de ne rien faire et de rester solitaire. La vie pastorale sur un territoire presque désert nous avait appris, à nous autres Argentins, à vivre sans ennui dans la solitude ; la télévision, le téléphone et, pourquoi ne pas le dire, la lecture, sont responsables du fait que nous ayons perdu ce don précieux. Macedonio était capable de rester seul, sans rien faire, pendant des heures. Un livre trop célèbre parle de l'homme qui est seul et qui attend ; Macedonio était seul mais n'attendait rien, s'abandonnant docilement au cours paisible du temps. Il avait habitué ses sens à ne pas percevoir ce qui était désagréable et à se laisser bercer par n'importe quel plaisir du moment : l'odeur du tabac anglais, un maté bien préparé ou un livre — *Le monde comme volonté et comme représentation*, je m'en souviens — dans une reliure espagnole. Le hasard l'amenait à vivre dans des pièces modestes, sans fenêtres ou avec une fenêtre donnant sur une cour intérieure peu aérée, dans des pensions de famille de l'Once ou du quartier des Tribunaux ; j'ouvrais la porte et Macedonio était là, assis sur le lit ou sur une chaise à dossier droit. Il me donnait l'impression de ne pas avoir bougé de là depuis des heures et de ne pas se rendre compte de l'odeur de renfermé et du manque de lumière de la pièce. Je n'ai jamais connu d'homme aussi frileux. Il avait l'habitude de se couvrir d'une serviette-éponge, qu'il drapait sur ses épaules à la façon arabe ; un petit haut-de-forme de cocher ou un chapeau de paille noire couronnait parfois l'ensemble (les gauchos enveloppés dans leur poncho qu'on voit dans certaines lithographies me le rappellent). Il aimait à parler de « douceur thermique » ; cette douceur, en pratique, était constituée par trois allumettes qu'il frottait d'un seul coup et dont il faisait un éventail qu'il approchait de son ventre. La main gauche agitait cet éphémère et minuscule élément de chauffage, tandis que de la droite il appuyait quelque hypothèse de caractère esthétique ou métaphysique. La crainte des dangereuses séquelles d'un refroidissement soudain l'avait convaincu de l'avantage en hiver de dormir tout habillé ; la chaleur additionnelle du lit lui importait peu. Il prétendait que la barbe, qui assure une température constante, était une protection naturelle contre les maux de dents. Il s'intéressait à la diététique et aux sucreries. Un après-midi, il discuta longuement des avantages et des inconvénients respectifs de la meringue et de l'*alfajor* ; après d'impartiales et scrupuleuses considérations théoriques, il se prononça en faveur de la friandise créole. Il sortit alors une valise poussiéreuse de dessous son lit, et il exhuma d'un tas de manuscrits, de maté et de tabac, des choses informes qui avaient depuis longtemps perdu leur caractère de biscuit ou de meringue et qu'il nous offrit avec insistance. Ces anecdotes courent le risque de paraître ridicules ; c'est ce qu'elles nous paraissaient alors et nous les racontions, en les exagérant peut-être un peu, mais sans qu'elles amoindrissent en rien notre respect. Je veux que rien de ce qui touche à Macedonio ne se perde. Moi qui m'attarde à consigner ces détails absurdes, je continue à croire que leur protagoniste était l'homme le plus extraordinaire que j'aie jamais connu. Sans doute en alla-t-il de même pour Boswell avec Samuel Johnson.

Ecrire n'était pas une corvée pour Macedonio Fernández. Il vivait, plus qu'aucune autre personne de ma connaissance, pour penser. Journellement, il s'abandonnait aux vicissitudes et surprises de la pensée, comme le nageur à un grand fleuve, et cette manière de penser qu'on nomme l'écriture ne lui coûtait pas le moindre effort. Sa pensée était aussi vivante que la rédaction de sa pensée ; dans la solitude de sa chambre ou dans l'agitation d'un café, il remplissait des pages et des pages de cette écriture appliquée d'une époque qui ne connaissait pas encore la machine à écrire et où la clarté de la calligraphie faisait partie des bonnes manières. Ses missives les plus banales n'étaient pas moins spirituelles et prolixes que les pages qu'il destinait à l'impression et peut-être les dépassaient-elles en charme. Macedonio n'attachait aucune valeur à sa parole écrite ; quand il déménageait, il n'emportait pas les manuscrits traitant de métaphysique ou de littérature qui s'étaient amoncelés sur la table et qui remplissaient tiroirs et armoires. Une grande quantité s'en est ainsi perdue, sans doute irrémédiablement. Je me souviens lui avoir reproché cette distraction ; il me répliqua que supposer que nous pouvons avoir quelque chose à perdre est de l'orgueil, car l'esprit humain est si pauvre qu'il est condamné à trouver, perdre ou redécouvrir toujours les mêmes choses. Une autre raison de sa facilité d'écriture était son incorrigible mépris des sonorités verbales et même de l'euphonie. Je ne suis pas un lecteur de *nuances sonores,* déclara-t-il une fois, et les angoisses prosodiques de Lugones ou de Darío lui paraissaient des plus vaines. Il estimait que la poésie était dans les caractères, dans les idées, ou dans une justification esthétique de l'univers ; pour ma part, les années ayant passé, je me demande si la poésie ne se situe pas essentiellement dans le ton, dans une certaine respiration de la phrase. Macedonio cherchait la musique dans la musique, non pas dans le langage. Cela n'empêche que dans ses textes — surtout dans sa prose — nous ne percevions une musique involontaire qui correspond à la cadence personnelle de sa voix. Macedonio exigeait du roman que tous ses personnages fussent moralement parfaits ; notre époque semble se proposer le contraire, mis à part l'œuvre de Bernard Shaw qui a imaginé et glorifié des héros et des saints.

Derrière sa souriante courtoisie et son air un peu lointain Macedonio était en proie à deux terreurs :

celle de la souffrance et celle de la mort. La seconde l'amena à nier le moi, pour qu'il n'y ait pas un moi qui meure ; la première, à nier que la douleur physique pût être intense. Il voulait se persuader, et nous persuader, que l'organisme de l'homme est incapable de ressentir un plaisir intense ni, par conséquent, une douleur intense. Latour et moi-même nous l'entendîmes se servir de cette pittoresque métaphore : *Dans un monde où les plaisirs sont de pacotille, les souffrances ne peuvent être que du toc.* Il fut inutile d'objecter que le plaisir n'est pas toujours de pacotille et que le monde, d'ailleurs, n'est pas forcément symétrique. Pour éviter le davier du dentiste, Macedonio avait coutume de se livrer au tenace artifice de faire remuer ses dents dans ses gencives ; cette manipulation s'opérait derrière la main gauche, qui servait d'écran, tandis que la droite insistait. Je ne sais si le succès couronna ce labeur quotidien accompli pendant des années. L'homme qui sait qu'il va affronter une souffrance essaie, par un bon réflexe instinctif, de ne pas y penser ; Macedonio soutenait, au contraire, que nous devons imaginer au préalable la douleur et toutes ses circonstances, pour que la réalité ne parvienne pas à nous surprendre. Il imaginait ainsi le salon d'attente, la porte qui s'entrouvre, les salutations, le fauteuil opératoire, les instruments, l'odeur des antiseptiques, l'eau tiède, les pressions, les lumières, la pénétration de l'aiguille et l'arrachement final. Cette préparation imaginaire devait être parfaite et ne pas laisser la moindre chance à l'imprévu ; Macedonio ne finit jamais de la parfaire. Peut-être sa méthode ne fut-elle autre chose qu'une façon de justifier les images terribles qui le poursuivaient.

Il s'intéressait au mécanisme de la célébrité, il ne la recherchait pas pour elle-même. Pendant un an ou deux il caressa le projet mirifique d'être président de la République. Bien des gens se proposent d'ouvrir un débit de tabac mais presque personne n'envisage d'être président ; partant de cette donnée statistique il concluait qu'il devait être plus facile de devenir président que propriétaire d'un débit de tabac. L'un de nous fit observer qu'on pouvait aussi en déduire qu'il était plus difficile d'ouvrir un débit de tabac que de devenir président ; Macedonio acquiesça le plus sérieusement du monde. L'important, nous disait-il, était d'imposer son nom. Collaborer au supplément d'un grand journal, c'était facile, mais on courait le risque en procédant ainsi de devenir aussi banal que Julio Dantas ou les cigarettes « 43 ». Il fallait frapper l'imagination du public d'une manière plus subtile et plus énigmatique. Macedonio décida de tirer parti de son curieux nom de baptême ; ma sœur et quelques-unes de ses amies écrivirent le nom de Macedonio sur des bouts de papier ou sur des cartes qu'elles avaient soin d'oublier dans les salons de thé, dans les tramways, sur les trottoirs, sous les portes cochères et dans les salles de cinéma. Une autre habileté consistait à entrer dans les bonnes grâces des communautés étrangères ; Macedonio, d'un air grave et rêveur, nous raconta qu'il avait laissé au Club Allemand un volume de Schopenhauer, portant son nom et des annotations au crayon. De ces manœuvres plus ou moins concertées et dont il ne fallait pas brusquer l'exécution car la plus grande prudence s'imposait, naquit le projet d'un grand roman fantastique, dont l'action se déroulait à Buenos Aires, et que nous commençâmes à écrire tous ensemble. (Je crois bien que Julio César Dabove a encore le manuscrit des deux premiers chapitres ; il me semble que nous aurions pu l'achever, mais Macedonio fit traîner l'affaire en longueur, car il aimait à parler des choses et non à les réaliser.) L'œuvre s'intitulait *L'homme qui sera président ;* les personnages de ce conte étaient les amis de Macedonio et le lecteur apprenait à la dernière page que le livre avait été écrit par Macedonio Fernández, héros du livre, par les frères Dabove, par Jorge Luis Borges qui se tuait à la fin du neuvième chapitre, et par Carlos Pérez Ruiz qui avait eu cette étrange aventure avec l'arc-en-ciel, et ainsi de suite. Deux thèmes s'entremêlaient dans l'ouvrage : l'un, apparent, décrivait les curieuses manœuvres de Macedonio pour devenir président de la République ; l'autre, secret, traitait de la machination ourdie par un groupe de millionnaires neurasthéniques et peut-être fous en vue de parvenir au même but. Ces conspirateurs décident de saper et de miner le moral des gens par une série d'inventions de plus en plus malcommodes. La première (celle qui nous donna l'idée du roman) était celle des sucriers automatiques qui, en fait, empêchent de sucrer le café. D'autres suivaient : le double porte-plume, avec une plume à chaque extrémité, et qui risque de vous crever les yeux ; l'escalier raide où il n'y a pas deux marches de même hauteur ; le peigne-rasoir, dont on dit tellement de bien, et qui vous coupe les doigts ; les ustensiles fabriqués avec deux nouvelles matières contraires qui font que les plus volumineux sont les plus légers et les plus petits les plus lourds, pour surprendre notre attente ; la multiplication des mastics dans les romans policiers ; la poésie énigmatique et la peinture dadaïste ou cubiste. Dans le premier chapitre, consacré presque entièrement à la perplexité et à la peur d'un jeune provincial affronté à la théorie exposant que le moi n'existe pas et que, par conséquent, lui-même n'existe pas, ne figure qu'un seul accessoire stupéfiant : le sucrier automatique. Dans le deuxième, il en figure deux, mais d'une façon marginale et passagère; notre dessein était de présenter ces objets insolites en progression croissante. Nous voulions aussi qu'à mesure que les événements se précipitaient, le style devînt lui aussi haletant; pour le premier chapitre nous avions choisi le ton de la conversation inspiré de Pío Baroja; le dernier aurait imité les pages les plus baroques de Quevedo. A la fin, le gouvernement est renversé; Macedonio et Fernández Latour entrent à la Maison Rose, mais rien ne signifie plus rien dans ce monde anarchique. Ce roman inachevé pourrait bien avoir été quelque peu influencé à notre insu par *The Man who was Thursday*[1].

La littérature importait moins à Macedonio que la pensée et la publication moins que la littérature, c'est-à-dire que c'était là son moindre souci. Milton et Mallarmé cherchaient à justifier leur existence par un poème ou peut-être même par une seule page; Macedonio cherchait à comprendre l'univers et à savoir qui il était, ou même s'il existait. Ecrire et publier étaient pour lui chose secondaire. Au-delà du charme de sa conversation et de la présence discrète de son amitié, Macedonio nous proposait l'exemple d'une façon intellectuelle de vivre. Ceux qui aujourd'hui se disent des intellectuels ne le sont pas en réalité, car ils font de l'intelligence un métier ou un prétexte d'action. Macedonio était un pur contemplatif, qui condescendait parfois à écrire et en quelques rares occasions à publier. Pour évoquer Macedonio, je n'ai pas trouvé mieux que des anecdotes, mais les anecdotes, quand elles sont mémorables, ont l'inconvénient de faire de leur protagoniste un être mécanique qui répète indéfiniment la même épigramme devenue classique, ou qui

1. Roman de Chesterton. *(N.d.T.)*

redit toujours le même bon mot. Rien de tel chez Macedonio dont les mots d'esprit étaient toujours imprévisiblement ajoutés à la réalité qu'ils enrichissaient et pour ainsi dire déroutaient. J'aimerais faire revivre en quelque manière l'être que fut Macedonio, retrouver ce bonheur de savoir que dans une maison de Morón ou de l'Once il y avait un homme, un magicien, dont l'existence insouciante était plus importante que nos bonheurs ou malheurs personnels. Cela, je l'ai personnellement ressenti, et nous sommes plusieurs à l'avoir ressenti, mais je me sens incapable de le traduire.

Tout en niant qu'il y ait une matière durable derrière les apparences du monde, tout en niant qu'il y ait un moi qui perçoive les apparences, Macedonio n'en affirmait cependant pas moins qu'il existait une réalité, et cette réalité était la passion, qui se manifestait sous les espèces de l'art et de l'amour. Je crois que pour Macedonio l'amour était encore plus prodigieux que l'art ; cette préférence venait du côté affectif de son caractère, et non de sa doctrine qui présupposait, comme nous l'avons vu, la négation du moi, ce qui fait que la passion n'a ni objet ni cause, elle n'a que sa propre réalité. Macedonio nous disait que l'enlacement de deux corps n'est autre chose qu'un signe — peut-être nous a-t-il dit un salut — qu'une âme adresse à d'autres âmes. Et pourtant il n'est pas question d'âmes dans sa philosophie.

Comme Güiraldes, Macedonio a laissé son nom devenir représentatif de cette génération dite de « Martín Fierro », qui a voulu proposer à l'attention, plutôt distraite et sceptique, de Buenos Aires, des versions tardives et locales du futurisme et du cubisme. En dehors de ses relations personnelles, l'appartenance de Macedonio à ce groupe est encore moins justifiée que celle de Güiraldes. *Don Segundo Sombra* procède du *Payador* de Lugones, comme tout l'ultraïsme procéda de son *Lunario sentimental,* mais le monde de Macedonio est bien plus divers et plus vaste. Macedonio s'intéressait peu à la technique de la littérature. Le culte de l'homme des faubourgs et du gaucho suscitait chez lui une aimable moquerie ; au cours d'un entretien, il déclara que le gaucho ne servait qu'à occuper les chevaux et il ajouta : *Il est toujours au sol ! Quel excellent marcheur !* Un après-midi, on parlait des élections mouvementées qui avaient rendu célèbre un patio du quartier de Balvanera ; Macedonio nous dit : *Nous autres, les habitants de Balvanera, nous sommes tous morts au cours de ces élections si dangereuses.*

Au-delà de sa doctrine philosophique et de ses fréquentes et fines observations esthétiques, Macedonio nous offrait, et continue à nous offrir, le spectacle incomparable d'un homme qui, indifférent aux aléas de la célébrité, vivait passionnément dans la méditation. Je ne sais quelles affinités ou quelles divergences apparaîtraient si l'on comparait la philosophie de Macedonio avec celle de Schopenhauer ou avec celle de Hume ; qu'il nous suffise de savoir qu'à Buenos Aires, vers 1920, un homme repensa et découvrit certaines choses éternelles.

Le Gaucho

(1968)

Le cavalier, l'homme qui voit la terre du haut de son cheval qu'il dirige, a suscité de tout temps une admiration instinctive, dont le symbole le plus frappant est la statue équestre. Rome avait déjà fait de cet adjectif la marque d'un ordre militaire et social ; personne n'ignore l'étymologie semblable du mot *caballero* et des mots *ritter* (baron) et *chevalier*. Dans les Iles Britanniques, la critique a souligné dans la poésie de Yeats le poids et l'importance du mot *rider*, cavalier. Cet homme, sur nos terres, ce fut le gaucho. Il avait tout perdu, sauf l'ancien prestige qu'exaltèrent la rudesse et la solitude.

Samuel Johnson dit que le métier du marin et celui du soldat ont la dignité que leur confère le danger. Notre gaucho l'affronta aussi, lui qui dans la pampa et sur les collines eut à lutter contre les intempéries, contre une géographie inconnue et les troupeaux sauvages. Il serait vain de chercher à le définir ethniquement ; fils occasionnel de conquistadores et de colonisateurs oubliés, c'était un métis d'Indien ou parfois de Noir, ou c'était un Blanc. Etre gaucho a été un destin. Il apprit l'art de vivre dans le désert et de supporter ses rigueurs ; ses ennemis furent l'attaque soudaine des Indiens qui guettaient du fond de l'horizon incertain, la soif, les bêtes féroces, la sécheresse, les champs incendiés. Vinrent ensuite les luttes au nom de la liberté et de l'anarchie. Il ne fut pas, comme son frère lointain du Far West, un aventurier, un chercheur de vastes terres vierges ou de filons d'or, mais les guerres le poussèrent loin de chez lui et il fit stoïquement le sacrifice de sa vie dans de lointaines régions du continent pour des abstractions dont il ne parvint peut-être jamais à comprendre le sens — la liberté, la patrie — ou pour un emblème, ou pour un chef. Le danger écarté, il lui fallait meubler son oisiveté ; ses préférences furent la guitare dont il jouait lentement, style moins chanté que parlé, les osselets, les chevaux, le cercle du maté autour du feu de bois et le *truco* auquel on joue pour passer le temps et non pour l'appât du gain. Il devint, sans s'en douter, célèbre ; en 1856 Whitman écrivit :

I see the wacho crossing the plains
I see the incomparable rider of horses with his lasso on his arm
I see over the pampas the pursuit of wild cattle for their hides[1].

Un demi-siècle plus tard, Ricardo Güiraldes allait décrire, sur un ton déclamatoire, la même figure du nomade :

Símbolo pampeano y hombre verdadero,
Generoso guerrero,
Amor, coraje
¡ Salvaje !

1. Je vois le gaucho qui parcourt les plaines,
Je vois l'incomparable cavalier lançant le lasso
Je vois sur la pampa la poursuite des troupeaux sauvages.

Gaucho, por decir mejor,
Ropaje suelto de viento
Protagonista de un cuento
Vencedor.

Corazón
De afirmación,
Voluntad
De lealtad,
Cuerpo « morrudo » de hombría,
Peregrina correría
Que va tranqueando los llanos,
Con la vida entre las manos
Potentes de valentía[1,2].

Sa pauvreté s'offrit un luxe : le courage. Il créa ou hérita — César connaissait déjà cela — une escrime à l'arme courte ; le bras gauche enroulé dans le poncho formant bouclier, le couteau prêt pour l'estocade de bas en haut, il se battait en combat singulier avec

1. Les dernières années de la vie de don Segundo Sombra eurent leur charme. D'une part, il reçut la visite de personnalités internationales (Keyserling, Reyes) ; d'autre part, les meilleurs couteaux d'Areco cherchaient à se battre avec lui : le Toro, son fils le Torito et Andrés Soto, tous jaloux de sa gloire littéraire. Le vieux don Segundo était un homme de paix et il mourut célèbre mais avec une angoisse justifiée.

2. Symbole de la pampa et
vrai homme,
Guerrier généreux,
Amour, courage
Sauvage !

Gaucho, pour mieux dire,
Vêtements gonflés de vent
Protagoniste d'un conte
Victorieux.

Cœur
De fermeté,
Volonté
De loyauté,
Corps pétri d'honnêteté,
Course vagabonde
Qui va au trot parcourant
la plaine,
La vie entre les mains
Puissantes de courage.

l'homme ou, s'il était péon *tigrero*[1] dans quelque *estancia* du Nord, avec le jaguar. Il pratiqua le courage désintéressé ; à Chilvilcoy, on me parla d'un gaucho qui avait traversé la moitié d'une province pour provoquer en bonne et due forme un autre gaucho, dont il savait seulement qu'il était courageux. Des faits de ce genre se produisirent au cours des années, mais je crois qu'il ne faut pas exagérer la bravoure du gaucho, stimulée chez certains individus par l'alcool querelleur du samedi soir. Le vénéré *Martín Fierro* de Hernández et les biographies qu'Eduardo Gutiérrez nous a données d'hommes toujours prêts à jouer du couteau nous ont conduits à voir dans ces héros l'archétype de notre homme de la pampa ; en réalité le gaucho rebelle, défini déjà par Sarmiento, ne fut qu'une espèce du genre. Des bandits tels qu'Hormiga Negra (Fourmi noire), du village de San Nicolás, ou le Tigre du Quequén ou, en Uruguay, le Clinudo Menchaca qui à la tête de sa bande attaquait les propriétés rurales, furent heureusement épisodiques ; s'il en eût été autrement, la légende ne s'en serait pas emparée. Un poème d'Oscar Wilde nous avertit que la nature imite l'art ; les Podestá ont pu avoir une influence sur la formation du marlou des faubourgs qui à force de se sentir créole finit par s'identifier avec les personnages qu'il voyait sur la scène. En 1908, Evaristo Carriego, premier chantre des faubourgs de Buenos Aires, dédiait son poème *El Guapo* (le Mauvais Garçon) « A la mémoire de saint Juan Moreira, très dévotement ». Dans les archives policières de la fin du siècle dernier ou du début de celui-ci, on accuse les perturbateurs de l'ordre public « d'avoir voulu jouer les Moreira ». Il

1. Homme qui se consacre à la chasse au tigre ou au jaguar. *(N.d.T.)*

n'est peut-être pas inutile de rappeler que, de tous les gauchos bandits de grands chemins, si Juan Moreira fut le plus fameux il est maintenant remplacé par Martín Fierro.

La vie rude a obligé les gauchos à être courageux. Leurs chefs ne le furent pas toujours. Rosas était notoirement couard ; à l'époque des charges de cavalerie il se contenta d'une célébrité due à ses exercices non sanglants d'équitation. D'ailleurs la race des gauchos ne produisit pas de caudillos. Artigas, Oribes, Güemes, Ramirez, López, Bustos, Quiroga, Aldao, Rosas — déjà nommé — et Urquiza étaient des éleveurs et non des péons de ferme. Dans les guerres de l'anarchie, le gaucho suivait son patron.

Il n'était pas forcément superstitieux. Un de mes amis, très cultivé, interrogea un conducteur de troupeaux d'Entre-Ríos sur les *lobisones* qui, dans la nuit du samedi, ont l'habitude de prendre la forme de chiens. L'homme lui répondit avec un sourire : « N'en croyez rien, monsieur. Ce sont là des fables. »

Ascasubi célébra le gaucho comme soldat de la bonne cause en un livre dont le titre est à lui seul une sorte d'épopée : *Paulino Lucero ou les gauchos du Río de La Plata chantant et combattant jusqu'à ce qu'ils aient abattu le tyran Juan Manuel de Rosas et ses sbires*. Dans un livre réussi, Estanislao del Campo s'est servi du gaucho pour nous dévoiler la plus secrète et la plus solide passion des Argentins : l'amitié virile. Puis ce fut *El Payador*, de Leopoldo Lugones, qui amplifie et recrée l'œuvre de Hernández. L'accent y est épique ; dans *Don Segundo Sombra* (1926) de Güiraldes, tout est devenu élégiaque. D'une certaine façon nous sentons que chacun des faits racontés marque un terme. L'époque pastorale de notre histoire est désormais révolue.

Mort, le gaucho survit dans sa descendance, dans certaines nostalgies cachées — ou trop célébrées — et dans toute la littérature que sa figure inspira aux hommes de la ville. J'ai cité, au cours de cette préface, quelques livres ; je ne voudrais pas oublier ceux de Hudson qui, né et élevé dans la pampa, rechercha l'exil pour mieux comprendre ce qu'il avait perdu.

ALBERTO GERCHUNOFF

Retour à Don Quichotte

(1951)

Triste et glaciale est l'immortalité que vous octroient les éphémérides, les dictionnaires et les statues ; intime et chaude par contre l'immortalité de ceux qui survivent dans la mémoire, dans le commerce des hommes, héros d'aimables anecdotes et de phrases célèbres. Alberto Gerchunoff fut indiscutablement un écrivain, mais la renommée qu'il acquit dépasse celle d'un homme de lettres. Sans se le proposer, et peut-être sans le savoir, il incarna un type plus ancien : celui de ces maîtres qui voyaient dans le mot écrit un simple succédané de la parole, et non pas un objet sacro-saint. Pythagore dédaigna l'écriture ; Platon inventa le dialogue philosophique pour obvier aux inconvénients du livre « qui ne répond pas aux questions qu'on lui pose » ; Clément d'Alexandrie pensait que consigner toute chose en un livre c'était comme mettre une épée entre les mains d'un enfant ; l'adage latin *Verba volant, scripta manent*, où l'on voit aujourd'hui une exhortation à fixer par écrit les pensées, voulait prévenir le danger des témoignages écrits. A ces exemples, il serait facile d'en ajouter d'autres, venus des Juifs ou des Gentils. Et je n'ai rien dit du plus grand de tous les maîtres de la parole, celui qui parlait en paraboles et qui, un jour, comme s'il ne savait pas que la foule voulait lapider une femme, écrivit par terre quelques mots que personne n'a jamais lus.

Comme Diderot, comme le docteur Johnson, comme ce Heine à la mémoire duquel il dédia un livre vibrant d'émotion, Alberto Gerchunoff mania avec un égal bonheur le langage oral et le langage écrit ; ses livres ont la fluidité du bon causeur et sa conversation — je crois encore l'entendre — était d'une richesse et d'une précision littéraires sans failles. Gerchunoff, si intelligent, admirait moins l'intelligence que la sagesse ; dans l'Arbre mystique du Zohar — l'Arbre qui est aussi un Homme, l'Adam Kadmon — la sagesse est la deuxième sphère glorieuse de la divinité ; l'intelligence ne vient qu'après. La sagesse, nous dit-on, se trouve dans le *Quichotte* et dans la *Bible* ; ces livres accompagnèrent notre ami dans ses randonnées à travers le monde, dans les trains de la lente plaine ou sur le pont d'un bateau à vapeur, face à l'allégresse des flots.

Destin paradoxal que celui de Cervantes. En un siècle et dans un pays de vaniteux artisanat rhétorique, il fut attiré par ce qui est essentiel chez l'homme, en tant que type et en tant qu'individu. Il inventa et composa le *Quichotte*, qui est le dernier livre de chevalerie et le premier roman psychologique des lettres occidentales ; après sa mort, il fut révéré comme une idole par ceux qui lui ressemblaient le moins : les grammairiens. Des paysans, étonnés, le vénérèrent parce qu'il connaissait beaucoup de synonymes et beaucoup de proverbes. Lugones, vers 1904, dénonça « ceux qui, ne voyant que dans sa forme seule la suprême réussite du Quichotte, se sont contentés de mordre l'écorce dont la rugosité en cachait la vitalité et la saveur » ; Groussac, plus tard, condamna l'aberration qui consiste à réduire « le miracle de ce chef-d'œuvre au gros sel de son style allègre et, bien entendu, aux dictons de Sancho » ; Alberto Gerchunoff, aujourd'hui, dans les réflexions de ces pages posthumes, médite sur le côté intrinsèque du *Quichotte*. Il découvre et explique deux paradoxes : celui de Voltaire « qui n'estimait pas outre mesure Miguel de Cervantes » et qui, cependant, poussa le quichottisme jusqu'au risque dangereux dans sa défense de Calas et de Sirven, victimes d'erreurs judiciaires, et celui de Juan Montalvo, fervent admirateur de Cervantes, valeureux et juste, mais qui, curieusement, ne vit dans l'histoire d'Alonso Quijano rien d'autre qu'un mélancolique répertoire de mots archaïques. Montalvo, note Gerchunoff, « a réalisé avec talent une admirable démonstration d'intelligence, sans approcher pour autant Cervantes, inclassable parmi les écrivains classiques espagnols, tenus par la scrupuleuse pureté verbale et les impératifs grammaticaux de la langue ». Puis, dans une prière qui mériterait de devenir célèbre, il parle des mots étrangers et populaires que Cervantes a captés, « avec une oreille de musicien ambulant ».

Stevenson disait que tout manque à un écrivain s'il lui manque le charme ; ces essais en ont un, presque insolent.

EDWARD GIBBON

Pages d'histoire et d'autobiographie

(1961)

Edward Gibbon naquit près de Londres, le 27 avril 1737. Sa famille était ancienne mais pas spécialement illustre, quoique l'un de ses ancêtres ait été Marmorarius ou architecte du roi au quatorzième siècle. Sa mère, Judith Porten, semble ne pas s'être souciée de lui pendant les années malheureuses de son enfance. Les soins dévoués d'une tante célibataire, Catherine Porten, lui permirent de survivre à plusieurs graves maladies. Gibbon l'appellera ensuite la véritable mère de son esprit et de sa santé ; c'est elle qui lui apprit à lire et à écrire, à un âge si tendre qu'il oublia cet apprentissage et en vint presque à croire qu'il savait tout cela de naissance. A l'âge de sept ans il acquit, au prix de quelques larmes et de pas mal de châtiments, les premiers rudiments de la syntaxe latine. Les fables d'Esope, les épopées d'Homère dans la somptueuse version d'Alexander Pope et *Les Mille et Une Nuits*, que Galland venait de révéler à l'imagination européenne, furent ses lectures préférées. A ces magies orientales, il convient d'en ajouter d'autres, du monde classique : les *Métamorphoses* d'Ovide, lues dans le texte original.

A l'âge de quatorze ans, dans une bibliothèque du Wiltshire, il perçut le premier appel de l'histoire : un volume supplémentaire de l'histoire romaine d'Echard lui fit découvrir les vicissitudes de l'Empire après la chute de Constantin. « J'étais en plein dans la traversée du Danube par les Goths quand la cloche du repas me fit interrompre à contrecœur mon festin intellectuel. » Après Rome, l'Orient fascina Gibbon qui étudia la biographie de Mahomet dans des versions françaises et latines de textes arabes. De l'histoire il passa, par une pente naturelle, à la géographie et à la chronologie, et il avait quinze ans quand il tenta de concilier les systèmes de Scaliger et de Petavius, de Marsham et de Newton. C'est à peu près à cette époque qu'il entra à l'Université de Cambridge. Il devait écrire plus tard : « Je ne vois pas la raison de me reconnaître une dette imaginaire pour avoir mérité une juste ou généreuse récompense. » A propos de la date de la fondation de Cambridge il observe : « Peut-être tenterai-je un de ces jours de faire une étude impartiale sur l'ancienneté légendaire ou réelle de nos universités jumelles, sujet qui a provoqué tant de vives et sottes querelles parmi les fanatiques qui en sont issus. Limitons-nous pour le moment à reconnaître que ces deux vénérables institutions sont assez vieilles pour accuser tous les préjugés et les infirmités de la décrépitude. Les professeurs — nous dit-il — avaient libéré leur conscience de l'obligation de lire, de penser ou d'écrire »; leur silence — on n'était pas tenu d'assister aux cours — fit que le jeune Gibbon entreprit pour son compte des études théologiques. Une lecture de Bossuet le convertit à la foi catholique; il crut — ou pensa qu'il croyait, nous dit-il encore — à la présence réelle du Christ dans l'Eucharistie. Un jésuite le baptisa dans la foi romaine. Gibbon envoya à son père une longue épître polémique « écrite avec toute la pompe, la dignité et la délectation d'un martyr ». Etre étudiant à Oxford et être catholique étaient deux états incompatibles ; le jeune et fervent apostat fut expulsé par les autorités universitaires et son père l'envoya à Lausanne, qui était alors un bastion du calvinisme. Il logea chez un pasteur, M. Pavilliard, qui au bout de deux ans de conversations le remit dans le droit chemin. Gibbon passa cinq ans en Suisse ; l'accoutumance à la langue française et la pratique de sa littérature furent le résultat le plus important de cette période. C'est au cours de ces années que se place l'unique épisode sentimental qui figure dans la biographie de Gibbon : son amour pour Mlle Curchod, qui fut par la suite la mère de Mme de Staël. M. Gibbon s'opposa par lettre au mariage ; Edward « soupira en amoureux, mais obéit en fils ».

En 1758, il revint en Angleterre ; sa première tâche fut de se constituer peu à peu une bibliothèque. Ni l'ostentation, ni la vanité n'intervinrent dans le choix des livres qu'il achetait et, les années passant, il put faire sienne la sage maxime de Pline selon laquelle il n'y a pas de livre, aussi mauvais soit-il, qui ne contienne quelque chose de bon[1]. En 1761, paraît sa première publication, rédigée dans ce français qui continuait à être la langue qu'il parlait dans l'intimité. Elle s'intitulait *Essai sur l'étude de la littérature* et elle défendait les lettres classiques alors quelque peu dédaignées par les encyclopédistes. Gibbon nous dit que son ouvrage fut accueilli en Angleterre avec une froide indifférence, qu'il fut peu lu et rapidement oublié.

Un voyage en Italie, qu'il entreprit en avril 1765, lui

1. Pline le Jeune a recueilli cette généreuse maxime de son oncle (*Lettres*, 3,5). On l'attribue habituellement à Cervantes qui la reprend dans la seconde partie du *Quichotte*.

demanda plusieurs années de lectures préliminaires. Il connut Rome ; sa première nuit dans la Ville éternelle fut une nuit d'insomnie, comme s'il avait déjà l'inquiet pressentiment de la rumeur des milliers de mots qui allaient composer son histoire. Dans son autobiographie, il écrit qu'il ne peut oublier ni exprimer les fortes émotions qui l'agitèrent alors. C'est dans les ruines du Capitole, tandis que les moines déchaux chantaient vêpres dans le temple de Jupiter, qu'il envisagea de raconter le déclin et la chute de Rome. L'ampleur de l'entreprise l'intimida d'abord et il choisit d'écrire plutôt une histoire de l'indépendance de la Suisse, ouvrage qu'il ne devait pas terminer.

Vers cette époque eut lieu un épisode singulier. Les déistes, en plein dix-huitième siècle, soutenaient que l'Ancien Testament n'était pas d'origine divine, car il n'y est dit nulle part que l'âme est immortelle et on n'y trouve aucune allusion à une croyance en des peines ou des récompenses futures. En dépit de certains passages ambigus, l'observation est juste ; Paul Deussen, dans sa *Philosophie der Bibel*, déclare : « Au début, les Sémites n'eurent aucunement conscience de l'immortalité de l'âme. Cette méconnaissance ne prit fin que lorsque les Hébreux entrèrent en relation avec les Iraniens. » En 1737, le théologien anglais William Warburton publia un long traité qui s'intitule *The Divine Legation of Moses*, dans lequel il prouve paradoxalement que l'omission de toute référence à l'immortalité est un argument en faveur de l'autorité divine de Moïse, qui se savait envoyé par le Seigneur et n'avait pas besoin de recourir à des récompenses ou à des châtiments dans l'au-delà. Le raisonnement était ingénieux, mais Warburton pressentit que les déistes lui opposeraient le paganisme grec, lequel n'enseignait pas non plus l'existence de peines ou de récompenses futures et qui, pourtant, ne croyait pas en Dieu. Pour défendre sa thèse, Warburton prétendit qu'un système de récompenses et de peines ultra-terrestres existait dans la religion grecque, et il soutint que c'est cela qu'on révélait dans les mystères d'Eleusis. Déméter avait perdu sa fille Perséphone, enlevée par Hadès, et après avoir erré des années par le monde, elle la retrouva à Eleusis. Telle est l'origine mythique des rites. Ces rites, qui au début étaient agraires — Déméter était la déesse du blé — par une sorte de métaphore analogue à celle qu'allait employer saint Paul (il en va de même pour la résurrection des morts : ce qui a été semé corrompu lèvera incorruptible), symbolisèrent ensuite l'immortalité. Perséphone renaît du royaume souterrain d'Hadès ; l'âme renaîtra de la mort. La légende de Déméter figure dans un des chants homériques, où l'on peut aussi lire que l'initié sera heureux après sa mort. Warburton semble donc avoir eu raison dans cette partie de sa thèse qui concerne le sens des mystères ; mais non dans une autre partie qu'il ajouta comme par surcroît et que Gibbon critiqua. Le sixième livre de l'*Enéide* raconte le voyage du héros et de la sibylle aux régions infernales ; Warburton présuma qu'il s'agissait là de l'initiation d'Enée comme législateur des mystères d'Eleusis. Enée, ayant fait sa descente dans l'Averne et aux Champs Elysées, sort par la porte d'ivoire qui correspond aux songes vains, et non par celle de corne qui est celle des songes prophétiques ; ceci peut signifier que l'enfer est fondamentalement irréel, ou que le monde où retourne Enée l'est aussi, ou qu'Enée, pris individuellement, est un songe, comme nous le sommes peut-être tous. L'épisode entier, selon Warburton, est non pas illusoire mais imitatif. Virgile aurait décrit dans cette fiction le mécanisme des mystères ; pour effacer ou atténuer la déloyauté ainsi commise il aurait fait sortir son héros par la porte d'ivoire, qui, on l'a dit, est celle de l'irréel. Sans cette explication, on ne comprendrait pas que Virgile laisse supposer qu'une vision prophétisant la grandeur de Rome puisse être fausse. Gibbon, dans un essai non signé de 1770, tient le raisonnement suivant : si Virgile n'avait pas été initié il ne pouvait révéler ce qu'il n'avait pas vu, et si on l'avait initié, il ne le pouvait pas non plus, car cette révélation aurait été, dans la mentalité païenne, une profanation et une infamie. Ceux qui trahissaient le secret étaient condamnés à mort et crucifiés publiquement ; la justice divine pouvait devancer la sentence des hommes et il était dangereux de vivre sous le même toit que le misérable à qui un tel crime était imputé. Ces *Critical Observations* de Gibbon furent sa première publication en prose anglaise, note Cotter Morrison, et peut-être son œuvre la plus claire et la plus spontanée. Warburton, lui, garde le silence là-dessus.

A partir de 1768, Gibbon se consacra aux tâches préliminaires à la réalisation de son projet ; il connaissait, presque par cœur, les classiques, et il se mit alors à lire et à relire, plume en main, toutes les sources originales de l'histoire romaine depuis Trajan jusqu'au dernier César d'Occident. Il éclaira son texte, pour reprendre ses propres mots, « des lueurs complémentaires émanant des médailles et des inscriptions, de la géographie et de la chronologie ».

Il lui fallut sept années pour rédiger le premier volume qui parut en 1776 et dont l'édition fut épuisée en quelques jours. Cet ouvrage reçut les éloges de Robertson et de Hume, et suscita ce que Gibbon fut tenté d'appeler toute une bibliothèque de polémiques. « La première salve de l'artillerie ecclésiastique » — ce sont ses propres termes — le laissa étourdi mais il se rendit compte aussitôt que ce vain bruit n'était dangereux que dans son intention de lui nuire et il répondit par le mépris à ses contradicteurs. Il dit, parlant de Davies et de Chelsum, qu'une victoire remportée sur de tels adversaires lui paraissait être une humiliation suffisante.

Les deux volumes suivants de l'*Histoire de la décadence et de la chute de l'Empire romain* parurent en 1781 ; la matière traitée était historique et non religieuse. Ces livres ne suscitèrent pas de controverses mais ils furent lus, affirme Rogers, avec une avidité silencieuse. L'œuvre fut achevée à Lausanne en 1783. Les trois derniers volumes sont datés de 1788.

Gibbon fut membre de la Chambre des Communes ; son activité politique ne mérite pas d'amples commentaires. Lui-même a confessé que sa timidité le rendit incapable de prendre part aux débats et que les succès de sa plume découragèrent les efforts de sa voix.

La rédaction de son autobiographie occupa les dernières années de l'historien. En avril 1793, la mort de Lady Sheffield le détermina à rentrer en Angleterre. Gibbon s'éteignit paisiblement le 15 janvier 1794, après une brève maladie. Les circonstances de sa mort sont racontées dans l'essai de Lytton Strachey.

Il est risqué de qualifier d'immortelle une œuvre littéraire. Ce risque s'aggrave s'il s'agit d'une œuvre du domaine de l'histoire et si elle a été rédigée des siècles après les événements qu'elle étudie. Cependant, si nous voulons bien oublier quelques accès de mauvaise humeur de Coleridge, et une certaine incompréhension de Sainte-Beuve, le *consensus* critique d'Angleterre et du continent a décerné, depuis près de deux cents ans, le titre de classique à l'*Histoire de la décadence et de la chute de l'Empire romain* et l'on sait que ce qualificatif inclut une connotation d'immortalité. Les lacunes mêmes ou, disons, les silences de Gibbon sont favorables à son œuvre. Si celle-ci avait été écrite pour soutenir telle ou telle théorie, l'approbation ou la désapprobation du lecteur dépendraient de son avis sur la thèse en question. Tel n'est certes pas le cas de Gibbon. En dehors de cette prévention contre le sentiment religieux en général et contre la foi chrétienne en particulier qu'il affiche dans certains chapitres célèbres, Gibbon semble se laisser guider par les faits qu'il rapporte, et il en rend compte avec une divine inconscience, qui est celle de l'aveugle destin, du cours même de l'histoire. Comme qui rêve et sait qu'il rêve, comme qui accepte les hasards et les trivialités d'un rêve, Gibbon, en plein dix-huitième siècle, rêva de nouveau ce que vécurent ou rêvèrent les hommes des siècles passés, dans les murailles de Byzance ou dans les déserts d'Arabie. Pour construire son œuvre, il lui fallut compulser et résumer des centaines de textes hétérogènes ; il est indiscutablement plus aisé de lire son ironique compendium que de se perdre dans les sources originales d'obscurs ou inaccessibles chroniqueurs. Le bon sens et l'ironie sont le propre de Gibbon. Tacite loue le respect des Germains, qui n'enfermèrent pas leurs dieux entre quatre murs et qui ne se permirent pas de les représenter en bois ou en marbre ; Gibbon se limite à observer qu'il leur eût été difficile d'avoir des temples et des statues quand ils avaient tout juste des huttes pour s'abriter eux-mêmes. Au lieu d'écrire qu'on n'a aucune confirmation des miracles que révèle la Bible, Gibbon critique l'impardonnable distraction de ces païens qui, dans leurs longues énumérations de prodiges, ne nous donnent aucune précision sur la façon dont la lune et le soleil arrêtèrent un jour entier leur course, ni sur l'éclipse et le tremblement de terre qui accompagnèrent la mort de Jésus.

De Quincey écrit que l'histoire est une discipline infinie ou du moins indéfinie, car les mêmes faits peuvent se combiner ou s'interpréter de façons différentes. Cette observation date du dix-neuvième siècle ; depuis lors, les interprétations se sont multipliées sous l'influence de l'évolution de la psychologie et l'on a découvert des cultures et des civilisations insoupçonnées. Pourtant, l'œuvre de Gibbon reste intacte et l'on peut vraisemblablement supposer qu'elle survivra aux vicissitudes de l'avenir. Deux raisons militent en faveur de cette pérennité. La première, et peut-être la plus importante, est d'ordre esthétique ; elle tient à son charme qui, selon Stevenson, est l'indispensable et essentiel mérite de la littérature. L'autre raison tiendrait au fait, peut-être mélancolique, qu'au bout d'un certain temps l'historien lui-même devient de l'histoire et qu'il ne nous importe pas seulement de savoir comment était le camp d'Attila mais aussi comment pouvait se l'imaginer un gentilhomme anglais du dix-huitième siècle. Il y eut une époque où on lisait les pages de Pline en quête de précisions ; aujourd'hui nous les lisons pour y chercher du merveilleux et ce changement d'optique n'a pas nui à la renommée de Pline. Pour Gibbon cette heure n'a pas encore sonné et elle ne sonnera peut-être jamais. Il semble en tout cas que Carlyle, ou tout autre historien romantique, soit plus loin de nous que Gibbon.

On ne peut évoquer Gibbon sans penser à Voltaire, cet auteur qu'il a tant lu et sur les qualités théâtrales duquel il a porté un jugement fort peu enthousiaste. Tous deux professent un même mépris pour les religions ou superstitions humaines, mais leur démarche littéraire est très différente. Voltaire s'est servi de son style extraordinaire pour montrer ou suggérer que les faits historiques sont insignifiants ; Gibbon n'a pas une meilleure opinion des hommes, mais leurs actions l'intéressent en tant que spectacle, grâce à quoi il divertit et fascine son lecteur. Il n'épouse jamais les passions qui remuèrent les époques passées et il les considère avec un scepticisme non dénué d'indulgence ni, sans doute, de pitié.

Parcourir la *Décadence et la chute*, c'est pénétrer et se perdre avec bonheur dans un roman fourmillant de personnages, qui a pour héros les générations humaines, pour théâtre le monde, et dont l'immense durée se compte par dynasties, par conquêtes, par découvertes et par la mutation des langues et des idoles.

ROBERTO GODEL

Naissance du feu

(1932)

Un livre, me semble-t-il, doit se suffire à lui-même. Une tradition, inventée par les éditeurs, veut cependant que le livre soit précédé d'une espèce de stimulant en italique qui court le risque de ressembler à cette autre indispensable page blanche qui précède le faux-titre. Avec l'autorité douteuse que nous donne le fait d'écrire un prologue, je me risquerai donc à faire au lecteur les quelques demandes suivantes.

La première est d'oublier le vain débat des anciens et des modernes. Lugones, poète non indigne d'évoquer Hugo, critique plus enclin aux remontrances qu'à la persuasion, a simplifié jusqu'à la caricature nos controverses littéraires. Il a vu une question morale dans le choix entre le recours aux rimes pour marquer les pauses et la suppression de cet artifice. Il a décrété la lumière pour ceux qui usent de la rime, l'ombre et la perdition pour les autres. Il a fait pis encore : il a appliqué la même distinction, le même critère simpliste à ses détracteurs, *quorum pars parva fui*[1]. Ces derniers, loin de vouloir repousser ce manichéisme de

1. « Au nombre desquels je fus l'un des plus humbles » Appropriation de l'hémistiche latin « *Quorum pars magna fui* » *(N d.T.)*

l'oreille, se sont empressés de l'adopter, mais en l'inversant. Ils refusent le dogme de la justification par la rime ou à la rigueur par l'assonance, pour instaurer le culte du chaos. D'où la nécessité de dire et de répéter dans notre Buenos Aires que le fait de rimer ou de ne pas rimer ne suffit sans doute pas à définir un poète. Roberto Godel rime avec une anxieuse rigueur : ce n'est pas cela qui permettra de le classer parmi les poètes actuels ou démodés.

Une autre tentation, presque inévitable, nous guette, dans toute sa complexité notoire. L'insipidité bien connue de la poésie espagnole, dont l'histoire ne retient d'autre scandale que celui provoqué par Luis de Góngora, fait que tout ce qui est complexe est associé au nom de cet auteur. Godel n'échappera pas à ce destin. Sa ferveur romantique ne manquera pas d'être comparée aux hyperboles mécaniques du « précurseur » — cet homme à l'imagination si atrophiée qu'il se moqua une fois d'un autodafé de province où il n'y eut qu'un seul hérétique brûlé vif. Góngora, comme Oliver Twist, en eût voulu davantage. Son regret figure dans l'un de ses sonnets...

Ce *Nacimiento del fuego* (Naissance du feu) décrit en vers mémorables la naissance de l'amour : époque de bouleversantes espérances et d'incertitudes glorieuses. Lions, étoiles, sang versé, métaux — tout ce qui est antique, concret, splendide — constituent le vocabulaire naturel de cette poésie ; qui se sait aussi rare et aussi réelle que les puissants symboles qu'elle invoque. Le monde extérieur envahit largement ses vers, mais toujours comme un attribut de la passion. Tomber amoureux c'est faire naître une mythologie privée — *a private mythology* — et appeler l'univers à témoigner de la seule personne qui existe au monde. La lumière, pour un écrivain mystique, n'était autre que l'ombre de Dieu. Shakespeare s'égayait au spectacle des roses, imaginant qu'elles étaient une ombre de son ami lointain.

Mon amitié avec Roberto Godel date de longtemps. Dans notre Buenos Aires commun, dans le désert ignare et paysan de la Pampa centrale, dans un jardin qui est comme une Méditerranée de la Pampa, dans d'autres jardins moins inattendus des villages du Sud, j'ai entendu beaucoup des vers qui sont publiés dans ce livre. Je les ai récités ; je les ai commentés lentement, sous les étoiles particulières de cet hémisphère. Je sais qu'ils te deviendront familiers à toi aussi, invisible, irremplaçable lecteur.

NOTE DE 1974.

Depuis un demi-siècle, il ne se passe pratiquement pas de jour sans que je ne me souvienne de ce vers :

Corceles exquisitos y ruedas de silencio[1].

Invinciblement il s'enchaîne dans ma mémoire avec l'inépuisable et délicate strophe de Jaime Freyre :

Peregrina paloma imaginaria
que enardeces los ultimos amores ;
alma de luz, de música y de flores,
peregrina paloma imaginaria[2].

1. Coursiers exquis et roues de silence.
2. Insolite colombe imaginaire
qui enflammes les dernières amours ;
âme de lumière, de musique et de fleurs,
insolite colombe imaginaire.

CARLOS M. GRÜNBERG

Epopée juive

(1940)

Vers 1831, Macaulay, l'impartial Macaulay, improvisa une histoire fantastique. Ce conte, dont l'ébauche suffisamment explicite a été conservée dans le deuxième tome de ses *Essais,* parle des vexations et des tourments, des prisons, des exils et des outrages dont furent accablées dans toutes les nations d'Europe les personnes dont les cheveux étaient roux. Après plusieurs siècles de luttes sanglantes tout le monde est d'accord pour dire que les victimes de ce traitement sans merci ne sont pas de véritables enfants du pays et on affirme qu'ils sont plus proches de n'importe quel étranger roux que des bruns et des blonds de leur paroisse. Les roux ne sont pas anglais, les roux ne peuvent pas être anglais, pensent les fanatiques ; la nature interdit la chose, l'expérience le prouve. Comme il fallait s'y attendre, la persécution a entraîné des changements chez les persécutés, engendrant des schismes réciproques... A quoi bon continuer ? La parabole lumineuse de Macaulay est une transcription de la réalité : l'antisémite Adolf Hitler commande en Europe et il a, ici, des imitateurs.

Dans les pages lucides de ce livre, Grünberg réfute avec une énergie passionnée les mythes et les mensonges dont cet imposteur et ses prosélytes ont accablé le monde. Malgré l'échafaud et la potence, malgré les bûchers de l'Inquisition et le revolver nazi, malgré les crimes qu'ont enregistrés les siècles diligents, l'antisémitisme ne laisse pas d'être ridicule. Et il l'est encore plus à Buenos Aires qu'à Berlin. En Allemagne où la littérature est fondée sur la traduction donnée par Luther des textes hébraïques, Hitler ne fait rien d'autre qu'attiser une haine préexistante; l'antisémitisme argentin n'est qu'un fac-similé irraisonné qui ignore les faits ethniques et historiques. Dans une note de son admirable étude, *Rosas y su tiempo* (Rosas et son temps), Ramos Mejia a énuméré les principaux noms patronymiques de l'époque. En dehors de ceux d'origine basque, ils sont tous de souche judéo-portugaise : Pereyra, Ramos, Cueto, Sáenz Valiente, Acevedo, Piñero, Fragueiro, Vidal, Gómez, Pintos, Pacheco, Pereda, Rocha.

Les poèmes que j'ai le plaisir de préfacer ici proclament l'honneur et la douleur d'être juif dans ce monde incroyablement pervers de 1940. Il y a des écrivains qui se soucient de la forme; d'autres de ce qu'une mauvaise mais inévitable métaphore appelle le fond. Góngora est un exemple de ce formalisme, de même que l'improvisateur amateur qui admet n'importe quel vers à condition qu'il comporte, à peu près, huit pieds... Les vrais poèmes se moquent de cette habituelle discrimination; chez eux la forme est le fond, et vice versa. C'est le cas d'un grand nombre de poèmes de ce recueil : *Judezno, Sabat, Circuncisión*...

Grünberg, poète, est incontestablement argentin. Cela ne veut pas dire qu'il exploite les nids de condors ou les ombus ni que dans ses strophes revienne avec fréquence le nom du général Rosas, mélancolique image de la patrie. Etre un poète argentin cela implique un vocabulaire bien déterminé, certaines habitudes de syntaxe et de prosodie, un mode explicite qui n'est pas l'invocation alarmée des poètes espagnols d'hier et d'aujourd'hui.

Ce qui est particulièrement original chez Grünberg, c'est la conception de la rime telle qu'elle apparaît dans ses poèmes. Dans sa monographie sur la rime (*Der Reim,* 1891) Sigmar Mehring note que la versification espagnole a tendance à abuser de certaines désinences plates : *ido, ado, oso, ente, ando...*

Ainsi Lope de Vega :

Sentado Endimïon al pie de Atlante,
Enamorado de la luna hermosa,
Dijo con triste voz y alma celosa :
En tus mudanzas, ¿ quién será constante ?

Ya creces en mi fe, ya estás menguante,
Ya sales, ya te esconde desdeñosa,
Ya te muestras serena, ya llorosa,
Ya tu epiciclo ocupas arrogante[1]*...*

Et trois siècles plus tard, Juan Ramón Jiménez :

Se entró mi corazón en esta nada,
como aquel pajarillo, que, volando,

1. Endymion assis aux pieds d'Atlante
Amoureux de la lune belle,
Dit d'une voix triste et l'âme jalouse :
En présence de tes inconstances, qui pourrait être constant ?
Tantôt tu t'affermis dans ma foi, tantôt tu déclines,
Tantôt tu apparais, tantôt tu te caches avec dédain,
Tantôt tu te montres sereine, tantôt chagrine,
Tantôt tu parcours, arrogante, ton épicycle...

de los niños, se entró, ciego y temblando,
en la sombría sala abandonada.

De cuando en cuando, intenta una escapada
a lo infinito, que lo está engañando
por su ilusión ; duda, y se va, piando,
del vidrio a la mentira iluminada[1]...

Góngora, Quevedo, Torres Villarroel et Lugones ont utilisé avec succès ce que ce dernier appelle « la rime riche et variée[2] » ; mais ils ont limité son emploi à des compositions burlesques ou satiriques. Grünberg, par contre, la prodigue avec audace et bonheur dans des compositions pathétiques. Par exemple :

Cortó el sobejo filisteo
para trocártelo en hebreo.

1. Mon cœur a pénétré dans ce néant
comme ce petit oiseau qui, s'enfuyant loin des enfants, est entré,
aveugle et tremblant
dans l'obscure pièce abandonnée.

Par moments il tente de s'échapper
vers l'infini, dont l'illusion
le trompe ; il hésite et s'en va,
piaulant, heurter la
mensongère vitre de lumière...

2. *Lunario sentimental,* 1909. Au début de l'ouvrage, Lugones fait rimer : *náyade — haya de ; orla — por la ; petróleo — mole o.* Heine, dans une strophe des *Zeitgedichte,* emploie le même artifice : *In der Fern'hör ich mit Freude — Wie man voll von deinem Lob ist — Und wie du der Mirabeau bist — Von der Lüneburger Heide.* Browning est inépuisable dans ce genre d'inventions : *monkey — one key ; person — her son ; paddock — ad hoc ; circle — work ill ; sky — am I : Balkis — small kiss ; pardon — hard on ; kitchen — rich in ; issue — wish you ; Priam — I am ; poet — know it ; honour — upon her ; bishop — wish — shop ; Tithon — scythe on ; insipid ease — Euripides...* Il y a des rapprochements analogues dans le poème *Hudibras ;* dans certains sonnets satiriques de Milton : dans le *Don Juan* de Byron. Rafael Cansinos-Asséns, un soir de l'automne 1920, fit rimer *Buscarini* avec *y ni.*

Cortó el sobejo porque eres
Judá ben Sion y no Juan Pérez.[1]

ou bien :

En un lejano pogrom
le degollaron al hijo
del que una noche me dijo :
« *¡ Era un gallardo Absalom*[2] *!* »

Comme tous les livres importants, celui de Carlos M. Grünberg l'est pour des raisons multiples. Il est important parce que c'est un document clair et lucide sur ce malheureux « temps des loups, temps des épées » dont la barbare ombre continentale — et peut-être planétaire — se déploie largement au-dessus de nos têtes. Il est important par sa précision et par sa ferveur, par son algèbre et par son feu, par l'harmonieuse association permanente de l'habileté métrique et d'une passion délicatement exprimée. Il est important par l'ironie et la vaillance qui émanent de ses pages.

L'erreur la plus évidente de ce volume est sans doute de mettre son point d'honneur à n'employer que des mots qui figurent dans le Dictionnaire de l'Académie.

En ce siècle qui semble ne prendre plaisir qu'à

1. Il brisa le joug philistin
pour l'échanger contre l'hébreu.
Il brisa le joug parce que tu es
Juda ben Sion et non Juan Pérez.

2. Dans un lointain pogrom
on décapita son fils
dont il m'avait dit un soir :
« C'était un valeureux Absalon ! »

l'incohérence voulue, en ce siècle où le poème veut ressembler à une incantation et le poète à un être fiévreux ou à un sorcier, Grünberg a le courage de proposer un chant sans mystère. La limpidité est le propre d'Israël : rappelons-nous Henri Heine ; rappelons-nous, dans le bavard quatorzième siècle, les strophes du rabbin Sem Tob, « juif de Carrión »...

Mes hommages à Grünberg et à ses lecteurs.

FRANCIS BRET HARTE

Esquisses californiennes

(1946)

Les dates sont destinées à l'oubli, mais elles fixent les hommes dans le temps et elles portent en elles de multiples connotations.

Comme presque tous les écrivains de son pays, l'Américain Francis Bret Harte est né dans l'Est ; à Albany, capitale de l'Etat de New York, le 25 août 1836. Il avait dix-huit ans quand il entreprit son voyage en Californie, où il acquit la célébrité qui est aujourd'hui liée à son nom. Il s'essaya aux métiers de mineur et de journaliste. Il parodia des poètes aujourd'hui oubliés et rédigea les contes qui composent le présent livre et qu'il ne surpassera jamais. Il parraina Mark Twain qui oublia vite ses bontés. Il fut consul des Etats-Unis à Crefeld, en Prusse, et à Glasgow, en Ecosse. Il mourut à Londres en 1902.

A partir de 1870, il ne fait pratiquement plus que se plagier lui-même, ne suscitant chez ses lecteurs qu'indifférence ou indulgence.

L'expérience confirme cette loi mélancolique : pour rendre justice à un écrivain il faut être injuste envers d'autres. Baudelaire, pour louer Poe, rejette péremptoirement Emerson, qui en tant qu'auteur lui était bien supérieur ; Lugones, pour louer Hernández, nie aux autres écrivains qui ont parlé des gauchos toute connaissance de ceux-ci ; Bernard De Voto, pour louer Mark Twain, a écrit que Bret Harte était « un imposteur littéraire » (*Mark Twain's America,* 1932). Lewisohn, dans sa *Story of American Literature,* traite Bret Harte avec un certain mépris. La raison, me semble-t-il, est d'ordre historique : la littérature nord-américaine de notre temps ne se veut pas sentimentale et rejette tout écrivain qui mériterait cette étiquette. Elle a découvert en la brutalité une vertu littéraire ; et elle a constaté qu'au dix-neuvième siècle les Américains du Nord étaient incapables de pratiquer cette vertu. Heureusement ou malheureusement incapables. (Ce n'est pas notre cas ; nous avions déjà à notre actif *La Refalosa* d'Ascasubi, *El Matadero* [L'abattoir] d'Esteban Echeverria, l'assassinat du mulâtre dans *Martín Fierro,* et les monotones scènes d'atrocités que débitait généreusement Eduardo Guttiérrez...) En 1912 John Macy fit la remarque suivante : « Notre littérature est idéaliste, maniérée, fade, à l'eau de rose... L'Ulysse des grands fleuves et des mers dangereuses est devenu expert en estampes japonaises. Le vétéran de la guerre de Sécession rivalise victorieusement avec Mlle Marie Corelli. Le conquistador basané des déserts se met à chanter, et dans son chant il y a une rose et un jardinet. » Le désir de ne pas sombrer dans la sensiblerie et d'être, Dieu aidant, brutal a eu deux conséquences : le nombre croissant des « durs-à-cuire » de la littérature (Hemingway, Caldwell, Farrel, Steinbeck, James Cain) et la mise en quarantaine de nombreux écrivains médiocres et de quelques autres de valeur : Longfellow, Dean Howell, Bret Harte.

Il est bien évident que cette polémique ne nous concerne pas, nous autres Américains du Sud. Nous avons d'incommodes et sans doute incorrigibles défauts, mais nous ne sommes pas des romantiques. Je crois sincèrement que nous pouvons fréquenter Bret Harte, et l'Allemand le plus obstinément nébuleux, sans grand risque d'une contamination durable. Je crois aussi que le romantisme de Harte est sans tricherie. A la différence d'autres doctrines, le romantisme fut beaucoup plus qu'un style pictural ou littéraire : ce fut un style de vie. Son histoire peut se passer des œuvres de Byron, mais non de sa vie tumultueuse et de sa mort resplendissante. Le destin des héros de Victor Hugo abuse de l'invraisemblance ; mais le destin du lieutenant d'artillerie Bonaparte est aussi invraisemblable. Si Bret Harte fut romantique, la réalité qui sert de toile de fond à ses récits l'était aussi : ce vaste continent qui fut le berceau de tant de mythologies, le continent des marches de Sherman et de la théocratie polygamique de Brigham Young, de l'or occidental et des bisons d'au-delà des crépuscules, des anxieux labyrinthes de Poe et de la grande voix de Walt Whitman.

Francis Bret Harte parcourut vers 1858 les gisements californiens. Ceux qui l'accusent de n'avoir pas été un mineur consciencieux oublient que s'il l'avait été sans doute ne fût-il jamais devenu écrivain, ou aurait-il choisi d'autres thèmes, car un sujet trop familier n'est habituellement pas stimulant.

Les récits qui composent ce volume furent d'abord publiés dans *l'Overland Monthly*. Au début de 1869, Dickens en lut un, l'irrésistible et sans doute inoubliable *Outcasts of Poker Flat*. Il y découvrit un style d'écriture voisin du sien, mais il loua chaleureusement « la finesse des traits de caractère, la nouveauté du sujet, l'exécution magistrale, la miraculeuse réalité de l'ensemble » (John Forster : *The Life of Charles Dickens,* II, 7). Les témoignages d'admiration ne lui manquèrent pas à l'époque, ni plus tard. Parmi eux, celui de l'humaniste Andrew Lang qui, en recherchant les auteurs qui ont inspiré le Kipling première manière (*Essays in Little,* 1891), en retient deux : Gyp et Bret Harte ; il y a le témoignage, très significatif, de Chesterton qui refuse cependant d'admettre qu'il y ait dans cette œuvre quelque chose de typiquement américain.

Plutôt que d'épiloguer sur ce jugement, il me semble plus opportun de souligner une qualité que Bret Harte partage avec Chesterton et Stevenson : l'invention (et son trait indélébile) de détails significatifs marquants. Le plus saisissant et le plus réussi est peut-être celui que je lus à douze ans et dont le souvenir m'accompagnera, je le sais, jusqu'au bout de ma route : la carte blanche et noire clouée d'un solide couteau sur le tronc de l'arbre monumental, au-dessus du cadavre de John Oakhurst, le tricheur.

PEDRO HENRÍQUEZ UREÑA

Œuvre critique

(1960)

Comme en ce jour d'automne 1946 où j'appris brusquement sa mort, je repense au destin de Pedro Henríquez Ureña et aux traits singuliers de son caractère. Le temps définit, simplifie et sans aucun doute appauvrit les choses ; le nom de notre ami me suggère maintenant des mots comme *maître en Amérique* et d'autres semblables. Voyons donc un peu ce que veulent dire ces mots.

Bien entendu, le maître n'est pas celui qui enseigne des faits isolés ou qui s'adonne à la tâche mnémonique de les apprendre et de les répéter, car dans ce cas une encyclopédie serait un meilleur maître qu'un homme. Est un maître celui qui enseigne par l'exemple une façon de s'accommoder des choses, une manière générale d'affronter l'incessant et mouvant univers. L'enseignement dispose de beaucoup de moyens ; la parole directe n'est que l'un d'entre eux. Quiconque a parcouru avec ferveur les dialogues socratiques, les *Analectas* de Confucius ou les livres canoniques qui consignent les paraboles et les sentences du Bouddha, a dû se sentir plus d'une fois déçu ; l'obscurité ou la trivialité de tel précepte, pieusement recueilli par des disciples, lui auront semblé incompatibles avec la renommée de ces phrases qui résonnèrent, et continuent de résonner, dans l'infini de l'espace et du temps. (Si ma mémoire est bonne, les *Evangiles* nous offrent l'unique exception à cette règle, à laquelle n'échappent certes pas les conversations de Goethe ou de Coleridge.) Cherchons la raison de ce désaccord. Des idées qui apparaissent comme mortes sur le papier furent vivantes et réconfortantes pour ceux qui les entendirent et les recueillirent parce que derrière elles, et autour d'elles, il y avait un homme. Cet homme et sa réalité les imprégnaient. Une intonation, un geste, un visage, leur donnaient une vertu qui est aujourd'hui perdue pour nous. Il faut rappeler ici le cas historique ou symbolique du Juif qui se rendit au village de Mezeritz, non pas pour écouter un prédicateur, mais pour voir de quelle façon il attachait ses chaussures. Evidemment, tout était exemplaire chez ce maître, jusqu'à ses gestes quotidiens. Martin Buber, à qui nous devons cette anecdote singulière, parle de maîtres qui non seulement exposaient la Loi, mais qui étaient la Loi. De Pedro Henríquez Ureña je sais qu'il n'était pas un homme bavard. Sa méthode, comme celle de tous les maîtres véritables, était indirecte. Sa présence suffisait pour que s'instaurent l'esprit critique et la rigueur. Des exemples me reviennent à la mémoire de ce qu'on pourrait appeler sa « méthode abrégée ». Quelqu'un — moi peut-être — eut la légèreté de lui demander si les fables ne lui déplaisaient pas et il répondit avec simplicité : *Je ne suis l'ennemi d'aucun genre.* Un poète dont je veux oublier le nom, Leopoldo Marechal, déclara de façon agressive qu'une certaine traduction littérale des poésies de Verlaine était supérieure au texte français, du fait qu'elle était libérée des contraintes du mètre et de la rime. Pedro se borna à répéter cette opinion outrancière et il ajouta simplement : *A vrai dire...* Impossible de rectifier une assertion avec plus de courtoisie. De nombreux voyages à l'étranger, l'habitude de l'exil, avaient affiné en lui cette qualité. Alfonso Reyes a rappelé, à son sujet, une certaine erreur de jeunesse, commise innocemment ou par étourderie ; quand j'ai fait sa connaissance, vers 1925, il se comportait avec circonspection. Il se laissait rarement aller à censurer quiconque ou à condamner des idées erronées ; je l'ai entendu affirmer qu'il est inutile de combattre l'erreur car celle-ci se détruit d'elle-même. Il aimait à louer ; sa mémoire faisait de lui un véritable musée des littératures. Il y a quelques jours, j'ai retrouvé dans un livre une carte sur laquelle j'avais noté, de mémoire, quelques vers d'Euripide, curieusement traduits par Gilbert Murray ; à cette époque sans doute avait-il tenu quelques propos sur l'art de traduire, propos qu'au cours des ans je méditai et fis miens, jusqu'à ce que la citation de Murray (*With the stars from the windwooven rose*) m'ait rappelé leur origine et l'occasion qui les avait suscités.

Le nom de Pedro — il voulait que ses amis l'appellent ainsi — est attaché à celui de notre Amérique. Son destin, d'une certaine façon, forgea ce lien ; on peut supposer que Pedro, dans ses débuts, trouva un remède à la nostalgie qu'il gardait de sa terre natale dominicaine en considérant celle-ci comme la province d'une plus grande patrie. Avec le temps, les véritables et secrètes affinités qu'il reconnut aux républiques du continent renforcèrent sa conviction. Il lui arriva une fois d'opposer les deux Amériques — la saxonne et l'hispanique — au vieux monde ; une autre fois, les républiques sud-américaines et l'Espagne aux Etats-Unis. Je ne sais si de telles entités existent aujourd'hui ; je ne sais s'il y a beaucoup d'Argentins ou de Mexicains qui se sentent aussi américains que ceux du Nord, en dehors de la signature d'une déclaration ou des effusions d'un toast. Deux événements historiques ont contribué, cependant, à fortifier notre sentiment d'une unité raciale ou continentale. D'abord les émotions de la guerre civile espagnole, qui fut l'occasion pour tous les Américains d'embrasser la cause de l'un ou l'autre des deux partis ; puis la longue dictature de chez nous qui démontra, en dépit des vanités locales, que nous n'échappons pas, hélas ! à la douloureuse et commune destinée de l'Amérique. Et pourtant, la notion d'américanisme ou d'hispano-américanisme réapparaît çà et là. Il suffit que dans une conversation soient cités les noms de Lugones et d'Herrera ou de Lugones et de Darío pour qu'on souligne aussitôt la différence entre les nationalités revendiquées par chaque interlocuteur.

Pour Pedro Henríquez Ureña, l'Amérique a fini par être une réalité ; les nations n'existent qu'en tant qu'actes de foi, et si hier nous pensions du point de vue de Buenos Aires ou de telle ou telle province, demain nous penserons en tant qu'Américains et un jour peut-être en tant que représentants du genre humain. Pedro s'est senti américain et même cosmopolite, au sens premier et au sens propre de ce mot que les stoïciens forgèrent pour exprimer qu'ils étaient citoyens du monde, mot que les siècles ont ravalé au synonyme de touriste ou d'aventurier international. Je crois ne pas me tromper en affirmant que pour lui l'alternative *Rome ou Moscou* n'aurait eu aucun sens ; il avait dépassé le credo chrétien aussi bien que ce matérialisme dogmatique que l'on peut définir comme un calvinisme sans Dieu et qui remplace la prédestination par la causalité. Pedro avait parcouru les ouvrages de

Bergson et de Shaw qui proclament la primauté d'un esprit qui n'est pas, comme le Dieu de la tradition scolastique, une personne, mais toutes les personnes et, à des degrés divers, tous les êtres.

Son admiration n'était pas entachée d'idolâtrie. Il admirait *this side idolatry,* à l'exemple de Ben Jonson ; c'était un fervent lecteur de Góngora, dont les poèmes hantaient sa mémoire, mais quand quelqu'un voulut mettre ce poète au même niveau que Shakespeare, Pedro cita ce jugement d'Hugo qui affirme que Shakespeare englobe Góngora. Je me souviens l'avoir entendu dire que bien des choses qui paraissent ridicules chez Hugo sont vénérées chez Whitman. Parmi ses auteurs anglais préférés figuraient, en tête, Stevenson et Lamb ; l'exaltation du dix-huitième siècle dont Eliot fut le promoteur, et la condamnation des romantiques par ce dernier, lui parurent être une manœuvre publicitaire ou un choix arbitraire. Il avait remarqué que chaque génération établit, un peu au hasard, son échelle de valeurs, ajoutant certains noms et en omettant d'autres, non sans scandales et vitupérations, et qu'au bout d'un certain temps se rétablit tacitement l'ordre antérieur.

Je voudrais évoquer une autre conversation que nous eûmes un soir à un coin de la rue Santa Fé ou de la rue Córdoba. J'avais cité une page de De Quincey où il est dit que la crainte d'une mort subite a été une invention ou une découverte de la foi chrétienne, qui craignait que l'âme de l'homme ne comparaisse brusquement devant le Tribunal divin, chargée de péchés. Pedro répéta lentement le tercet de l'*Epître morale*[1].

1. Anonyme sévillan. *(N.d.T.)*

¿ Sin la templanza viste tú perfeta
alguna cosa ? ¡ Oh muerte, ven callada
como sueles venir en la saeta[1] *?*

Il pensa que cette invocation, d'inspiration purement païenne, était une traduction ou une adaptation d'un texte latin. Rentré chez moi, je me suis souvenu que mourir sans agonie était l'un des bonheurs que l'ombre de Tirésias promet à Ulysse, dans le chant IX de l'*Odyssée*, mais je ne pus le dire à Pedro, car quelques jours plus tard il mourait brusquement dans un train, comme si quelqu'un — l'Autre — nous eût entendus ce soir-là.

Gustav Spiller a écrit que les souvenirs laissés dans une mémoire normale après soixante-dix ans d'existence rempliraient, si on les évoquait l'un après l'autre, deux ou trois journées ; à la mort d'un ami je constate pour ma part que je pense à lui intensément, mais que les faits ou anecdotes qu'il m'est possible d'évoquer à son sujet sont en nombre restreint. Les détails sur Pedro Henríquez Ureña que je donne ici, je les ai déjà donnés car je n'en ai pas d'autres à ma disposition, mais son image, qui est incommunicable, subsiste en moi et continuera à me rendre meilleur et à m'aider. Cette pénurie de détails biographiques et cette force d'attraction qu'avait sa personne corroborent peut-être ce qui a été dit plus haut quant au rôle secondaire des paroles et à la force immédiate et magistrale d'une présence.

1. Sans tempérance vis-tu jamais
chose parfaite ? O mort viens en silence
comme tu viens dans la flèche muette !

JOSÉ HERNÁNDEZ
Martín Fierro

Jorge Luis Borges a préfacé trois éditions du poème de José Hernández : Martín Fierro, *Buenos Aires, Editorial Sur, 1962 ;* El gaucho Martín Fierro. La vuelta de Martín Fierro, *Edition en fac-similé, Buenos Aires, Ediciones Centurión, 1962 ;* Martín Fierro, *Buenos Aires, Santiago Rueda Editor, 1968.*

(Nous publions dans le présent volume les trois préfaces, dans leur ordre chronologique.)

*

Jusqu'à présent, toutes les biographies de José Hernández procèdent de celle qui figure dans le livre : *Pehuajó. Nomenclatura de las calles ; breve noticia de los poetas argentinos que en ellas se conmemoran* [1], que son frère Rafael publia en 1896. C'est lui qui avait pris l'initiative de donner aux rues des noms de poètes ; le but évident de l'opuscule était d'expliquer aux habitants de Pehuajó cette nomenclature quelque peu insolite. Des articles qui composent ce livre, le plus fervent et le plus long est, bien sûr, celui qui est consacré à notre poète.

Hernández naquit dans le district de San Isidro

1. Pehuajó. Nomenclature des rues ; brève notice sur les poètes argentins dont elles commémorent le souvenir.

(province de Buenos Aires) le 10 novembre 1834. Il était fils de don Rafael Hernández et d'Isabel Pueyrredón. Ezequiel Martínez Estrada s'étonne qu'il n'ait pas signé Hernández Pueyrredón et qu'il ait choisi de s'appeler, d'une façon presque anonyme, José Hernández ; le fait est que les patronymes doubles étaient peu fréquents à l'époque. Le pays, en pleine croissance et peu peuplé, exigeait (comme ce fut le cas dans tout le continent américain) que chacun de ses enfants ait des activités multiples ; Hernández fut fermier, soldat, sténographe, journaliste, professeur de grammaire, polémiste, marchand de biens, libraire, sénateur et à l'occasion militaire lors des guerres civiles de l'époque. Il mourut dans sa propriété de « San José », dans le quartier de Belgrano, le 21 octobre 1886.

Plus intéressant que les vicissitudes et les dates de sa biographie est le fait indubitable qu'Hernández ne fit aucune impression sur ses contemporains. Groussac, pendant son séjour à Paris, rendit visite à Victor Hugo ; dans son *Viaje intellectual* il nous raconte qu'il attendit dans l'antichambre, qu'il fit son possible pour s'exalter à l'idée qu'il était dans l'univers du grand poète, et que malgré sa passion littéraire il se sentit aussi calme « que s'il avait été chez José Hernández, l'auteur de *Martín Fierro* ». Martínez Estrada pense qu'Hernández ne chercha pas à briller et préféra, comme en une sorte de suicide, l'isolement et l'ombre. L'hypothèse est exagérée ; il suffit de se rappeler que dans la seconde moitié du dix-neuvième siècle quelqu'un faisant l'apologie du gaucho passait obligatoirement pour un esprit rétrograde et de peu d'intérêt. Hernández était fédéral et les gens bien-pensants du pays, pour des raisons morales et intellectuelles, abominaient ce parti. Dans une ville où tout le monde se connaissait, Hernández n'a pratiquement laissé aucun souvenir anecdotique. Tout juste sait-on qu'il était corpulent, barbu, gaillard et jovial et que sa mémoire était extraordinaire. Nous savons aussi qu'il était, comme d'autres membres de sa famille, spirite. Ses amis le surnommaient « Martín Fierro ». Mon père, qui alla le voir étant enfant, se rappelait que dans l'entrée de sa maison, non loin de la place qui porte aujourd'hui le nom de Vicente López, il avait fait peindre le siège de Paysandú, auquel avait pris part son frère Rafael. Tulio Méndez nous a dit que, dans les années 1880, Hernández parcourait à cheval le quartier de Belgrano ; les gens qui le connaissaient lui demandaient ce qu'il faisait là ; il répondait : « Une cure d'amaigrissement » et ils ajoutaient : « pour le cheval ».

Chez l'auteur de *Martín Fierro* s'est répété, *mutatis mutandis,* le paradoxe de Cervantes et de Shakespeare : celui de l'homme qui est passé inaperçu tout en laissant une œuvre que les générations futures se refuseront à laisser tomber dans l'oubli. Chacun d'eux, comme on sait, est parti d'une tradition littéraire ; voyons maintenant quelle est cette tradition que José Hernández a suivie et portée à son faîte.

LA POÉSIE DU GAUCHO

Une des branches les plus singulières des diverses littératures américaines de langue hispanique est la poésie consacrée au gaucho. On l'attribue d'habitude au gaucho lui-même ; c'est comme si nous disions que l'art du portrait tient au visage des modèles peints ou que le *Quichotte* doit tout à Alonso Quijano. Le gaucho est le matériau de cette poésie, non pas son inventeur. Des hommes semblables au gaucho, il y en a eu depuis l'Oregon ou le Montana jusqu'au Cap Horn ; ces régions, jusqu'à présent, se sont abstenues de produire une poésie comparable à celle que nous appelons poésie du gaucho. Il est donc manifeste qu'il ne suffit pas d'un désert et d'un cavalier.

Un préjugé de caractère romantique refuse d'admettre que la poésie du gaucho est une découverte ou une invention de citadins. Quand Groussac, vers 1927, écrivit que l'auteur de Don Segundo Sombra devait tirer sur son poncho pour qu'on ne voie pas sa jaquette, il ne fit sans doute rien d'autre que de reprendre une vieille plaisanterie sur Estanislao del Campo ou Hernández qui, à coup sûr, n'étaient pas des gauchos. C'étaient, on le sait, des habitants de Buenos Aires qui avaient adopté les habitudes et le langage de la plaine. Il fallut tout un concours de circonstances pour parvenir à une telle assimilation : la vie pastorale que le fermier partageait avec les péons, l'art équestre, l'entourage de la campagne et de ses dangers, la commune ascendance créole, les longues guerres civiles et le fait que les gauchos furent intégrés dans les régiments de cavalerie commandés par des hommes de la ville. Il fallut aussi l'absence d'un dialecte spécifique qui eût séparé la ville de la campagne. Si un tel dialecte eût existé — comme l'affirment certains philologues — la poésie du gaucho pécherait par affectation, ce qui n'est pas le cas.

Sarmiento, en énumérant et en étudiant les divers types de gaucho, nous parle du *payador* ou chanteur ; on a voulu voir en lui l'origine de la poésie du gaucho. Pour Ricardo Rojas, Hernández serait le dernier *payador*. Il convient de souligner cependant un fait irréfutable : les *payadores* de la campagne ou des faubourgs étaient des souteneurs ou des gauchos qui chantaient pour des souteneurs ou des gauchos, et ils ne recherchaient pas et n'avaient aucun besoin de couleur locale. A l'inverse, les poètes que nous appelons gauchos (Hidalgo, Ascasubi, Hernández) étaient des personnes cultivées qui se targuaient d'être des gauchos et qui, dans ce but, se donnèrent l'air rustique. La différence essentielle entre les deux genres peut s'observer dans le texte même du *Martín Fierro.* Des mots, des images et des expressions qui font allusion à la pampa abondent dans l'œuvre, mais quand le gaucho dialogue à la guitare avec le Noir, il n'est plus fait allusion à la vie pauvre dans les fermes et et à la frontière, il n'est plus question que de la nuit, de la mer, du temps et du poids de l'éternité. C'est comme si Hernández avait marqué la différence qui sépare son œuvre littéraire des ambitieuses et vagues incantations des *payadores* anonymes.

D'ailleurs, l'histoire de la poésie du gaucho n'offre aucune ambiguïté. Vers 1812, le Montévidéen Bartolomé Hidalgo l'invente ; c'est sans doute à lui qu'on doit la découverte du simple artifice qui montre des gauchos s'efforçant de parler en tant que tels, pour le divertissement des lecteurs cultivés. Rojas l'appelle *payador,* mais dans les pages de sa propre *Historia de la literatura argentina* on peut lire qu'avant de s'essayer au vers octosyllabique, Hidalgo était passé par l'hendécasyllabe, mètre inaccessible aux *payadores.* Après lui viendra Hilario Ascasubi, soldat de la guerre du Brésil et des guerres civiles, dont l'œuvre bizarre et inégale est comme noyée dans les trois volumes de *Paulino Lucero, Aniceto el Gallo* et *Santos Vega.* Par allusion au deuxième de ces titres [1], Estanislao del Campo, son ami, prend le pseudonyme filial d'Anastasio el Pollo [2].

1. *Aniceto el Gallo* = Anicet le Coq.
2. Anastasio le Poulet.

Dans son œuvre la plus importante, *Fausto,* il y a de l'humour, de la tendresse et une conception joyeuse de l'amitié. Au début de 1872, Lussich publie à Montevideo *Los tres gauchos orientales* (Les trois gauchos d'Uruguay), une conversation de soldats qui reflète et qui préfigure modestement *El gaucho Martín Fierro.*

LE « MARTÍN FIERRO »

Que savons-nous de la rédaction de cette œuvre ? Hernández, dans sa lettre à don Zoilo Miguens qui figure en tête de la première édition, déclare qu'elle l'a aidé à surmonter l'ennui de la vie d'hôtel. Lugones pense qu'il veut parler de l' « Hotel Argentino », situé au croisement des rues 25 de Mayo et Rivadavia, où Hernández aurait improvisé son poème « au milieu de son attirail de conspirateur » ; Vicente Rossi croit qu'il s'agit d'un hôtel de Sant'Anna do Livramento, où Hernández s'était réfugié après la déroute de Ñaembé. Les gauchos de la frontière du Brésil et de l'Uruguay lui auraient remis en mémoire ceux de la province de Buenos Aires. Cela expliquerait une certaine tonalité brésilienne qu'on a décelée dans l'œuvre. Mais laissons là la géographie ou la topographie de l'ouvrage pour nous en tenir à ce fait qu'un homme, qui ne s'était jamais préoccupé de poésie, ait écrit, sans le savoir et sans le vouloir, un grand poème.

Hernández publia le *Martín Fierro* à Buenos Aires, à la fin de 1872. La première édition, sans illustrations, se présentait comme un cahier d'écolier ; elle cherchait manifestement à attirer l'attention des gens du peuple, non des lecteurs cultivés. Le but de l'auteur était non pas littéraire mais politique, et c'est bien ainsi que l'entendirent ses contemporains, dont nous devons nous garder de condamner trop hâtivement l'aveuglement critique. Hernández, fédéral par tradition, voulait démontrer, entre autres choses, que la bataille de Caseros, qui avait eu lieu vingt ans auparavant, n'avait pas amélioré le sort misérable des gauchos. La défense de la frontière contre les Indiens avait fait de l'armée un établissement pénitentiaire, alimenté par les prisons et par la pratique illégale des recrutements arbitraires. Hernández voulait dénoncer de tels abus et ne trouva, heureusement pour nous, de meilleur moyen que le poème. Il devait aussi penser qu'Estanislao del Campo et Ascasubi avaient faussé, en l'exagérant, le véritable langage des gauchos ; de tout cela naquit le projet d'un poème dans lequel un gaucho chanterait d'une voix authentique les malheurs et les misères que lui aurait fait subir le gouvernement. Ce gaucho devait être un exemple type pour que tous puissent se reconnaître en lui ; c'est pourquoi Martín Fierro n'a jamais connu ses parents (*Je suis né comme naît le poisson/au fond de l'eau*) ; c'est pourquoi la topographie du poème va de la frontière du Sud (il y est fait mention d'Ayacucho et de la montagne) à celle de l'Ouest (*Derecho ande el sol se esconde/tierra adentro hay que tirar* — droit vers le soleil couchant/il faut marcher à l'intérieur des terres).

Martín Fierro, malgré son caractère stoïque, se plaint beaucoup ; le but polémique de l'auteur exigeait cette plainte répétée.

J'imagine que telle était, jusqu'ici, l'intention d'Hernández ; si le plaidoyer eût correspondu à son plan, nous ne nous en souviendrions plus aujourd'hui. Par chance, Martín Fierro s'est imposé à José Hernández ; le gaucho maltraité et mécontent qui eût convenu au sujet a été peu à peu remplacé par l'un des hommes les plus vigoureux, les plus brutaux et les plus convaincants qu'ait enregistrés l'histoire de la littérature. Peut-être qu'Hernández lui-même ne saurait nous expliquer ce qui s'est passé ; et nous moins encore. Pour ma part, je dirais que la voix du protagoniste a dominé les buts circonstanciels de l'écrivain. Il y avait chez ce dernier une somme d'expériences qu'il n'avait jamais méditées ni analysées ; ces secrètes choses du passé ont été projetées dans le poème qu'il écrivait. Pour laisser après soi un livre que les générations futures ne se résigneront pas à oublier, il faut procéder — mais cela ne dépend pas de l'auteur — avec une certaine innocence. Cervantes voulait composer une parodie des romans de chevalerie ; Hernández, un pamphlet populaire contre le ministre de la Guerre.

Le septième chapitre d'*El payador* (1916) de Lugones porte ce titre polémique : *Martín Fierro es un poema épico* (Martín Fierro est un poème épique). Le sort du débat variera suivant la définition que nous donnerons de cet adjectif. Si nous le limitons, comme le veut Calixto Oyuela, à ce qui qualifie des compositions anonymes qui traitent une matière traditionnelle dans laquelle figurent des héros et des dieux, *El gaucho Martín Fierro* n'est pas épique ; si nous appelons épique ce qui a la saveur du destin, de l'aventure et du courage, il l'est indubitablement.

Hernández, quoique adversaire de Mitre, lui envoya un exemplaire du poème. On lit dans la réponse de Mitre : « Hidalgo sera toujours votre Homère. » Il est vrai que sans la tradition qu'inaugura Hidalgo *Martín Fierro* n'aurait pas existé, mais il est aussi vrai qu'Hernández se rebella contre elle, la transforma, et mit dans cette entreprise tout l'élan de son cœur ; c'est sans doute la meilleure façon de tirer parti d'une tradition... A ce sujet, les phrases qu'Hernández écrivit dans sa lettre, déjà citée, à Zoilo Miguens sont significatives :

« Peut-être l'entreprise eût-elle été plus facile et plus réussie si je m'étais proposé de faire rire de l'ignorance du gaucho, comme l'usage y autorise dans ce genre de composition ; mais mon objet a été de dessiner à grands traits, bien que fidèlement, ses coutumes, ses travaux, ses habitudes de vie, son caractère, ses vices et ses vertus... Martín Fierro ne va pas à la ville pour raconter à ses compagnons ce qu'il aura vu et admiré à la fête du 25 Mai ou en une autre occasion semblable, comme dans le *Fausto* ou divers autres récits qui ont, certes, de grands mérites, mais il raconte les mésaventures de sa vie de gaucho. »

Une des fonctions de l'art est de léguer à la mémoire des hommes un passé illusoire ; de toutes les histoires qu'a rêvées l'imagination argentine, celle de Fierro, de Cruz et de ses descendants, est la plus pathétique et la plus convaincante.

1962

*

Une des conditions indispensables à la rédaction d'un livre célèbre, un livre que les générations futures ne se résigneront pas à laisser tomber dans l'oubli, est peut-être de ne pas viser un tel but. Un sentiment de responsabilité peut entraver ou freiner l'élaboration esthétique de l'œuvre, alors qu'une impulsion étrangère aux arts peut avoir une influence favorable. On pense que Virgile écrivit son *Enéide* sur l'ordre d'Auguste ; le capitaine Miguel de Cervantes ne cherchait autre chose qu'à parodier les romans de chevalerie ; Shakespeare, qui était directeur de théâtre, composait ou adaptait des pièces pour ses comédiens, non pour l'examen critique que devaient en faire Coleridge ou Lessing. C'est un peu ce qui est arrivé — et c'est aussi inexplicable — avec le journaliste fédéral José Hernández. Le but qu'il se proposait, en écrivant *Martín Fierro,* aura sans doute été, au départ, moins esthétique que politique. Lugones, dans *El payador,* a reconstitué la scène avec vraisemblance ; il évoque notre Hernández imaginant, au milieu de son attirail de conspirateur, dans une chambre d'hôtel qui donnait sur la Plaza de Mayo, les infortunes de son gaucho. Sans doute eut-il recours à l'octosyllabe pour être accessible au peuple et à ses guitares ; l'exemple d'Hidalgo et d'Ascasubi l'a certainement influencé. Pour que le pamphlet en vers qu'il voulait écrire atteignît son but, il fallait que son héros fût d'une certaine façon tous les gauchos et n'importe lequel. Martín Fierro, au début, manque d'individualité. Il est impersonnel, stéréotypé et se lamente beaucoup, pour que les auditeurs les plus distraits comprennent bien que le ministère de la Guerre l'a maltraité de façon inique. La rédaction de l'œuvre se déroula suivant le plan prévu mais il se produisit graduellement une chose magique ou du moins mystérieuse : Fierro s'imposa à Hernández. Au lieu de la victime dolente que requérait la fable, surgit l'homme endurant que nous connaissons, fugitif, déserteur, chanteur, bagarreur et, pour certains, paladin.

On sait que Mitre, au reçu d'un exemplaire de l'œuvre, écrivit à son auteur : « Hidalgo sera toujours votre Homère. » La remarque est juste, mais il est non moins juste de se rappeler qu'Hernández ne se borna pas à suivre, d'une façon mécanique, la tradition que les historiens de la littérature attribuent au gaucho, mais bien qu'il la renouvela et la transforma. Son gaucho veut nous émouvoir, non pas nous distraire.

Personne ne pourra démêler l'écheveau de circonstances propices qui octroyèrent à José Hernández la grâce de composer, presque malgré lui, un chef-d'œuvre. Quarante années mouvementées l'avaient doté d'une expérience multiple : matinées, aubes désolées, nuits de la plaine, fiers visages de gauchos morts, souvenirs de chevaux et de tempêtes, choses entrevues ou rêvées ou déjà oubliées, tout cela était en lui et guida sa plume. Ainsi naquit ce livre que ni ses contemporains ni Hernández lui-même ne comprirent tout à fait, et qu'allaient ensuite enrichir les veilles studieuses de Lugones et d'Ezequiel Martínez Estrada.

L'édition que je préface est un *fac-similé ;* et c'est un curieux plaisir de revoir, au bout de presque un siècle, la même composition typographique et les mêmes caractères que José Hernández eut sous les yeux dans ce Buenos Aires où revenaient, en longue file, couverts de poussière et de gloire, les régiments rouges et bleus qui avaient combattu au Paraguay.

1962

*

Après le *Facundo* de Sarmiento, ou avec ce *Facundo,* le *Martín Fierro* est l'œuvre capitale de la littérature argentine. Sa valeur humaine et esthétique — peut-être ces deux épithètes sont-elles fondamentalement les mêmes — est indéniable. Ainsi l'ont déclaré, de ce côté-ci et de l'autre côté de l'océan, de nombreux critiques autorisés et, ce qui sans doute est plus important, de nombreuses générations de lecteurs. Si l'on est sensible à l'esthétique, on ne croit cependant pas qu'elle suffise à déclencher l'admiration. Dans le cas de *Martín Fierro,* on a invoqué des motifs qui sont tout à fait étrangers au plaisir, au plaisir complexe et plein d'émotion que nous goûtons à la lecture de ce texte. On a répété, par exemple, que le *Martín Fierro* est une épopée, que l'histoire de l'Argentine s'inscrit en quelque sorte dans ses pages et on a même été jusqu'à le comparer à la Bible. De telles imprudentes hyperboles ont été facilement réfutées — par Oyuela entre autres — mais elles peuvent jeter une ombre préjudiciable à un examen lucide de l'œuvre. Passons maintenant aux faits.

Vers 1872, Hernández avait un peu moins de quarante ans. Son frère Rafael était plus connu que lui ; Roxlo, dans son *Historia de la literatura uruguaya,* attribua plus tard à Rafael le livre de son frère. Dans le Grand Village[1] où tous se connaissaient, on n'a recueilli aucune anecdote au sujet d'Hernández. C'était un simple citoyen argentin, partisan de Rosas par tradition, parent des Pueyrredón. Il n'avait rien fait d'extraordinaire, sauf une chose dont il ne s'était même pas rendu compte. Sans s'en douter, il avait consacré sa vie entière à se préparer à écrire *Martín Fierro*. C'est peu de dire qu'il connaissait les gauchos : il était impossible en son temps de ne pas les connaître. Je veux parler d'expériences qu'Hernández lui-même n'aurait su préciser : un crépuscule près de la frontière indécise, le profil d'un homme ou sa voix, une histoire racontée et oubliée à l'aube. Ces choses et bien d'autres qui resteront dans l'ombre devaient le hanter quand il se mit à écrire. Comme l'a souligné Lugones, il avait intérêt à ce qu'on ne remarquât pas sa présence à Buenos Aires car il faisait partie de la conspiration de Ricardo López Jordán contre Urquiza. Pendant deux ou trois semaines il ne sortit pas de son hôtel qui donnait sur la Plaza de Mayo. C'est là qu'il écrivit son poème.

1. Buenos Aires.

Son premier but était politique. On avait coutume alors de pratiquer la levée, sorte de conscription arbitraire qui, ramassant les hommes dans les tavernes, dans les lupanars ou dans les marchés, les enrôlait dans l'armée. Hernández aurait d'abord pensé à faire un pamphlet contre cet abus. Puis, heureusement pour nous, il se souvint du genre gaucho que Bartolomé Hidalgo avait inauguré et qu'avaient illustré par la suite Hilario Ascasubi et Estanislao del Campo. La forme métrique et le langage populaire aideraient à la diffusion de l'opuscule.

Hernández fit ce qui est sans doute la seule chose qu'on puisse faire avec une tradition : il la modifia. Ses prédécesseurs avaient accentué le parler rural, pour faire rire ; Hernández décida que dès le début nous devions prendre son gaucho au sérieux. Rappelons-nous la première strophe du *Fausto :*

En un overo rosao,
Flete nuevo y parejito,
Caía al Bajo, al trotecito
Y lindamente sentao,
Un paisano del Bragao,
De apelativo Laguna,
Mozo jinetaso ¡ ahijuna !
Como creo que no hay otro,
Capaz de llevar un potro
A sofrenarlo en la luna[1].

1. Sur un aubère rosé
Monture nouvelle et pomponnée
Descendait au Bajo, au petit trot
Et bien en selle
Un paysan du Bragao
Du nom de Laguna
Un fin cavalier,
Comme je crois qu'il n'a pas son pareil
Capable de mener un cheval
Jusqu'à le freiner sur la lune.

Voici maintenant le début du *Martín Fierro :*

Aquí me pongo a cantar
Al compás de la vigüela,
Que el hombre que lo desvela
Una pena estrordinaria,
Como la ave solitaria
Con el cantar se consuela[2].

Le thème de l'ouvrage exigeait que le paysan maltraité sans relâche par le ministère de la Guerre fût un gaucho quelconque ou, si l'on préfère, tous les gauchos. C'est pourquoi le héros n'a jamais connu ses parents (*Nací como nace el peje / En el fondo de la mar*) (Je suis né comme le poisson / au fond de l'eau) ; c'est pourquoi la topographie du récit est délibérément imprécise. Le mot montagne peut correspondre au Sud, mais quand le hors-la-loi et le sergent, avec les quelques chevaux qu'on leur a prêtés, cherchent les campements de l'Indien, ils marchent vers l'Ouest (*Derecho ande el sol se esconde / Tierra adentro hay que tirar*) (Droit vers l'endroit où le soleil se cache / Il faut marcher à l'intérieur des terres).

Dans sa chambre d'hôtel, l'homme écrivait solitaire quand un fait singulier se produisit ; Fierro, qui au début n'était rien d'autre qu'un vocable commode pour la rime, s'imposa à José Hernández. Il devint l'homme le plus vivant que notre littérature ait imaginé, un homme si vivant et si complexe qu'il a donné lieu à des interprétations contradictoires. Pour Oyuela c'est un bandit de grand chemin, un Moreira

2. Ici je m'mets à chanter
aux accords de ma guitare.
L'homme que tient éveillé
une peine extraordinaire
comme l'oiseau solitaire,
en chantant peut s'consoler.

avec moins de morts sur la conscience ; pour Lugones et pour Ricardo Rojas, un héros.

Tout poème qui n'est pas une simple construction verbale dépasse le but que s'est proposé son auteur ; l'antique invocation à la Muse n'était pas une formule de rhétorique. C'est pourquoi toute poésie engagée est vaine, qui nie cette divine et profonde filiation et prétend qu'un poème naît de la volonté du poète. La conquête du désert fut une épopée, mais Hernández, dont l'intention était de mettre en accusation cette campagne, dut escamoter ou ignorer son côté véritablement épique. Les épisodes militaires qu'il intercala dans son poème sont bien moins mémorables que l'assassinat du Noir ou le combat contre la troupe du gouvernement.

Comme on le sait, ce genre poétique que Rojas allait qualifier de gaucho fut créé par des hommes de la ville. Ils jouaient les gauchos mais en réalité ce n'étaient pas des gauchos. Paul Groussac, répétant sans doute une vieille plaisanterie visant Estanislao del Campo ou Hernández, dit en 1926 de Ricardo Güiraldes : « Il tire sur son poncho pour qu'on ne voie pas sa jaquette. » Personne n'a mieux qu'Hernández dissimulé cette discordance. Mis à part un certain excès dans la plainte — un gaucho ne se serait pas plaint à ce point — et certaines strophes où l'auteur parle pour son compte (*Lo que pinta este pincel / Ni el tiempo lo ha de borrar*). (Ce que ce pinceau a peint, le temps lui-même ne pourra l'effacer), la compénétration est parfaite.

Le plus grand problème, sans doute, dans un poème de ce genre, est celui des paysages. Le lecteur doit les imaginer ; le paysan ne peut les définir, parce qu'il les suppose connus ou plus simplement parce qu'il ne les voit pas. Hernández a résolu instinctivement ce problème. Tout au long du *Martín Fierro* nous sentons la présence de la plaine, le tacite appel de la pampa, jamais décrite et toujours suggérée. Ainsi par exemple :

El gaucho más infeliz
Tenía tropilla de un pelo,
No le faltaba un consuelo
Y andaba la gente lista...
Tendiendo al campo la vista
No via sino hacienda y cielo[1].

Ou bien :

Cruz y Fierro de una estancia
Una tropilla se arriaron —
Por delante se la echaron
Como criollos entendidos,
Y pronto, sin ser sentidos
Por la frontera cruzaron.

Y cuando la habían pasado,
Una madrugada clara
Le dijo Cruz que mirara
Las últimas poblaciones ;
Y a Fierro dos lagrimones
Le rodaron por la cara[2].

1968

1. Le plus pauvre avait au moins
des chevaux de mêm' couleur,
des moments consolateurs.
Et les gens étaient en train...
Il n'avait devant les yeux
que le bétail et les cieux.

2. Cruz et Fierro emmenèrent
les chevaux d'une *estancia* ;
les poussant dans la pampa
comme des gauchos experts,
passèrent sans qu'on les voie
au-delà de la frontière.

NOTE DE 1974.

Le *Martín Fierro* est un livre très bien écrit et qui a été très mal lu. Hernández l'écrivit pour montrer que le ministère de la Guerre — j'emploie l'expression de l'époque — faisait du gaucho un déserteur et un traître ; Lugones a exalté ce malheureux paladin et en a fait un archétype. Nous en subissons aujourd'hui les conséquences.

Et voilà qu'un clair matin,
Cruz dit à Fierro Martín
de regarder au passage
les derniers lieux habités.

Et alors sur son visage
deux grosses larm' ont
roulé.

(Trad. Paul Verdevoye)

Le Hors-la-loi

(1970)

Une curieuse convention a voulu que chacun des pays entre lesquels l'histoire et ses hasards ont divisé provisoirement le monde ait son livre classique. L'Angleterre a élu Shakespeare, le moins anglais des écrivains anglais ; l'Allemagne, sans doute pour remédier aux défauts qui lui sont propres, a choisi Goethe qui faisait peu de cas de cet admirable instrument : la langue allemande ; l'Italie, irréfutablement, Dante le léger, pour reprendre le mauvais calembour de Baltasar Gracián ; le Portugal, Camoëns ; l'Espagne, apothéose qui aurait scandalisé les doctes Quevedo et Lope de Vega, l'ingénieux ignorant Cervantes ; la Norvège, Ibsen ; la Suède s'est résignée, je crois, à Strindberg. En France, pays de si riches traditions, Voltaire n'est pas moins classique que Ronsard, ni Hugo que *La Chanson de Roland.* Whitman, aux Etats-Unis, ne supplante pas Melville ni Emerson. En ce qui nous concerne, je pense que notre sort serait autre, et serait meilleur, si nous avions choisi, à partir du vingtième siècle, le *Facundo* plutôt que le *Martín Fierro.*

Sarmiento a dressé une liste célèbre des divers types de gauchos : le campagnard, le chasseur, le chanteur et le mauvais garçon, qu'Ascasubi appelait déjà le *malevo.*

Dans le prologue de *Santos Vega o los Mellizos de la Flor* (Paris, 1872) (Santos Vega ou les jumeaux La Fleur) Ascasubi nous dit : « C'est l'histoire d'un mauvais garçon capable de commettre tous les crimes et qui donna beaucoup de fil à retordre à la justice. » Le culte de l'œuvre d'Hernández, qui date du *Payador* de Lugones et qui a été amplifié ensuite par Rojas, nous a amenés à confondre singulièrement l'idée de mauvais garçon avec celle de gaucho. Si le mauvais garçon avait été un type courant, personne ne se souviendrait maintenant du surnom ou du nom de quelques-uns : Moreira, Hormiga Negra (Fourmi noire), Calandria (Tire-au-flanc) et le Tigre du Quequén. Certains esprits superficiels vont répétant que le *Martín Fierro* est le symbole de notre histoire complexe. Acceptons un instant l'idée que tous les gauchos furent des soldats ; acceptons également avec la même extravagance ou la même docilité l'idée que tous, comme le héros de l'épopée, furent des déserteurs, des fugitifs, des mauvais garçons qui, tous, passèrent finalement chez les Indiens. Dans ce cas il n'y aurait pas eu de conquête du désert ; les lances de Pincén ou de Coliqueo [1] auraient dévasté nos cités, et José Hernández entre autres aurait manqué de typographes. Nous n'aurions pas eu non plus de sculpteurs pour élever des statues au gaucho.

A Buenos Aires, l'idée du *compadrito* et celle du *cuchillero* [2] ont souffert du même malentendu. Le *compadrito* était un homme du peuple, habitant dans le centre ou dans les faubourgs, portefaix ou contremaître de son métier ; il était ou non *cuchillero*. Il méprisait le voleur et l'homme qui vivait des femmes. Les vétérans

1. Chefs indiens.
2. Bagarreur (de *cuchillo* = couteau). *(N.d.T.)*

de Bartolomé Hidalgo, « les gauchos du Río de la Plata, chantant et combattant » qu'Hilario Ascasubi exalta, et les facétieux bavards qui égaient l'histoire du docteur Fausto ne sont pas moins réels que les rebelles qu'a glorifiés Gutiérrez. Don Segundo, le vieux conducteur de troupeaux, est un homme de paix.

Il est naturel et peut-être inévitable que l'imagination préfère le mauvais garçon aux gauchos de la brigade qui est à ses trousses. Nous sommes attirés par le rebelle, par l'individu, même inculte ou criminel, qui s'oppose à l'Etat ; Groussac a signalé cette prédilection sous diverses latitudes et à diverses époques. L'Angleterre se souvient de Robin des Bois et de Hereward the Wake ; l'Islande de son Grettir le Fort. Rappelons-nous aussi Billy the Kid, d'Arizona, qui mort d'une balle reçue à vingt-deux ans était redevable à la justice de vingt-deux cadavres sans compter les Mexicains, et Macario Romero dont un couplet dit, non sans plaisanter :

¡ Qué bonito era Macario
En su caballo retinto,
Con la pistola en la mano,
Peleando con treinta y cinco[1] *!*

L'histoire universelle est la mémoire des générations qui suivent et cette mémoire n'exclut pas l'invention ni l'erreur, qui est peut-être une des formes de l'invention. Le cavalier poursuivi qui se cache, comme par magie, dans le vide nu de la pampa ou dans l'enchevêtrement labyrinthique des bois ou de la montagne, est une figure pathétique et courageuse dont, en quelque

1. Que Macario était beau
sur son cheval noir,
son pistolet à la main
luttant contre trente-cinq !

sorte, nous avons besoin. De même le gaucho, en général sédentaire, aura sans doute admiré le fugitif qui parcourait inlassablement la province en tous sens et traversait, au mépris des lois, les larges eaux torrentueuses du Paraná ou de l'Uruguay.

L'histoire des temps passés est moins faite d'individus que d'archétypes ; pour les Argentins, l'un de ces archétypes est le *matrero* [1]. Il se peut que Hoyo et Moreira aient commandé des bandes de déserteurs et manié le fusil, mais nous aimons à les imaginer se battant seuls, en poncho et au couteau. Une des qualités du *matrero,* sans doute inappréciable, est celle d'appartenir au passé ; nous pouvons le vénérer sans risque. Un homme, pendant un certain temps de sa vie, pouvait avoir été *matrero.* L'acier, l'alcool du samedi soir, et cette hantise quasi féminine d'avoir été offensé qui s'appelle, je ne sais pourquoi, *machismo* [2] favorisaient les rixes mortelles. On peut lire dans le *Fausto* :

Cuando a usté un hombre lo ofiende,
Ya sin mirar para atrás,
Pela el flamenco y ¡sás ! ¡ trás !
Dos puñaladas le priende.

Y cuando la autoridá
La partida le ha soltao,
Usté en su overo rosao
Bebiendo los vientos va.

Naides de usté se despega
Porque se aiga desgraciao,
Y es muy bien agasajao
En cualquier rancho a que llega.

1. Le hors-la-loi.
2. De *macho* = mâle.

Si es hombre trabajador,
Ande quiera gana el pan :
Para eso con usté van
Bolas, lazo y maniador.

Pasa el tiempo, vuelve al pago,
Y cuando mas larga ha sido
Su ausiencia, usté es recebido
Con más gusto y más halago [1,2].

1. Si un homme t'a offensé
Alors sans regarder en arrière
Tu fonces sur l'individu et
Tu lui flanques deux coups de couteau.

Et quand les autorités
Envoient la troupe à tes trousses,
Toi, sur ton aubère rosé
Te voilà parti comme le vent.

Personne ne se détourne de toi
Parce que tu es dans le malheur
On t'accueille très bien
Partout où tu te présentes.

Si tu es un homme travailleur
Tu gagneras partout ton pain :
C'est pour cela que tu transportes
Avec toi boules, lasso et longe.

Quand le temps aura passé tu rentreras chez toi
Et d'autant plus longue aura été
Ton absence, plus tu seras reçu
Avec joie et considération.

2. Le plus célèbre des *matreros* de la littérature déplore, par contre, son malheur et non ses bons moments :

Es triste dejar sus pagos
Y largarse a tierra ajena
Llevándose la alma llena
De tormentos y dolores,
Mas nos llevan los rigores
Como el pampero a la arena.

Il est triste d'abandonner ses champs et s'en aller en terre étrangère
l'âme emplie de tourments et douleurs,
mais les malheurs nous emportent
comme le vent de la pampa emporte le sable.

HENRY JAMES

L'Humiliation des Northmore

(1945)

Fils d'un James prénommé comme lui et qui fut l'adepte de Swedenborg, et frère de l'illustre psychologue à qui l'on doit le pragmatisme, Henry James naquit à New York le 15 avril 1843. Le père voulait que ses fils soient cosmopolites — citoyens du monde au sens stoïcien du mot — et il fit en sorte qu'ils soient élevés successivement en Angleterre, en France, à Genève et à Rome. En 1860, Henry retourna en Amérique, où il entreprit et abandonna de vagues études de droit. A partir de 1864 il se consacra à la littérature, avec une abnégation, une lucidité et un bonheur croissants. Il résida à partir de 1869 à Londres et dans le Sussex. Les voyages qu'il fit ensuite en Amérique furent occasionnels et il n'alla jamais au-delà de la Nouvelle-Angleterre. Parce qu'il pensait que le devoir moral de sa patrie était de faire la guerre à l'Allemagne il adopta en juillet 1915 la nationalité britannique. Il mourut le 28 février 1916. « Elle est donc là, enfin, cette chose distinguée[1] », dit-il, au moment de son agonie.

L'édition définitive de son œuvre comporte trente-

1. « *So here it is at last, the distinguished thing !* »

cinq volumes soigneusement revus par lui. La majeure partie de cette somme scrupuleusement établie consiste en nouvelles et en romans. Elle renferme aussi une biographie de Hawthorne, qu'il admira toujours, et des études critiques sur Tourgueniev et Flaubert, dont il fut l'ami intime. Il avait peu d'estime pour Zola et, pour des raisons compliquées, pour Ibsen. Il fut un protecteur pour Wells qui, en retour, ne montra que de l'ingratitude à son égard. Au mariage de Kipling, il fut son témoin. Dans ses œuvres complètes on trouve des études de tout genre : sur l'art de la narration, la découverte de thèmes non encore explorés, la vie littéraire prise comme sujet, la méthode indirecte, les maladies et les morts, les vertus et les risques de l'improvisation, le surnaturel, le cours du temps, l'obligation d'intéresser, les limites que doit s'imposer l'illustrateur pour ne pas l'emporter sur le texte, l'inadmissible emploi du dialecte, le point de vue, le récit à la première personne, la lecture à voix haute, la représentation du Mal, jamais défini, l'exil de l'Américain en Europe, l'exil de l'homme dans l'univers... toutes ces analyses, si on les regroupait en un volume, constitueraient une lumineuse rhétorique.

Il présenta sur les scènes londoniennes diverses comédies, qui furent accueillies par des sifflets et avec la respectueuse réprobation de Bernard Shaw. Il ne fut jamais populaire, la critique britannique lui concéda une gloire distraite et frigide qui n'impliquait pas forcément la lecture.

« Ses biographies, a écrit Ludwig Lewisohn, sont plus significatives par ce qu'elles omettent de dire que par ce qu'elles disent. »

J'ai parcouru un bon nombre de littératures de l'Orient et de l'Occident, j'ai rassemblé une anthologie encyclopédique de la littérature fantastique, j'ai traduit Kafka, Melville et Bloy : je ne connais pas d'œuvre plus étrange que celle d'Henry James. Les écrivains que je viens d'énumérer, dès la première page, nous stupéfient ; par l'univers qu'ils nous proposent dans leurs ouvrages ils sont pourrait-on dire des professionnels de l'irréel ; James, avant de laisser voir ce qu'il est, c'est-à-dire un hôte résigné et ironique de l'Enfer, court le risque de passer pour un romancier mondain, particulièrement incolore. La lecture entamée, certaines ambiguïtés, certains détails anodins nous gênent ; au bout de quelques pages, nous comprenons que ces négligences voulues enrichissent le livre. Il ne s'agit pas, bien entendu, du simple flou des symbolistes, dont les imprécisions, à force d'éluder toute signification, peuvent vouloir dire n'importe quoi. Il s'agit de l'omission volontaire d'une partie du roman, ce qui nous permet de l'interpréter d'une manière ou d'une autre ; toutes deux préméditées par l'auteur, toutes deux précises. C'est ainsi que nous ignorons, dans *L'Elève*, si le conseil donné par le maître est ou bon ou perfide ; dans *Le Tour d'écrou*, si les enfants sont victimes ou agents des spectres qui, eux, peuvent être démoniaques ; dans *La Coupe d'or*, laquelle des dames qui font semblant d'enquêter sur le mystère de Gilbert Long est la protagoniste de ce mystère ; dans *L'Humiliation des Northmore*, le destin final du projet de Mrs Hope. Je voudrais souligner un autre problème dans cet élégant récit d'une vengeance : les qualités ou les défauts intrinsèques de Warren Hope, que nous ne connaissons qu'à travers les yeux de sa femme.

James a été accusé d'avoir recours à des procédés mélodramatiques ; cela est dû à ce que les faits, pour cet auteur, sont de simples hyperboles ou des emphases dans la trame du récit. Dans *L'Américain*, par exemple, le crime de Mme de Bellegarde est incroyable en soi, mais acceptable comme signe de la corruption d'une grande famille. Ainsi, dans le récit qui s'intitule *La Mort du lion*, le décès du héros et la perte invraisemblable de son manuscrit ne sont que des métaphores qui soulignent l'indifférence de ceux qui feignent de l'admirer. Paradoxalement, James n'est pas un romancier psychologique. Les situations, dans ses livres, ne sont pas provoquées par les caractères ; les caractères ont été inventés pour justifier les situations. C'est le contraire chez Meredith.

Les ouvrages critiques abondent sur James. On peut consulter la monographie de Rebecca West (*Henry James*, 1916), *The Craft of Fiction* (1921) de Percy Lubbock, le numéro d'hommage de *Hound and Horn* d'avril-mai 1934, *The Destructive Element* (1935) de Stephen Spender, et l'article passionné de Graham Greene dans l'ouvrage collectif *The English Novelists* (1936). Cet article se termine par ces mots : « ... Henry James, aussi solitaire dans l'histoire du roman que Shakespeare dans l'histoire de la poésie. »

FRANZ KAFKA

La Métamorphose

(1938)

Kafka naquit dans le quartier juif de la ville de Prague, en 1883. Il était maladif et chagrin : son père ne cessa jamais de le mépriser en secret et il le tyrannisa jusqu'en 1922. (De ce conflit et des méditations tenaces qu'il fit sur les mystérieuses miséricordes et les exigences illimitées de la puissance paternelle, il a dit lui-même que découlait toute son œuvre.) De sa jeunesse nous savons deux choses : qu'il souffrit d'un amour contrarié et qu'il eut le goût des récits de voyages. Au sortir de l'Université, il travailla un certain temps dans une compagnie d'assurances. Il fut libéré de ce travail, hélas ! par la tuberculose : avec des intervalles de rémission, Kafka passa la seconde moitié de sa vie dans des sanatoriums du Tyrol, des Carpates et de l'Erzgebirge. En 1913, il publia son premier livre, *Contemplation,* en 1915 le fameux récit *La métamorphose,* en 1919 les quatorze contes fantastiques ou quatorze cauchemars laconiques qui composent *Un médecin de campagne.*

Le poids de la guerre pèse sur ces ouvrages : ce poids dont la caractéristique atroce est d'obliger les hommes à simuler le bonheur et la ferveur courageuse... Assiégés et vaincus, les Empires de l'Europe centrale capitulèrent en 1918. Cependant, le blocus ne cessa pas pour autant et Franz Kafka en fut une des victimes. En 1922, il s'était installé à Berlin avec une jeune femme de la secte des Hassidim, ou des Pieux, Dora Dymant. Au cours de l'été 1924, son mal s'étant aggravé par suite des privations de la guerre et de la post-guerre, il mourut dans un sanatorium des environs de Vienne. Passant outre à la défense expresse du défunt, son ami et exécuteur testamentaire Max Brod publia ses multiples manuscrits. Nous devons à cette intelligente désobéissance de connaître dans sa totalité une des œuvres les plus singulières de notre siècle [1].

Deux idées — ou plutôt deux obsessions — régissent l'œuvre de Franz Kafka. La dépendance est la première des deux; l'infini la seconde. Dans presque toutes ses fictions il y a des hiérarchies et ces hiérarchies sont infinies. Karl Rossmann, le héros de son premier roman, est un pauvre jeune homme allemand qui s'ouvre un chemin à travers un continent inextricable; on finit par le laisser entrer au Grand Théâtre National d'Oklahoma; ce théâtre sans limites n'est pas moins populeux que le monde et préfigure le Paradis. (Détail très personnel : même dans cette image du ciel les hommes n'arrivent pas à être heureux et il y a de légères et diverses attentes.) Le héros de son deuxième roman, Joseph K., progressivement accablé par un

1. A l'heure de sa mort, Virgile recommanda à ses amis de détruire son *Enéide* inachevée, qui mystérieusement s'achève par ces mots : *Fugit indignata sub umbras*. Ses amis désobéirent, comme plus tard Max Brod. Dans les deux cas ils accédèrent à la volonté secrète du défunt. Si celui-ci avait voulu détruire son œuvre, il l'aurait fait personnellement; il demanda à d'autres de le faire pour se décharger d'une responsabilité, non pour qu'ils exécutent son ordre. Kafka, d'autre part, aurait voulu écrire une œuvre heureuse et sereine, non pas l'uniforme suite de cauchemars que sa sincérité lui dicta.

procès insensé, ne parvient pas à savoir de quel crime il est accusé, ni même à comparaître devant l'invisible tribunal qui doit le juger ; ce dernier, sans jugement préalable, finit par le faire décapiter. K., héros du troisième et dernier roman, est un arpenteur appelé dans un château, et qui ne parvient pas à y pénétrer. Il mourra sans être reconnu par les autorités qui règnent sur ce château. Le leitmotiv du délai infini domine aussi dans ses nouvelles. L'une d'elles traite d'un message impérial qui n'arrive jamais, à cause des personnes qui font obstacle sur le trajet du messager ; une autre d'un homme qui meurt sans avoir pu atteindre un petit village proche ; une autre encore — *Une confusion journalière* — parle de deux voisins qui n'arrivent pas à se rencontrer. Dans la plus mémorable de toutes — *La muraille de Chine* — l'infini est multiple : pour arrêter la course d'armées infiniment éloignées, un empereur infiniment lointain dans le temps et dans l'espace ordonne que d'infinies générations construisent indéfiniment un mur infini qui fasse le tour de son empire infini.

La critique déplore dans les trois romans de Kafka le manque de nombreux chapitres intermédiaires mais elle reconnaît que ces chapitres ne sont pas indispensables. Quant à moi, j'estime que ce regret dénote une méconnaissance fondamentale de l'art de Kafka. Le *pathos* de ces romans « inachevés » naît précisément du nombre infini d'obstacles qui sans cesse arrêtent leurs identiques héros. Franz Kafka ne les termina pas parce que l'important était qu'ils fussent sans fin. Vous souvenez-vous du premier et du plus clair des paradoxes de Zénon ? Le mouvement est impossible, car avant d'arriver à B nous devrions passer par le point intermédiaire C, mais avant d'arriver à C, nous devrions passer par le point intermédiaire D, mais avant d'arriver à D... Le Grec n'énumère pas tous les points, et Franz Kafka n'a pas à énumérer toutes les vicissitudes. Il suffit que nous comprenions qu'elles sont infinies comme l'Enfer.

En Allemagne, et hors d'Allemagne, on a avancé des interprétations théologiques de son œuvre. Elles ne sont pas arbitraires — nous savons que Kafka était un admirateur fervent de Pascal et de Kierkegaard — mais elles ne sont pas non plus très nécessaires. Le plaisir que procure l'œuvre de Kafka — comme tant d'autres — peut précéder toute interprétation et ne dépendre d'aucune.

La plus indiscutable qualité de Kafka est l'invention de situations intolérables. Il lui suffit de quelques traits pour les esquisser de façon indélébile. Par exemple : « L'animal arrache le fouet des mains de son maître et se fustige jusqu'à devenir le maître et il ne comprend pas que ce n'est rien de plus qu'une illusion produite par un nouveau nœud dans le fouet. » Ou bien : « Dans le temple font irruption des léopards qui boivent le vin des calices ; et cela se produit de façon répétée ; à la fin on prévoit que cela doit arriver et on en fait l'un des rites de la cérémonie du temple. » L'élaboration chez Kafka est moins admirable que l'invention. En fait de personnages, il n'y en a qu'un dans son œuvre : l'*homó domesticus* — tellement juif et tellement allemand — aspirant à une place, aussi humble soit-elle, dans un Ordre quelconque, dans l'univers, dans un ministère, dans un asile d'aliénés, dans une prison. L'argument et l'atmosphère constituent l'essentiel ; non pas le déroulement de la fable, ni sa portée psychologique. D'où la primauté de ses nouvelles sur ses romans ; d'où le droit d'affirmer que le présent recueil de nouvelles nous donne la pleine mesure de cet écrivain si singulier.

NORA LANGE

La Rue du soir

(1925)

Les nuits et les jours de Nora Lange suivent leur cours serein et lumineux dans une propriété que je ne situerai pas avec une précision topographique mensongère et dont il me suffira de dire qu'elle est du côté où tombe le crépuscule, près de ces larges rues auxquelles la fin du jour apporte sa douceur, et où les briques éteintes des hauts trottoirs répondent au soleil couchant dont la lumière donne comme un air de fête pauvre aux derniers terrains vagues de la ville. C'est sur ces confins que j'ai connu Nora Lange, célèbre par la double splendeur de sa chevelure et de sa fière jeunesse, et si légère sur le sol. Légère et fière et ardente comme un drapeau claquant au vent était aussi son âme. Dans ce passé encore tiède, dont trois prolixes années n'ont pas encore terni l'éclat, l'ultraïsme se levait sur les terres d'Amérique, et sa volonté de renouveau qui avait été espiègle et romanesque à Séville trouva chez nous un écho fidèle et passionné. Ce fut l'époque de *Prisma,* des placards affichés qui donnaient aux murs aveugles et aux niches désaffectées une clarté qui attirait l'œil au passage et dont l'éclat sur les maisons était comme une fenêtre ouverte face à l'habitude résignée ; ce fut aussi l'époque de *Proa* dont les trois feuilles se dépliaient comme un miroir à trois faces qui rend mouvante et variée la grâce immobile du visage qu'il reflète. Pour notre sensibilité, les vers contemporains paraissaient inutiles comme des incantations périmées et nous avions l'impatiente ambition d'une nouvelle prosodie. Nous étions fatigués de l'insolence des mots et du flou musical qu'affectionnaient les poètes du dix-neuvième siècle, et nous aspirions à un art incomparable et efficace où la beauté fût indéniable comme l'alacrité nouvelle que le mois d'octobre fait sourdre dans nos veines et dans la terre. Nous maniâmes l'image, la phrase, l'épithète brièvement fulgurantes. Et c'est au cours de cette initiation que Nora Lange entra dans notre cercle fraternel; nous écoutâmes ses vers, émouvants comme des battements de cœur, et nous connûmes que sa voix était semblable à une flèche qui atteignait toujours son but et que ce but était une étoile. Quelle force dépouillée dans ces vers d'une enfant de quinze ans! On y voit briller deux particularités : l'une chronologique et propre à notre temps, l'autre mystérieusement personnelle. La première est la noble abondance des métaphores qui illustrent les strophes et où la trouvaille d'affinités imprévisibles évoque les grandes fêtes d'images qu'il y a dans la prose de Cansinos-Asséns et dans celle des scaldes médiévaux — Nora n'est-elle pas de souche norvégienne? — qui appelaient leurs bateaux « les chevaux de la mer » et le sang « l'eau de l'épée ». La seconde est la brièveté de chaque poème, brièveté qui ramène à l'essentiel et dont l'origine la plus évidente remonte aux couplets qui ont jailli de l'âme de l'ancienne guitare et qui resurgissent de la guitare du terroir, aujourd'hui près du puits du patio, lui aussi obscur, frais et douloureux.

Le thème en est l'amour : l'attente approfondie du

sentiment amoureux qui fait de nos âmes de pauvres choses déchirées et anxieuses comme des dards fendant l'air en quête de leur blessure. Ce désir initial forge chez Nora Lange ses visions du monde et lui fait traduire l'horizon en un cri prolongé, la nuit en une prière et la succession des jours clairs en un lent chapelet. J'ai médité ses images dans la solitude de mes promenades et de mon repos et elles m'ont semblé véridiques.

C'est avec une inébranlable espérance, c'est avec la généreuse richesse des horizons lointains et l'argile fragile des couchants que Nora Lange a façonné ce livre. Je voudrais que mon hommage soit comme ces grands feux de bois de cèdre qui réjouissaient dans les fêtes bibliques les collines attentives et qui annonçaient aux hommes une lune nouvelle.

La Mort de Leopoldo Lugones

(1963)

(En juin 1938, il y a donc vingt-cinq ans, Leopoldo Lugones, cette figure capitale des lettres argentines et sud-américaines, se suicida dans l'hôtel de l'une des îles du delta du Tigre, près de Buenos Aires. Le texte qui suit, de Jorge Luis Borges, est l'hommage que lui rend la revue *Cuadernos* en cet anniversaire.)

Comme Kipling, avec qui il a tant d'affinités, mais qui nous apparaît, les années passant, comme un homme plus difficile à cerner et plus malheureux, Lugones est du nombre des premiers auteurs qu'il me fut donné de lire ; le juger c'est juger ma génération et peut-être toute la littérature argentine.

Lugones est un fait historique ; avant de l'étudier il nous faut étudier les causes qui l'ont produit. Mon point de départ sera Flaubert, dont les théories et dont le destin, plus que son œuvre, sont caractéristiques de la littérature de notre temps. Flaubert pensait qu'il y a une façon et une seule de dire chaque chose et que c'est le devoir de l'écrivain de découvrir cette expression unique. De plus, il posa comme postulat une harmonie préétablie entre ce qui est euphonique et ce qui est exact, et il s'émerveilla de ce que ce mot juste fût, invariablement, le plus musical.

En exposant cette théorie, il écrivit : *Je parle en platonicien,* et le fait est qu'une telle pensée tient beaucoup de la mystique. On pourrait lui opposer ce passage d'Alfred Nordth Whitehead :

« Il existe une croyance tenace qui ronge la très naturelle certitude que l'Humanité possède toutes les idées fondamentales qui sont applicables à son expérience. On prétend ainsi que ces idées ont trouvé une expression explicite dans le langage humain, en paroles détachées ou en phrases. Ce postulat, moi je le nomme : Illusion du Dictionnaire Parfait. » Déjà Chesterton, en 1904, écrivait : « L'homme sait qu'il y a dans l'âme des teintes plus déconcertantes, plus innombrables et plus anonymes que les couleurs d'une forêt à l'automne... Il croit, cependant, que ces teintes, dans toutes leurs fusions et mélanges, peuvent être traduites avec précision par un mécanisme arbitraire de grognements et de cris. Il croit que de l'intérieur d'un agent de change sortent réellement des bruits qui signifient tous les mystères de la mémoire et toutes les agonies du désir. »

L'imprécision que dénonce Chesterton et que la précision et la beauté de son exposé semblent contre dire est confirmée par le fait, facile à contrôler, que certaines choses peuvent se dire en des langues déterminées et pas dans d'autres. Ainsi, en anglais ou en allemand ou en français actuel, il n'y a pas de façon de dire *estaba solita* et en espagnol il est impossible de dire *to laugh it off* ou *To explain away*... Mais revenons à Flaubert :

Le « mot juste » de Flaubert n'est pas nécessairement le mot insolite ou étonnant ; le langage de *Madame Bovary* ou de *Bouvard et Pécuchet* est normal et n'exclut pas (il est aisé de le démontrer) les lieux communs et les métaphores imprécises, bien que jamais énigmatiques ni hardies. Il définit habituellement le mental ou le sentimental par des images physiques ; cette regrettable habitude n'apparaît pas comme le meilleur de son œuvre. Dans *L'Education sentimentale* par exemple, on le voit comparer le souvenir d'un mot avec le tintement d'une cloche apporté par le vent...

Chez un autre écrivain, le culte du mot, l'anxiété du mot, aurait abouti fatalement à la formation d'un dialecte particulier ; on aurait, dans le plus mauvais des cas, René Ghil ; dans le meilleur, Stephan George, Swinburne ou Mallarmé. Un Persan ou un Polonais, par exemple, qui apprendrait le français dans la prose et la poésie de Mallarmé, risquerait, après plusieurs années de dur apprentissage, de découvrir que Boileau et Voltaire maniaient un dialecte nocturne.

Sous la plume de Leopoldo Lugones, le *mot juste*[1] dégénéra en *mot surprenant*[1] et la page correcte en pure page d'anthologie faite de prouesses techniques, moins propres à émouvoir ou à convaincre qu'à éblouir. Sa littérature, par excès d'application ou par une application perverse, reste ainsi entachée de vanité ; derrière les épithètes inédites et les métaphores alarmantes, le lecteur perçoit ou croit percevoir cette grave imperfection morale.

Sceptique sur tant de points, Lugones vénéra toujours le langage et, à en juger par l'emploi qu'il en fit, il crut avec une courageuse naïveté en chacun des mots qui le composaient. Dans le dictionnaire, les vocables *bleui, bleuâtre, azuré, céruléen* sont strictement synonymes ; ils le furent également pour Lugones qui, attentif seulement au sens, ne remarqua pas ou ne voulut pas remarquer que leurs connotations étaient

1. En français dans le texte.

différentes. *Bleuâtre* et à la rigueur *bleui* sont des mots qu'on peut employer dans un texte sans trop attirer l'attention sur eux ; *azuré* et *céruléen* ont le défaut de l'emphase.

Moore a observé que, depuis Shakespeare, seul Kipling a écrit en employant toute la gamme de l'anglais ; Lugones lui aussi a parfois caressé ce projet excessif. Le dix-huitième siècle, bien élevé, rechercha la plus grande économie du langage et la plus grande précision, le dix-neuvième, et spécialement le dix-neuvième espagnol, voulut appliquer aux langues le critère de la statistique et il multiplia les mots. Lugones, qui dans *Las montañas del oro* (Les montagnes de l'or) usa d'un langage austère, se proposa dans *La guerre gaucha* (La guerre des gauchos) de surclasser les Espagnols sur leur propre terrain et il employa à profusion tous les mots possibles.

Wordsworth estima qu'il manquait aux écrits de Goethe ce caractère de nécessité qui les rend inévitables. Beaucoup de livres argentins souffrent de ce péché originel de n'être pas nécessaires. Nous les lisons avec respect ou admiration, mais nous sentons que l'auteur aurait pu écrire avec un bonheur égal des livres totalement différents.

Leopoldo Lugones a été et continue d'être le plus grand écrivain argentin. Revendiquer ce titre pour Sarmiento c'est oublier que l'œuvre écrite de ce dernier doit être jugée à la lumière de son œuvre totale, je veux dire de sa vie ; le revendiquer pour Groussac c'est oublier que celui-ci fut un critique européen qui ne s'exprima en espagnol qu'accidentellement, bien qu'avec une singulière maîtrise. Le *Facundo* et le *Martín Fierro* parlent plus aux Argentins que n'importe quel livre de Lugones ou que l'ensemble hétérogène de son œuvre, mais Lugones avec son *Historia de Sarmiento* et

El payador contient en quelque sorte et dépasse ces livres fondamentaux. D'ailleurs, qui dit le plus grand écrivain ne dit pas forcément le plus grand livre ; il n'y a pas d'ouvrage de Quevedo qui puisse égaler le *Quichotte*, mais Cervantes, en tant qu'homme de lettres, est inférieur à Quevedo, sans que sa gloire s'en trouve diminuée... Inversement, il y a des poèmes d'Ezequiel Martínez Estrada qui égalent ou surpassent les meilleurs de Leopoldo Lugones, mais Martínez Estrada, poète, n'est qu'un prolongement de Lugones, et on pourrait peut-être en dire autant du remarquable et doux Lopez Velarde.

Lugones a incarné à un degré héroïque les caractéristiques, bonnes et mauvaises, de notre littérature. D'un côté, le goût des mots, la musique instinctive, la faculté de comprendre et de reproduire n'importe quel artifice ; de l'autre, une certaine indifférence essentielle, la possibilité d'aborder un thème sous divers angles, de s'en servir pour l'éloge ou la dérision. C'est ainsi que Góngora put saluer de façon sonore l'Invincible Armada et dénoncer dans un sonnet burlesque la couardise des défenseurs de Cadix... Lugones est, pour ainsi dire, un peu distant de son œuvre ; celle-ci n'est presque jamais la voix immédiate de son être intime, mais un objet élaboré par lui. Au lieu de l'expression innocente, nous avons une succession d'habiletés, un faisceau de prouesses rhétoriques. L'émotion fut rarement le point de départ de son travail ; il avait coutume de s'imposer des thèmes occasionnels et de les traiter grâce à ses ressources techniques. On a de lui un poème célèbre qui énumère et vante toutes les variétés du bétail, de l'agriculture et de l'industrie ; quatre sonnets décrivent les paysages du Sud, du Nord, de l'Est et de l'Ouest. On voit surgir périodiquement des poètes qui semblent épuiser les ressources de la littérature car ils résument à eux seuls toute la science rhétorique de leur temps ; de tels virtuoses, dont le but est d'étonner (« *chi non sa far stupide, vada alla striglia* », décréta l'un d'entre eux, Marino), finissent par lasser.

Samuel Johnson avait déjà observé que l'étonnement est un plaisir laborieux. L'œuvre qui émerveille une génération semble généralement froide, inexplicable et même peu ingénieuse aux générations suivantes qui s'intéressent à d'autres nouveautés ou fantaisies.

Peut-être est-il permis d'aller plus loin. Peut-être peut-on deviner, entrevoir ou simplement imaginer l'histoire, l'histoire d'un homme qui, à son insu, étranger à tout sentiment passionné, construisit laborieusement d'importants et célèbres édifices littéraires jusqu'au moment d'être atteint par le froid et par la solitude. Cet homme, alors, seigneur des mots et de toutes leurs pompes, sentit au fond de son être que la réalité n'est pas verbale, qu'elle peut être incommunicable et terrible, et il s'en fut, silencieux et solitaire, dans le crépuscule d'une île, chercher la mort.

HERMAN MELVILLE

Bartleby

(1944)

Au cours de l'hiver 1851 Melville publia *Moby Dick*, le roman immense qui a fait sa gloire. Page après page le récit s'agrandit jusqu'à atteindre les mesures du cosmos : au début le lecteur peut supposer que le sujet en est la vie misérable des chasseurs de baleines ; puis il croit que le thème en est la folie du capitaine Achab, dont l'idée fixe est d'attaquer et de tuer la Baleine blanche ; et il réalise enfin que la baleine et Achab et cette poursuite qui n'en finit pas sur les océans de la planète sont des symboles et des miroirs de l'univers. Pour laisser entendre que le livre est symbolique, Melville déclare avec emphase qu'il ne l'est pas : « Que personne ne considère *Moby Dick* comme une fable monstrueuse ou, pis encore, comme une hideuse et intolérable allégorie. » (*Moby Dick,* XLV). Le mot *allégorie,* pris dans son sens habituel, semble avoir dérouté les critiques. Tous préfèrent se limiter à une interprétation morale de l'œuvre. Ainsi, E.M. Forster (*Aspect of the Novel,* VII) : « Résumé et concrétisé en peu de mots, le thème spirituel de *Moby Dick* est plus ou moins celui-ci : un combat contre le Mal poussé trop loin ou maladroitement mené. »

D'accord, mais le symbole de la baleine est moins

propre à suggérer que le cosmos est mauvais qu'à suggérer son immensité, son inhumanité, sa stupidité bestiale ou énigmatique. Chesterton, dans l'un de ses récits, compare l'univers des athées à un labyrinthe qui n'aurait pas de centre. Tel est l'univers de *Moby Dick* : un cosmos (un chaos) non seulement manifestement mauvais, comme celui dont les agnostiques eurent l'intuition, mais irrationnel aussi, comme celui des hexamètres de Lucrèce.

Moby Dick est rédigé en un anglais qui alterne ou conjugue des procédés de Shakespeare et de Thomas de Quincey, de Browne et de Carlyle ; *Bartleby* est écrit dans une langue pondérée et même humoristique dont l'emploi délibéré pour traiter un sujet atroce semble annoncer Franz Kafka. Il y a cependant, entre ces deux fictions, une affinité secrète et essentielle. Dans la première, la monomanie d'Achab perturbe et finalement anéantit tous les hommes du bateau ; dans la seconde le candide nihilisme de Bartleby contamine ses collègues et même le gentleman borné qui raconte son histoire et qui lui paye ses tâches imaginaires. C'est comme si Melville avait écrit : « Il suffit qu'un seul homme soit irrationnel pour que les autres le soient et pour que l'univers le soit. » L'histoire universelle confirme abondamment cette crainte. *Bartleby* appartient au volume intitulé *The Piazza Tales* (1856, New York et Londres). A propos d'un autre récit de ce recueil John Freeman prétend qu'on n'en put pleinement comprendre le sens avant que Joseph Conrad n'ait publié une certaine pièce du même genre, presque un demi-siècle plus tard ; je dirai, quant à moi, que l'œuvre de Kafka projette sur *Bartleby* une curieuse lumière ultérieure. *Bartleby* définissait un genre qu'allait, vers 1919, réinventer et approfondir Franz Kafka : celui des anomalies du comportement et des sentiments, ou comme on dit aujourd'hui abusivement, des anomalies psychologiques. Par contre, les premières pages de *Bartleby* ne font pas penser à Kafka ; elles évoquent plutôt, ou répètent, Dickens... En 1849, Melville avait publié *Mardi,* roman inextricable, à peu près illisible, mais dont l'argument essentiel est une anticipation des obsessions et du mécanisme du *Château,* du *Procès* et d'*Amérique* : il s'agit d'une poursuite interminable sur un océan illimité.

J'ai parlé des affinités de Melville avec d'autres écrivains. Je ne le place pas en dessous de ces derniers ; je ne fais qu'appliquer l'une des lois de toute description ou définition : celle qui veut qu'on ramène l'inconnu au connu. La grandeur de Melville est indéniable, mais sa gloire est récente. Melville mourut en 1891 ; vingt ans après sa mort la onzième édition de l'*Encyclopaedia Britannica* en parle comme d'un simple chroniqueur de la vie maritime ; Lang et George Saintsbury, en 1912 et en 1914, le passent sous silence dans leurs histoires de la littérature anglaise. Il fut découvert plus tard par Lawrence d'Arabie et D.H. Lawrence, Faldo Frank et Lewis Mumford. En 1921, Raymond Weaver publia sa première monographie américaine : *Herman Melville, Mariner and Mystic ;* et John Freeman publia en 1926 une biographie critique : *Herman Melville.*

La densité de la population, l'immensité des villes, les mensonges d'une publicité tapageuse ont fait qu'une des traditions de l'Amérique soit le grand homme inconnu. C'est ce qu'a été Edgar Allan Poe et c'est ce qu'a été aussi, Melville.

NOTE DE 1974.

Valery Larbaud a opposé la pauvreté de la littérature hispano-américaine à la surabondance de celle des Etats-Unis. On attribue ordinairement cette disparité à des causes d'ordre territorial et démographique. Nous ne devons pas oublier, cependant, que les grands écrivains américains sont issus d'un territoire bien délimité : la Nouvelle-Angleterre. Ils étaient virtuellement des voisins. Ils inventèrent tout, y compris la première révolution et le Far West.

SILVINA OCAMPO

Faits divers de la Terre et du Ciel

(1970)

Ce n'est pas sans quelque timidité que j'écris cette préface. Une amitié ancienne mais toujours jeune m'unit à Silvina Ocampo, une amitié fondée sur le souvenir partagé de certains coins de Buenos Aires, de certains crépuscules, de promenades à travers la lente plaine ou le long d'un fleuve silencieux comme la terre, de poèmes préférés et, plus que tout, fondée sur la compréhension et l'indulgence que Silvina n'a jamais cessé de me témoigner. Comme Rossetti et comme Blake, Silvina est venue à la poésie par les chemins lumineux du dessin et de la peinture, et l'immédiate certitude du visuel persiste dans sa page écrite.

Le champ qu'embrasse son esprit est bien plus étendu que le mien. Les exaltations que créent la musique et la couleur, paradis interdits à ma nostalgie comme à ma curiosité, lui sont familières ; j'en dirai autant de la Nature : les fleurs, vagues noms intercalés dans les strophes du latin ou du persan, sont pour Silvina des choses précises, précises et aimées. L'univers que j'habite est opaque parce que purement verbal ; dans le sien interviennent tous les sens et leur délicate diversité. Nos amours littéraires ne coïncident pas toujours ; je suis ému par ce qui est épique, Silvina par ce qui est lyrique et élégiaque ; elle est plus loin de *La Chanson de Roland* et des dures sagas nordiques que de Baudelaire, poète que ma jeunesse a vénéré, ou que des idylles de Théocrite. Elle aime aussi le roman d'analyse, genre dont mon indolence accepte mal la lenteur.

Il est curieux que ce soit moi, dont la manière de conter cherche à ne retenir que des éléments essentiels, qui présente aux lecteurs français un ouvrage aussi savant, aussi chatoyant, aussi complexe et ténu à la fois que *Faits divers de la Terre et du Ciel*. Je remercie les dieux de cet heureux hasard.

Dans les récits de Silvina Ocampo il y a un trait que je ne suis pas encore parvenu à comprendre, c'est son étrange amour pour une certaine cruauté innocente ou oblique ; j'attribue ce trait à l'intérêt, l'intérêt étonné, que le mal inspire à une âme noble. L'époque actuelle, soit dit en passant, n'est peut-être pas moins cruelle que le passé, ou que les divers passés, mais ses cruautés sont clandestines. Góngora, qui était un homme normal et un fin poète, se moque d'un autodafé qui eut lieu à Grenade parce qu'il n'offrit que le modeste spectacle d'un seul brûlé vif; Hitler, être atroce, préféra l'horreur anonyme des chambres de la mort secrète aux exécutions publiques. La cruauté, aujourd'hui, cherche l'ombre ; la cruauté est obscène, au sens étymologique du mot.

Il y a chez Silvina une vertu qu'on attribue communément aux Anciens ou aux peuples d'Orient, et non à nos contemporains. C'est la clairvoyance ; plus d'une fois, et non sans un début d'appréhension, je l'ai sentie en elle. Elle nous voit comme si nous étions en cristal, elle nous voit et nous pardonne. Essayer de la tromper est inutile.

Silvina Ocampo est un poète, un des plus grands

poètes de langue espagnole, de ce côté-ci de l'Océan comme de l'autre ; cette condition de poète exalte sa prose. Dans les autres régions de notre Amérique, la nouvelle n'est habituellement qu'un simple tableau de mœurs ou un simple plaidoyer social, ou bien encore un inconfortable mélange des deux ; chez nous, en Argentine, elle tend à assumer la pleine et vaste liberté de l'imagination. Ce livre que je préface en est un clair exemple.

Comme on le sait, Groussac et Alfonso Reyes ont renouvelé, grâce à la précision du français, le style espagnol verbeux et volontiers sentencieux ; Silvina Ocampo, comme nous tous, a entendu leur leçon et la continue aujourd'hui en l'enrichissant de ses additions magiques.

Buenos Aires, 1er octobre 1970.

FRANCISCO DE QUEVEDO

Prose et vers

(1948)

Comme celle de l'humanité, l'histoire de la littérature abonde en énigmes. Aucune d'elles ne m'a intrigué et ne m'intrigue autant que cette gloire réticente que le sort a étrangement réservée à Quevedo. Dans la liste des noms universellement célèbres, le sien ne figure pas. J'ai passé beaucoup de temps à rechercher les raisons de cette incompréhensible omission ; il m'est arrivé une fois dans je ne sais plus quelle conférence de croire découvrir ces raisons dans le fait que ses pages sévères n'éveillent ni ne tolèrent aucune effusion sentimentale. (« Etre sentimental, c'est obtenir le succès », a dit George Moore.) Pour atteindre la gloire, pensai-je, il n'est pas indispensable qu'un écrivain soit sentimental mais il est indispensable que son œuvre, ou quelque détail de sa biographie, suscite le pathétisme. Et je voyais bien que ni la vie ni l'art de Quevedo ne s'accommodent de ces tendres hyperboles dont la répétition mène à la gloire...

J'ignore si cette explication est exacte ; j'ajouterais aujourd'hui ceci : en réalité, Quevedo n'est inférieur à aucun autre écrivain, mais il n'a pas trouvé de symbole qui frappe l'imagination des gens. Homère a Priam qui baise les mains homicides d'Achille. Sophocle a un roi qui résout des énigmes et à qui le hasard fera déchiffrer son propre destin ; Lucrèce a l'abîme infini des étoiles et les discordes d'atomes ; Dante les neuf cercles de l'Enfer et la Rose ; Shakespeare ses mondes de violence et de musique ; Cervantes, l'heureuse alternance de Sancho et de don Quichotte ; Swift sa république de chevaux fougueux et de *yaoos* sauvages ; Melville, la haine et l'amour de la Baleine blanche ; Franz Kafka ses sordides et grandissants labyrinthes. Il n'y a pas d'écrivain de réputation mondiale qui n'ait exploité un symbole ; celui-ci, il convient de le rappeler, n'est pas toujours objectif. Góngora ou Mallarmé, par exemple, restent les modèles de l'écrivain qui élabore avec peine une œuvre secrète ; Whitman demeure le protagoniste semi-divin de *Feuilles d'herbe*. Quevedo, par contre, n'a laissé de lui qu'une image caricaturale. « Le plus noble styliste espagnol s'est transformé en un prototype du bouffon », a dit de lui Leopoldo Lugones (*El imperio jesuítico*, 1904, p. 59).

Lamb présente Edmund Spencer comme *the poet's poet*, le poète des poètes. Il faudrait se résoudre à appeler Quevedo le littérateur des littérateurs. Pour apprécier Quevedo, il faut être, en fait ou en puissance, un homme de lettres ; inversement, quiconque a une vocation littéraire ne peut pas ne pas aimer Quevedo.

La grandeur de Quevedo est verbale. Le prendre pour un philosophe, un théologien ou, comme le veut Aureliano Fernández Guerra, pour un homme d'Etat est une erreur qui peut résulter des titres de ses œuvres, mais non de leur contenu. Son traité, *Providencia de Dios, padecida de los que la niegan y gozada de los que la confiesan : doctrina estudiada en los gusanos y persecuciones de Job* (La Providence divine, endurée avec peine par ceux qui la nient et supportée avec joie par ceux qui croient en elle : doctrine étudiée à travers la vermine et les épreuves de Job), préfère l'intimidation au raisonnement persuasif. Comme Cicéron (*De natura deorum*, II 40-44), Quevedo trouve une preuve de l'ordre divin dans l'ordre qu'on observe dans les astres, « vaste république de lumières », et, une fois rejetée cette variante stellaire de l'argument cosmologique, il ajoute : « Peu nombreux furent ceux qui nièrent absolument que Dieu existât ; je citerai, pour leur honte, ceux qui n'en eurent point : Diagoras de Milet, Protagoras d'Abdère, disciples de Démocrite et Théodore (appelé habituellement l'Athée), et Bion borysthène, disciple de l'immonde et insensé Théodore », ce qui est du pur terrorisme. Il y a dans l'histoire de la philosophie des doctrines, probablement fausses, qui exercent un charme obscur sur l'imagination des hommes : les doctrines platoniciennes et pythagoriciennes de la migration de l'âme à travers plusieurs corps, la doctrine gnostique qui veut que le monde soit l'œuvre d'un dieu hostile ou rudimentaire. Quevedo, uniquement soucieux de vérité, est insensible à ce charme. Il écrit que la migration des âmes est « une énorme sottise » et « de la folie furieuse ». Empédocle d'Agrigente affirma : « J'ai été un enfant, une jeune fille, une plante, un oiseau et un poisson muet qui surgit de la mer » ; Quevedo note *(Providencia de Dios)* : « Empédocle se découvrit comme juge et législateur de cet absurde inventaire, lui qui, dans son inconséquence, affirmant qu'il avait été poisson, change si complètement et si contradictoirement de nature qu'il va mourir papillon sur l'Etna ; et en vue de cette même mer qu'il habitait autrefois, il se précipita dans le feu. » Quant aux gnostiques, Quevedo les traitera d'infâmes, de maudits, de fous et d'inventeurs de sornettes *(Zahurdas de Plutón, in fine)*.

Sa *Política de Dios y gobierno de Cristo Nuestro Señor*

(Politique de Dieu et gouvernement de Notre Seigneur Jésus-Christ) doit être considérée, selon Aureliano Fernández Guerra, « comme un système complet de gouvernement, le plus efficace, le plus noble et le mieux approprié ». Pour mesurer ce que vaut cette assertion, il nous suffira de rappeler que les 47 chapitres de ce livre n'énoncent aucun argument fondamental en dehors de la curieuse hypothèse selon laquelle les actes et les paroles du Christ (qui fut, comme on sait, *Rex Judeorum*) sont de mystérieux symboles à la lumière desquels l'homme politique doit résoudre ses problèmes. Fidèle à cette tradition, Quevedo déduit de l'épisode de la Samaritaine que le tribut que les rois exigent de leurs peuples doit être léger ; du miracle des pains et des poissons, que les rois doivent venir en aide aux nécessiteux ; de la répétition de la formule *sequebantur*, que « le roi doit avoir ses ministres à sa suite et non suivre ses ministres »... On ne sait s'il faut plus s'étonner du côté arbitraire de la méthode ou de la trivialité de ses conclusions. Quevedo, cependant, sauve tout, ou presque, par la noblesse de son langage[1]. Le lecteur distrait peut se croire enrichi par la lecture de cette œuvre. Une semblable disparité apparaît dans son *Marcus Brutus* où la pensée n'est pas mémorable mais dont les phrases ne s'oublient pas. Le plus imposant des styles

1. Reyes observe très justement (*Capitulos de literatura española*, 1939, p. 133) : « Les œuvres politiques de Quevedo ne proposent pas une nouvelle interprétation des valeurs politiques et elles n'ont plus qu'une valeur rhétorique... ou elles sont des pamphlets de circonstance ou elles sont des œuvres de déclamation académique. *La politique de Dieu*, malgré son aspect ambitieux, n'est rien de plus qu'un plaidoyer contre les mauvais ministres. Mais au fil de ces pages on peut trouver quelques-uns des traits les plus caractéristiques de Quevedo. »

employés par Quevedo trouve sa perfection dans ce traité. L'espagnol, dans ces pages lapidaires, semble remonter au latin austère de Sénèque, de Tacite et de Lucain, au latin difficile et tourmenté de l'âge d'argent. Le laconisme ostentatoire, l'inversion, la rigueur quasi algébrique, l'opposition des termes, la sécheresse, la répétition des mots, donnent à ce texte une précision illusoire. De nombreux passages peuvent être à juste titre considérés comme parfaits. Celui-ci, par exemple, que je transcris : « Ils honorèrent un front par des feuilles de laurier ; ils gratifièrent un lignage par un signe honorifique sur un blason ; ils payèrent de grandes et brillantes victoires par des acclamations de triomphe ; ils récompensèrent par une statue des vies presque divines ; et pour conserver leur valeur de trésor à ces rameaux et à ces herbes, à ces marbres et à ces acclamations, ils eurent soin de les réserver non à la prétention mais au mérite. » Quevedo s'essaya à d'autres styles avec non moins de bonheur : le style apparemment parlé du *Buscón*, le style audacieux et déchaîné, mais toujours contrôlé, de *La hora de todos*.

« Le langage, a observé Chesterton (G. F. Wats, 1904, p. 91), n'est pas un fait scientifique mais artistique ; il fut inventé par les guerriers et les chasseurs et il est très antérieur à la science. » Quevedo ne l'entendit jamais ainsi, lui pour qui le langage fut, essentiellement, un instrument au service de la logique. Les banalités ou clichés éternels de la poésie — l'eau comparée à du cristal, les mains à de la neige, des yeux qui brillent comme des étoiles et des étoiles qui vous regardent comme des yeux — l'incommodaient par leur facilité mais plus encore par leur fausseté. Il oublia, en les critiquant, que la métaphore est le contact momentané de deux images, non l'assimilation concertée de deux choses... Il était également ennemi des idiotismes. Dans le but de « les clouer au pilori », il composa avec eux la rhapsodie qui s'intitule *Cuento de cuentos* (Conte de contes) ; de nombreuses générations charmées ont préféré voir dans cette démonstration par l'absurde un musée des merveilles, bienheureusement destiné à sauver de l'oubli les locutions *zurriburri* (malotru), *abarrisco* (pêle-mêle), *cochite hervite* (à la hâte), *quítame allá esas pajas* (en un clin d'œil), et *a trochimoche* (à tort et à travers).

Quevedo a été comparé, plus d'une fois, à Lucien de Samosate. Il y a entre eux une différence fondamentale : Lucien, en s'attaquant au deuxième siècle, aux dieux de l'Olympe fait œuvre de polémique religieuse ; Quevedo, en recommençant ce combat au dix-septième siècle de notre ère, se borne à continuer une tradition littéraire.

Après avoir examiné assez brièvement sa prose, venons-en maintenant à l'étude de sa poésie, elle aussi très variée.

Considérés comme l'expression d'une passion, les poèmes érotiques de Quevedo nous laissent insatisfaits ; considérés comme des jeux d'hyperboles, comme des exercices délibérés visant à imiter Pétrarque, ils sont pour la plupart admirables. Quevedo, homme aux appétits violents, ne laissa jamais d'aspirer à l'ascétisme stoïque ; il dut aussi lui sembler insensé de dépendre des femmes (« Celui-là est avisé, qui goûte leurs caresses sans s'y laisser prendre ») ; ces raisons suffisent pour expliquer l'artificialité volontaire de cette *Muse* IV de son Parnasse, qui « chante les prouesses de l'amour et de la beauté ». L'accent personnel de Quevedo se trouve dans d'autres poèmes ; dans ceux qui lui permettent de laisser paraître sa mélancolie, son courage ou son désenchantement. Par exemple, dans ce sonnet qu'il envoya, depuis sa tour de Juan Abad, à don José González de Salas (*Muse* II, 109) :

Retirado en la paz de estos desiertos,
Con pocos, pero doctos, libros juntos,
Vivo en conversación con les difuntos
Y escucho con mis ojos a los muertos.

Si no siempre entendidos, siempre abiertos,
O enmiendan o secundan mis asuntos,
Y en musicos callados contrapuntos
Al sueño de la vida hablan despiertos.

Las grandes almas que la muerte ausenta,
De injurias de la años vengadora,
Libra, oh gran don Joseph, docta la Imprenta

En fuga irrevocable huye la hora ;
Pero aquélla el mejor cálculo cuenta,
Que en la lección y estudios nos mejora[1].

1. Retiré dans la paix de ces doctes retraites.
Avec un rare choix de bons livres anciens,
Les morts ont avec moi d'infinis entretiens,
Et j'écoute des yeux leurs paroles muettes.

Mal compris quelquefois, mais jamais oubliés,
Ils donnent à mes soins le blâme ou l'espérance,
Et dans des contrepoints d'harmonieux silence
Au songe de la vie ils parlent éveillés.

La docte Imprimerie, ô grand Joseph, délivre
Les grandes âmes que la mort tient dans la nuit,
Et du temps outrageux les venge par le Livre.

Et si l'heure de l'homme, invincible, s'enfuit,
Celle qu'un bon calcul persuade et conduit
Par l'étude et par la leçon nous fait mieux vivre.

Les touches de conceptisme ne manquent pas dans ce poème (des yeux qui écoutent, qui parlent ouverts au songe de la vie), mais le sonnet est efficace malgré cela, et non à cause de cela. Je ne dirai pas qu'il s'agit d'une transcription de la réalité, car la réalité n'est pas verbale, mais bien que les mots ici importent moins que ce qu'ils évoquent et que la mâle assurance qui semble les avoir forgés. Il n'en va pas toujours ainsi ; dans le plus célèbre des poèmes de ce recueil — *Memoria inmortal de don Pedro Girón, duque de Osuna, muerto en la prisión* (Souvenir immortel de don Pedro Girón, duc d'Osuna, mort en prison) — la splendide évocation du distique

Su tumba son de Flandres las Campañas
Y su Epitafio la sangrienta Luna[1]

précède et se passe de tout commentaire. J'en dirai autant de l'expression suivante : *el llanto militar* (la lamentation militaire) dont le sens n'est pas énigmatique, mais banal : les pleurs des militaires. Quant à la *sangrienta Luna* (la lune sanglante), mieux vaut ignorer qu'il s'agit du symbole des Turcs, bafoué par je ne sais quelles pirateries de don Pedro Téllez Girón.

Bien souvent, le point de départ de Quevedo est un texte classique. Ainsi le vers célèbre (*Muse* IV, 31) :

Polvo serán, mas polvo enamorado[2]

est un rappel ou plutôt l'antiphrase d'un vers de Properce (*Elégies*, ch. I, 19) :

Ut meus oblito pulvis amore jacet.

1. Les Campagnes de Flandres lui tiennent lieu de tombe
Et la Lune sanglante d'Epitaphe.
2. Poussière ils seront, mais poussière amoureuse.

La poésie de Quevedo embrasse tout un univers. Elle comprend des sonnets pensifs qui d'une certaine façon annoncent Wordsworth ; de sombres et grinçantes évocations [1] ; de soudaines trouvailles de théologien (*Con los doce cené ; yo fui la cena* [« Je fus avec les

1. *Temblaron los umbrales y las puertas,*
Donde la majestad negra y oscura
Las frías desangradas sombras muertas
Oprime en ley desesperada y dura ;
Las tres gargantas al ladrido abiertas,
Viendo la nueva luz divina y pura,
Enmudeció Cerbero, y de repente,
Hondos suspiros dió la negra gente.

Gimió debajo de los pies el suelo
Desiertos montes de ceniza canos,
Que no merecen ver ojos del cielo,
Y en nuestra amarillez ciegan los llanos.
Acrecentaban miedo y desconsuelo
Los roncos perros, que en los reinos vanos
Molestan el silencio y los oídos,
Confundiendo lamentos y ladridos.

(*Musa*, IX)

« Alors un tremblement agita seuils et portes
Au pays où la ténébreuse majesté
Opprime sous sa loi de dure cruauté
Des exsangues damnés les froides ombres mortes.
Dans son triple gosier retenant l'aboiement,
Sous le nouveau rayon de divine lumière,
Cerbère fit silence ; et soudain, tout entière,
La noire nation soupira lourdement

Sous les pas du Seigneur gémissaient ces domaines,
Chaotiques déserts, pics de cendre chenus,
Indignes de ces yeux du firmament venus,
Et qu'à nos yeux humains cachent les jaunes plaines
Et les chiens de ces vains royaumes, rauque voix,
Qui le silence autant que l'oreille tourmente,
Grandissaient la détresse, accroissaient l'épouvante
Par un concert mêlé de plaintes et d'abois »

Douze et convive et repas. »]) ; des gongorismes intercalés çà et là pour prouver que lui aussi était capable de jouer à ce jeu[1] ; des élégances et des douceurs italiennes (*humilde soledad verde y sonora* [« Humble désert, verte et chantante solitude. »]) ; des pastiches de Perse, de Sénèque, de Juvénal, des Ecritures, de Joachim du Bellay ; des concisions latines, des bouffonneries[2] ; de fines railleries alambiquées[3] ; les pompes obscures de l'anéantissement et du chaos.

Les meilleurs poèmes de Quevedo dépassent l'émotion qui les engendra et les idées banales qu'on trouve en eux. Ils ne sont pas abscons, ils ne tombent pas dans l'erreur de troubler ou d'égarer par des énigmes,

1. *Un animal a la labor nacido*
Y símbolo celoso a los mortales,
Que a Jove fué disfraz, y fué vestido ;
Que un tiempo endureció manos reales,
Y detrás de él los consules gimieron,
Y rumia luz en campos celestiales.
(*Musa*, II)

« Bête prédestinée au labeur de la terre
Et symbole jaloux pour l'ombrageux humain,
Qui déguisa des Dieux la majesté première,
Qui jadis endurcit une royale main,
Qui fit derrière lui geindre un consul romain,
Et dans les champs du ciel rumine la lumière. »

2. *La Méndez llego chillando*
Con trasudores de aceite,
Derramado por los hombros
El columpio de las liendres.
(*Musa*, V)

« Lors la fille Méndez apparut parmi nous,
Glapissant éperdue,
Suant l'huile, et portant sur le dos répandue
La balançoire à poux. »

3. *Aquesto Fabio cantaba*
A los balcones y rejas
De Aminta, que aun de olvidarlo,
Le han dicho que no se acuerda.
(*Musa*, VI)

« Ainsi chantait le chevalier
Aux balcons de Julie
Qui, peut-il l'ignorer, oublie
Même de l'oublier. »

comme certains poèmes de Mallarmé, de Yeats et de Stefan George. Ils sont — pour ainsi dire — des objets verbaux, purs et indépendants comme une épée ou comme un anneau d'argent. Ce poème, par exemple :

Harta la Toga del veneno tirio,
O ya en el oro pálido y rigente
Cubre con les thesoros del Oriente,
Mas no descanda, ! oh Licas !, tu martirio.

Padeces un magnífico delirio,
Cuando felicidad tan delincuente
Tu horror oscuro en esplendor te miente,
Víbora en rosicler, áspid en lirio.

Competir su Palacio a Jove quieres,
Pues miente el oro Estrellas a su modo,
En el que vives, sin saber que mueres.

Y en tantas glorias tú, señor de todo,
Para quien sabe examinarte, eres
Lo solamente vil, el asco, el lodo[1].

1. « Du poison tyrien que ta toge s'enivre,
Ou que, pâle et figée, elle se charge d'ors,
Conviens qu'elle revêt d'orientaux trésors
Ton martyre, ô Lycas, mais point ne t'en délivre.

—

Magnifique mensonge où boivent tes oublis,
Un criminel bonheur t'égare, et transfigure
En splendeur ton néant et ton horreur obscure,
L'aspic en émeraude et la vipère en lis.

Ton or, à sa manière imitant les étoiles,
Dispute à Jupiter son palais enchanté,
Palais où tu crois vivre, et meurs en vérité.

Car pour un œil qui sait t'examiner sans voiles,
Tu n'es parmi ta gloire, ô toi, seigneur de tout,
Que pure abjection, que fange et que dégoût. »

(Les traductions de vers espagnols en vers français contenues dans ce chapitre sont de Néstor Ibarra.)

Trois cents ans ont passé depuis la disparition de Quevedo. Mais celui-ci continue à garder la première place dans les lettres espagnoles. Comme Joyce, comme Goethe, comme Shakespeare, plus qu'aucun autre, Francisco de Quevedo évoque moins un homme qu'une œuvre littéraire immense et complexe.

NOTE DE 1974.

Quevedo amorce le déclin de la littérature espagnole qui eut un si florissant début. Sa caricature allait venir ensuite : Gracián.

ATTILIO ROSSI

Buenos Aires à l'encre de Chine

(1951)

Que ces images précises et sensibles de notre chère cité soient dues à un œil italien, voilà qui ne doit pas nous surprendre. Sur le plan de l'architecture, Buenos Aires a eu tendance à s'éloigner du modèle espagnol comme elle s'en était déjà éloignée sur le plan politique ; les enfants doivent sans doute fatalement se différencier de leurs parents. On tente parfois d'ignorer ou de corriger ce penchant. On continue obstinément à édifier des constructions « coloniales », qui ne sont que trop visibles — le nouveau Pont Alsina, par exemple, avec son air de muraille de Chine —, qui ne s'harmonisent pas avec le reste de la ville et demeurent des monstres isolés. A tort ou à raison, Buenos Aires, perdant son aspect espagnol, voulut épouser le style italien ; les traits caractéristiques de son architecture devinrent italiens : balustrades, terrasses, colonnes, arcades ; italiens furent les vases décoratifs qui surmontaient les piliers des portails.

Il fut un temps où la notion de paysage urbain a dû sembler paradoxale ; je ne sais qui l'introduisit dans les arts plastiques. En dehors de quelque exercice satirique (*A Description of the Morning, A description of a City Shower,* de Swift), son apparition dans la littérature, si ma mémoire est bonne, n'est pas antérieure à Dickens... Le présent livre met en évidence le bonheur avec lequel Rossi cultive un tel genre ; des nombreuses images qui le composent, les plus admirables, à mon sens, sont celles qui reflètent le quartier Sud. Cela, certes, n'est pas fortuit. Plus qu'une partie déterminée de la ville, plus que le quartier que délimitent le Paseo Colón et les rues Brasil, Victoria et Entre Ríos, le Sud est la pâte originale dont est faite la ville de Buenos Aires, la forme intrinsèque ou l'idée platonicienne de Buenos Aires. La cour intérieure, la grille en fer forgé, le vestibule, tout cela c'est (aujourd'hui encore) Buenos Aires ; on en voit encore survivre pathétiquement dans le centre et dans les quartiers Ouest et Nord ; et jamais nous ne les voyons sans penser au Sud. Je ne sais si je puis intercaler ici une confession, minime. Il y a trente ans, il me vint l'idée de chanter mon quartier de Palermo ; je célébrai dans la métrique de Whitman les sombres figuiers et les terrains vagues, les maisons basses et les coins de rue roses. Je rédigeai une biographie de Carriego. J'avais connu un homme qui avait été *caudillo* ; j'avais écouté avec vénération les exploits de Suárez le Chilien et de Juan Muraña, joueurs de couteau incomparables. Une épicerie éclairée dans la nuit, un visage d'homme, une musique, m'apportent parfois la saveur de ce que j'ai cherché à faire revivre dans ces vers ; ces images restituées, ces confirmations, je ne les retrouve plus aujourd'hui que dans le Sud. Moi qui ai cru avoir chanté Palermo, j'ai chanté le Sud, car il n'y a pas un arpent de Buenos Aires qui, pudiquement, intimement, ne soit pas *sub quadam specie aeternitatis,* le Sud. L'Ouest est une rhapsodie hétérogène des formes du Sud et des formes du Nord ; le Nord est un symbole imparfait de notre nostalgie de l'Europe. (Sont aussi Quartier Sud d'autres villes de ce côté-ci de l'Amérique : Montevideo, La Plata, Rosario, Santiago del Estero, Dolores.) L'architecture est un langage, une éthique, un style de vie; dans celle du quartier Sud — et non dans les maisons à toit, mais dans celles à terrasses — nous nous sentons complices entre Argentins.

A ceci on me rétorquera que le style que j'ai jugé être l'essence de Buenos Aires est condamné à périr, car les nouvelles constructions l'ignorent et les anciennes ne peuvent aspirer à être éternelles. Proche est le jour où il ne restera plus une seule cour pavée en damier, plus une seule grille en fer forgé. En réalité je ne sais que répondre à cette objection. Je sais que Buenos Aires, un jour, trouvera son autre style et que ces formes à venir existent déjà (secrètes et fuyantes à mes yeux, mais précises pour le futur) dans les pages pleines de charme de ce livre.

NOTE DE 1974.

Le passage de Swift que j'ai mentionné découle, vraisemblablement, de Juvénal.

DOMINGO F. SARMIENTO

Souvenirs de province

(1944)

L'analyse littéraire, cette discipline que les Anciens appelaient la rhétorique et que les temps modernes ont baptisée, je crois, *stylistique,* est un art si trompeur et si rudimentaire qu'aujourd'hui, après avoir exercé son autorité pendant vingt siècles, il est incapable de rendre compte de la beauté des textes qu'on propose à son examen. Les difficultés sont bien sûr diverses. Il y a des écrivains — Chesterton, Mallarmé, Quevedo, Virgile — qui ne sont pas inaccessibles à l'analyse. Pas un procédé, pas une trouvaille chez eux qu'un rhéteur ne puisse arriver à expliquer, au moins partiellement. D'autres — Joyce, Whitman, Shakespeare — sont par endroits réfractaires à toute explication. D'autres enfin, encore plus mystérieux, échappent à toute velléité d'analyse. Il n'y a pas une seule phrase chez eux qui, à l'examen, ne demande à être corrigée. N'importe quel homme ayant des lettres peut relever leurs fautes ; les corrections qu'on y apporte sont logiques, le texte original ne l'est sans doute pas. Cependant ce texte incriminé est des plus efficaces, bien que nous ne sachions pourquoi. A cette catégorie d'écrivains que la simple raison n'arrive pas à expliquer appartient notre Sarmiento. Ce qui précède, évidemment, ne veut pas dire que l'art personnel de Sarmiento soit moins littéraire, moins purement verbal, que celui d'autres écrivains ; cela signifie, comme je l'ai indiqué plus haut, qu'il est trop complexe — ou peut-être trop simple — pour être analysé. La littérature de Sarmiento a une valeur qui se prouve par son efficacité. Le lecteur curieux peut comparer un épisode de ces *Souvenirs* ou de n'importe quel autre livre autobiographique de sa plume avec la version correspondante du même épisode dans les pages au style travaillé de Lugones ; ligne à ligne, la version de Lugones est supérieure ; dans son ensemble, celle de Sarmiento est bien plus émouvante et pathétique. N'importe qui peut corriger ce qu'il a écrit ; personne ne peut l'égaler.

Les *Souvenirs de province,* par ailleurs, sont un livre plein de richesses ; dans cet heureux chaos il est même possible de trouver des pages d'anthologie. L'une d'elles, non la plus célèbre mais bien la plus inoubliable, est celle qui raconte l'histoire de don Fermín Mallea et de son employé, page qu'il serait facile de développer en un long récit psychologique sans rien ajouter d'essentiel. L'œuvre ne manque pas non plus de fine ironie : par exemple, quand il y est défendu d'appeler Rosas le Héros du Désert « parce qu'il a su dépeupler sa patrie » (p. 169).

Le cours du temps transforme les livres ; les *Souvenirs de province,* lus et relus à la fin de 1943, ne sont certes pas ceux que j'avais parcourus vingt ans plus tôt. Le monde incolore de cette époque semblait avoir irréversiblement rejeté toute violence ; Ricardo Güiraldes évoquait avec une nostalgie exagérée par son sens de l'épopée la dureté de la vie des conducteurs de troupeaux ; il nous plaisait d'imaginer que dans la haute et belliqueuse cité de Chicago se mitraillaient les contrebandiers de l'alcool ; je recherchais avec une vaine ténacité, par zèle littéraire, les dernières traces des *cuchilleros* des faubourgs. Le monde nous semblait alors si doux, si irrémédiablement pacifique que nous nous plaisions à imaginer des récits atroces, en regrettant « le temps des loups, le temps des épées » (*Grande Edda,* I, 37) que d'autres générations avaient eu le bonheur de vivre. Les *Souvenirs de province,* quand ils parurent, étaient le témoignage d'un passé révolu et par là même agréable, car personne ne pensait que de telles atrocités pussent se renouveler et nous atteindre. Je me souvins que dans ces pages et dans les pages du même genre de *Facundo,* les diatribes contre le premier des caudillos, Artigas, et contre un des derniers, Rosas, me semblaient inutiles et peut-être même d'un effet trop facile. La dangereuse réalité que décrit Sarmiento était alors lointaine et inconcevable ; aujourd'hui nous la vivons. (Les dépêches qui nous parviennent de l'Europe et de l'Asie corroborent mon assertion.) La seule différence est que la barbarie, auparavant non préméditée, instinctive, est maintenant élaborée et consciente, et qu'elle dispose de moyens plus contraignants que la lance des guérilleros de Quiroga ou les épées émoussées des partisans de Rosas.

J'ai parlé de cruauté ; l'examen de ce livre prouve que celle-ci ne fut pas le plus grand mal de cette sombre époque. Le plus grand mal fut la stupidité, la barbarie dirigée et fomentée, la pédagogie de la haine, le régime abrutissant des partis, des ovations et des tollés. Comme a dit Lugones : « Ce que l'on ne peut pardonner à Rosas c'est la léthargie de vingt années dans un pays qui en cent ans a progressé comme nous le voyons. » (*Historia de Sarmiento*, ch. IV.)

La première édition de *Recuerdos de provincia* parut à Santiago du Chili, en 1850. Sarmiento avait alors trente-neuf ans. Il racontait sa vie, il racontait la vie des hommes qui avaient pesé sur son destin et sur celui de son pays, il racontait des événements tout récents, aux douloureuses conséquences. La forme de l'actualité est généralement indistincte ; il faut que beaucoup de temps passe avant que nous ne percevions sa configuration d'ensemble, sa secrète unité fondamentale. Sarmiento réalise l'exploit de voir l'actualité en historien, de simplifier et de percevoir par intuition le présent comme s'il était déjà le passé. Les biographies abondent aujourd'hui ; des centaines d'ouvrages de ce genre encombrent les imprimeries. Combien sont-ils parmi ceux-ci à cerner et à décrire les événements circonstanciels qu'ils racontent, aussi bien que le fait Sarmiento ? Sarmiento ne voit son destin personnel qu'en fonction du destin de l'Amérique ; il l'affirme explicitement : « Dans ma vie, écrit-il quelque part, si hasardeuse, si contrariée et cependant toujours à la recherche d'un je-ne-sais-quoi d'élevé et de noble, il me semble voir la figure de cette pauvre Amérique du Sud, s'agitant dans son néant, faisant des efforts désespérés pour déployer ses ailes et se meurtrissant à chaque tentative contre les barreaux de fer de sa cage. » Sa vision œcuménique ne l'empêche pas de distinguer les individus. Fatalement, nous avons tendance à ne voir dans le passé qu'une suite figée de simples statues. Sarmiento nous fait découvrir ces hommes qui sont aujourd'hui bronze ou marbre : « Cette jeunesse argentine qu'on avait vue représentée dans les guerres par Necochea, Lavalle, Suárez, Pringles et tant d'autres brillants mauvais sujets, les premiers dans les batailles, les premiers auprès des dames et, si l'occasion se présentait, jamais les derniers dans les duels, l'orgie et les dissipations de leur âge » ; le Deán Funes « qui, en respirant le parfum d'une fleur, se sentit mourir et en fit part sans surprise à ceux qu'il aimait et qui l'entouraient tendrement, comme s'il parlait d'un événement qu'il attendait »... Il nous est facile aujourd'hui d'avoir une vue d'ensemble de nos guerres civiles et des tyrannies qui les accompagnèrent (j'écris *tyrannies,* car j'ai l'impression que les divers lieutenants de Rosas n'étaient pas moins puissants que le Restaurateur, puisque l'un d'eux finit par le renverser) ; mais l'époque, pour ses malheureux contemporains, était aussi inexplicable que l'est pour nous l'année 1943.

Sarmiento, ennemi de l'Espagne pour de multiples raisons, ne se laisse cependant pas éblouir par la gloire militaire de la révolution ; il la juge prématurée, il sait que le pays vaste et presque désert n'était pas capable alors de faire un usage raisonnable de sa liberté et il fait cette remarque : « Les colonies espagnoles avaient leur manière d'être et vivaient heureuses sous la douce tutelle du roi ; mais vous vous êtes donné des rois aux longs éperons acérés, à peine descendus des chevaux qu'ils domptaient sur leurs terres. » L'allusion est claire ; il affirme dans le même chapitre : « Rosas est, dans les atrocités qu'il commet, le disciple du Docteur Francia et d'Artigas ; et il est l'héritier de l'Inquisition espagnole quand il persécute les hommes de science et les étrangers. »

Sarmiento a été paradoxalement qualifié de barbare. Ceux qui ne partagent pas son aversion pour le gaucho affirment que lui-même en était un, mettant en quelque sorte sur le même plan l'impétuosité du gaucho dans ses tâches rurales et l'élan farouche de Sarmiento dans son œuvre littéraire. L'accusation, on le voit, ne va pas au-delà de la simple analogie, justifiée uniquement par le fait que le pays était dans un état rudimentaire et que tous les Argentins étaient plus ou moins contaminés par la violence. Groussac, dans un éloge funèbre improvisé, qui est une suite presque ininterrompue d'hyperboles, exagère l'opiniâtreté de Sarmiento qu'il appelle « le formidable guérillero du combat intellectuel » et il le compare, naturellement, à un torrent des Andes. (Grammaire mise à part, Groussac était un esprit moins universel que Sarmiento : ce dernier diffère de presque tous les Argentins ; l'autre se confond avec tous les universitaires de France.) En fait Sarmiento pratiqua le culte du Progrès avec une ferveur de néophyte ; Rosas, moins impulsif, moins génial, renforça délibérément ses affinités avec le peuple de la campagne, affectation qui aujourd'hui encore nous trompe en nous faisant voir dans cet énigmatique éleveur-bureaucrate un guérillero intrépide à la façon d'un Pancho Ramírez ou d'un Quiroga.

Aucun témoin argentin de cette époque n'a la clairvoyance d'un Sarmiento sur ce que fut la conquête de cette partie de l'Amérique : occupation fragmentaire et très lente de plaines quasi désertes. Il sait que la révolution, en échange de l'émancipation de tout le continent et des victoires argentines au Pérou et au Chili, a dû abandonner, même si ce ne fut que provisoirement, le pays aux forces néfastes de l'ambition personnelle et de la routine. Il sait que notre patrimoine ne se limite pas à l'apport de l'indien, du gaucho et de l'espagnol ; et que nous pouvons revendiquer pleinement la culture occidentale, sans restriction aucune.

Refusant de voir la pauvreté du passé et les atrocités du présent, Sarmiento se trouve être paradoxalement l'apôtre de l'avenir. Il croit, comme Emerson, que l'homme porte en lui son destin ; il croit, comme Emerson, que l'espérance consiste à penser contre toute logique que ce destin, de toute évidence, s'accomplira. Saint Paul avait défini la foi comme étant la substance des choses qu'on espère, et la démonstration de choses qu'on ne voit pas... Dans les incompatibilités d'un monde hétéroclite fait de provinciaux, d'Uruguayens et de Portègnes[1], Sarmiento est le premier Argentin, l'homme sans barrières locales. Sur ces pauvres terres morcelées il veut fonder sa patrie. Il écrit en 1867 à Juan Carlos Gómez : « Montevideo est une misère, Buenos Aires un village, la République Argentine une *estancia*[2]. Les Etats de la Plata réunis forment une agglomération d'une puissance de premier ordre, une parcelle du monde, une figure de proue de la race réprimée en Amérique, l'étoffe pour de grandes choses. » (Luis Melián Lafinur : *Semblanzas del pasado,* I, 243).

Personne ne peut lire ce livre sans éprouver pour son valeureux auteur disparu un sentiment qui va au-delà de la vénération et de l'admiration : une amitié indulgente et sans réserve. *Who touches this book, touches a man,* aurait pu écrire Sarmiento à la fin de l'ouvrage. Certains estiment que ce livre doit son prestige à la personnalité de Sarmiento et une grande partie de sa renommée à celle de son auteur; c'est oublier que, pour la génération actuelle des Argentins, Sarmiento est l'homme qu'a créé ce livre.

NOTE DE 1974.

Sarmiento continue de poser l'alternative : civilisation ou barbarie. On sait le choix des Argentins. Si au lieu de prendre pour Bible *Martín Fierro* nous avions pris *Facundo* notre histoire serait autre et elle serait meilleure.

1. Nom donné aux habitants de Buenos Aires.
2. Grande propriété rurale.

DOMINGO F. SARMIENTO

Facundo

(1974)

Schopenhauer a été le seul au dix-neuvième siècle, et personne n'a pris sa suite dans le nôtre à émettre l'opinion que l'histoire n'évolue pas de façon nette et que les événements qu'elle rapporte ne sont pas moins fortuits que ces nuages dans lesquels notre imagination croit voir se profiler des baies ou des lions. *(Sometimes we see a cloud that's dragonish,* lisons-nous dans *Antoine et Cléopâtre.)* L'histoire est un cauchemar dont je veux me réveiller, dira à son tour James Joyce. Plus nombreux, certes, sont ceux qui voient ou qui déclarent que l'histoire suit un tracé, évident ou secret. Qu'il me suffise de rappeler, un peu au hasard de la plume, les noms du Tunisien Abenjaldún, de Vico, de Spengler et de Toynbee. *Facundo* nous propose une alternative — civilisation ou barbarie — qu'on peut appliquer me semble-t-il à l'ensemble du processus de notre histoire. Pour Sarmiento, la barbarie c'était la pampa avec ses tribus aborigènes et ses gauchos ; la civilisation, c'étaient les villes. Le gaucho a été remplacé par des colons et des ouvriers ; la barbarie existe aujourd'hui non seulement à la campagne mais encore dans la foule des grandes villes et le démagogue a pris la place de l'ancien *caudillo,* qui d'ailleurs était lui aussi un démagogue. L'alternative n'a pas changé. *Sub specie aeternitatis, Facundo* est encore le meilleur manuel d'histoire de l'Argentine.

Cette histoire de l'Argentine, Sarmiento a dû en avoir vers 1845, du fond de son exil au Chili, d'un seul coup, la révélation intuitive. Il est possible que le fait de n'avoir parcouru que peu le pays, malgré les péripéties de sa carrière de militaire et de professeur, ait favorisé cette divination géniale de l'historien. Dans la ferveur de ses veilles studieuses, à travers ses lectures de Fenimore Cooper et de l'utopique Volney, et de cette *Captive* [1] aujourd'hui oubliée, à l'écoute de sa mémoire inventive, à travers tout ce qu'il aimait profondément et tout ce qu'il haïssait à juste titre, qu'a donc vu Sarmiento ?

Partant du principe que nous mesurons l'espace par le temps que nous mettons à le parcourir, comme les régiments à pied mettaient des mois et des mois à traverser les lents déserts, il vit notre territoire beaucoup plus vaste qu'il ne nous apparaît aujourd'hui. Il vit la misère de son temps et la grandeur des temps à venir. La conquête n'avait été que superficielle, la bataille de San Carlos, qui fut sans doute décisive, ne devait être livrée qu'en 1872. Il y eut probablement des tribus entières d'Indiens, surtout dans le Sud, qui ne se doutèrent jamais de la menace de l'homme blanc. Dans les plaines fertilisées par les troupeaux sauvages qu'elles nourrissaient, le cheval et le taureau se multipliaient. Des villes poussiéreuses, surgies çà et là presque au hasard — Córdoba dans une cuvette, Buenos Aires sur la boueuse rive du fleuve — voulaient imiter la lointaine Espagne d'alors. Elles étaient,

1. *La Cautiva*, poème épique du poète gaucho argentin Echeverría (1837). *(N.d.T.)*

comme aujourd'hui, monotones : le quadrillage hispanique avec, en son milieu, la place déserte. Nous fûmes la vice-royauté la plus australe et la plus abandonnée. De loin en loin parvenaient des nouvelles périmées : la révolte d'une colonie britannique, l'exécution d'un roi à Paris, les guerres napoléoniennes, l'invasion de l'Espagne. Il y avait aussi quelques livres presque clandestins qui exposaient des doctrines hétérodoxes et dont le fruit fut une certaine matinée du 25 mai. On a coutume d'oublier la signification intellectuelle des dates historiques ; les livres auxquels je fais allusion furent lus avec ferveur par le grand Mariano Moreno, par Echeverría, par Varela, par Juan Crisóstomo Lafinur, de San Luis, et par les hommes du Congrès de Tucumán. Dans le désert ces villes presque isolées du reste du monde représentaient la civilisation.

Comme dans les autres régions américaines, de l'Oregon et du Texas à l'extrémité opposée du continent, la campagne était habitée par une population très particulière de cavaliers meneurs de troupeaux. Ici, au sud du Brésil et des montagnes de l'Uruguay, on les appela les *gauchos*. Ce n'était pas une ethnie : dans leurs veines coulait ou non du sang indien. Ils se définissaient par leur destin, non par leur origine, qui leur importait fort peu et qu'en général ils ignoraient. Parmi la bonne vingtaine d'étymologies du mot gaucho, la moins invraisemblable est celle de *huacho* [1] qui fut retenue par Sarmiento. A la différence des *cowboys* du Nord, ce n'étaient pas des aventuriers ; à la différence de leurs ennemis, les Indiens, ils ne furent jamais nomades. Leur maison était le stable ranch de

1. *Huacho*, ou plus habituellement *guacho*, fils de parents inconnus, orphelin, enfant trouvé. *(N.d.T.)*

terre battue, et non les vagabondes toiles de tente. Dans le *Martín Fierro* on lit :

Es triste dejar sus pagos
Y largarse a tierra agena
Llevándose la alma llena
De tormentos y dolores,
Mas nos llevan les rigores
Como el pampero a la arena [1].

Les randonnées de Fierro ne sont pas celles d'un aventurier mais celles d'un homme poursuivi par le malheur.

La littérature consacrée au gaucho — cette curieuse production de plusieurs générations d'écrivains citadins — a exagéré, me semble-t-il, l'importance de ce personnage. Contrairement aux rêveries des sociologues, notre histoire est une histoire d'individus et non de masses. Hilario Ascasubi, que Sarmiento allait surnommer « le barde plébéien, forgé au feu des batailles », célébra *les gauchos du Río de la Plata, chantant et combattant jusqu'à ce qu'ils aient abattu le tyran Juan Manuel de Rosas et ses satellites,* mais il est permis de se demander si les gauchos de Güemes, qui donnèrent leur vie pour l'Indépendance, ont été très différents de ceux que commandait Facundo Quiroga, et qui, eux, salirent son image. C'étaient des gens frustes. Il leur manqua le sens de la patrie, chose qui ne doit pas nous

1. Il est triste de quitter ses pâturages
Et de s'en aller en terre étrangère
Emportant son âme pleine
De tourments et de douleurs,
Mais le sort rigoureux nous emporte
Comme le vent de la pampa emporte le sable.

surprendre. Quand les envahisseurs britanniques débarquèrent près de Quilmes, les gauchos de l'endroit se rassemblèrent par simple curiosité, pour voir ces hommes de haute taille, aux brillants uniformes, qui parlaient une langue inconnue. C'est Buenos Aires, la population civile de Buenos Aires (non pas les autorités en fuite), qui allait se charger sous la direction de Liniers de les repousser. L'épisode du débarquement est célèbre et Hudson l'a commenté.

Sarmiento comprit que pour la composition de son œuvre, un rustre anonyme ne lui suffisait pas et il chercha une figure ayant plus de relief, qui pourrait personnifier la barbarie. Il la trouva en Facundo, lecteur austère de la Bible qui avait arboré le drapeau noir des boucaniers, avec le crâne, les tibias et la devise, *la Religion ou la Mort*. Rosas ne lui convenait pas. Ce n'était pas un vrai *caudillo*, il n'avait jamais manié la lance et il offrait le grave inconvénient d'être vivant. Sarmiento avait besoin d'une fin tragique. Personne ne répondait mieux à son inspiration que ce Quiroga prédestiné, qui mourut criblé de balles et poignardé sur une galère. Le destin fut miséricordieux à l'enfant de la Rioja ; il lui accorda une mort inoubliable et permit que Sarmiento la racontât.

Bien des gens s'intéressent aux circonstances dans lesquelles un livre a été conçu. Il y a environ trente-cinq ans, Alberto Palcos a satisfait de la façon la plus ponctuelle à cette curiosité, légitime sans aucun doute. Voici le catalogue qu'il donne des intentions de l'auteur :

« 1) Détruire le prestige de Rosas et du caudillisme et, partant, du représentant de cet homme au Chili, sujet occasionnel de l'œuvre.

2) Défendre la cause des émigrés argentins ou, pour employer le mot même de Sarmiento, la sanctifier.

3) Fournir à ces derniers une doctrine qui leur servît d'explication et de stimulant dans leur lutte et un bel étendard pour leur cause : celle de la Civilisation contre la Barbarie.

4) Donner la preuve de ses immenses dons littéraires au moment où ceux-ci étaient à leur apogée, et

5) Inscrire son nom sur la liste des premiers proscrits politiques, en prévision du changement radical qui surviendrait sitôt la tyrannie renversée. »

Lecteur assidu de Stuart Mill, j'ai toujours admis sa théorie de la pluralité des causes ; je ne reprocherai pas à ce catalogue de Palcos d'être exagéré mais bien d'être incomplet et superficiel. Au dire même du compilateur, celui-ci s'en tient aux intentions de Sarmiento, et personne n'ignore que lorsqu'il s'agit d'œuvres d'imagination — *Facundo* en est une à coup sûr — ce qui compte le moins ce sont les intentions. L'exemple classique est le *Quichotte ;* Cervantes voulut parodier les romans de chevalerie, et aujourd'hui nous ne nous souvenons de ceux-ci que parce qu'il les a tournés en dérision. Le plus grand écrivain engagé de notre époque, Rudyard Kipling, comprit à la fin de sa carrière qu'il est permis à un auteur d'inventer une fable, mais non d'en comprendre entièrement la moralité. Il rappelle le cas étrange de Swift qui voulut rédiger une plaidoirie contre le genre humain et qui ne nous laissa qu'un livre pour les enfants. Revenons donc à la vieille doctrine qui veut que le poète écrive sous l'inspiration de l'Esprit ou de la Muse. La mythologie moderne, moins belle, choisit le recours à la Subconscience — ou même au Subconscient.

Comme toutes les genèses, la création poétique est mystérieuse. La réduire à une série d'opérations intellectuelles, selon la curieuse théorie d'Edgar Allan Poe, n'est pas vraisemblable ; moins encore, comme je l'ai déjà dit, la faire découler de circonstances occasionnelles. L'intention évoquée en premier lieu par Palcos, « Détruire le prestige de Rosas et du caudillisme et, partant, du représentant de cet homme au Chili », ne pouvait à elle seule engendrer l'image vivante de Rosas en sphinx, *moitié femme par sa couardise, moitié tigre par son goût du sang,* ni l'invocation liminaire *Ombre terrible de Facundo !*

Une trentaine d'années après le Congrès de Tucumán, l'histoire n'avait pas encore pris la forme d'un musée historique. Les grands personnages étaient des hommes de chair et d'os, non pas encore des statues de marbre ou de bronze, ni des portraits, ni des coins de rues, ni des partis. Par un singulier effet de syncrétisme, nous les avons associés à leurs ennemis. La statue équestre de Dorrego se dresse près de la place Lavalle ; dans une certaine ville de province, il m'a été donné de voir le croisement des avenues Berón de Astrada et Urquiza, ce dernier, si la tradition n'est pas mensongère, ayant fait égorger le premier. Mon père, qui était libre penseur, faisait souvent remarquer que le catéchisme avait été remplacé dans les écoles par l'histoire de l'Argentine. Le fait est patent. Nous mesurons le cours du temps par anniversaires, par centenaires et même par cent cinquantenaires, vocable dérivé de la plaisanterie d'Horace à propos des *sesquipedalia verba* (mots d'un pied et demi de long). Nous fêtons les dates de la naissance et de la mort.

Mis à part Güemes, qui guerroya contre les armées espagnoles et sacrifia courageusement sa vie pour sa patrie, et mis à part le général Bustos, qui entacha sa carrière militaire par le soulèvement d'Arequito, les *caudillos* furent hostiles à la cause de l'Amérique. Ils y virent, ou voulurent y voir, un prétexte de Buenos Aires à dominer les provinces (Artigas défendit aux gens de l'Uruguay de s'enrôler dans l'Armée des Andes). Prisonnier de la thèse de son livre, Sarmiento les identifia aux gauchos. C'étaient, en réalité, des lieutenants qui envoyaient leurs hommes au combat. Le père de Quiroga était un officier espagnol.

Le *Facundo* créé par Sarmiento est le personnage le plus mémorable de notre littérature. Le style romantique de ce grand livre s'adapte de façon spontanée et, semble-t-il, inéluctable, aux terribles événements qu'il rapporte et au terrible héros. Les ultérieures modifications ou rectifications d'Urien, de Cárcano et d'autres nous intéressent aussi peu que le *Macbeth* de Holinshed ou le *Hamlet* (Amiothi) de Saxo Grammaticus.

Sarmiento a légué à la mémoire des Argentins un grand nombre d'images impérissables : celle de Facundo, celle de nombreux contemporains, celle de sa mère et sa propre image, qui est encore vivante et encore controversée. Paul Groussac, qui ne l'aimait pas, l'a appelé « le formidable guérillero du combat intellectuel » et a vanté « ses charges de cavalerie contre l'ignorance créole ».

Je ne dirai pas que *Facundo* est le premier livre argentin ; les affirmations catégoriques ne mènent pas à la conviction mais bien à la polémique. Je dirai que si nous avions pris ce livre pour Bible, notre histoire aurait été autre, et meilleure.

MARCEL SCHWOB

La Croisade des enfants

(1949)

Si un voyageur venu d'Orient — disons l'un des Persans de Montesquieu — nous demandait un exemple du génie littéraire de la France, il ne serait pas obligatoire d'avoir recours aux œuvres de Montesquieu, ou aux soixante-dix et quelques tomes de l'œuvre de Voltaire. Il nous suffirait de citer quelque mot heureux : *arc-en-ciel*, qui jette un pont dans le ciel, ou le titre terrible de l'histoire de la première croisade : *Gesta Dei per Francos*, qui veut dire *Prouesses de Dieu exécutées par l'intermédiaire des Français. Gesta Dei per Francos ;* ces mots surprennent, mais plus surprenantes encore furent ces cruelles prouesses. Les historiens perplexes ont tenté en vain d'y trouver une explication de type rationnel, de type social, économique ou ethnique ; le fait est que pendant deux longs siècles la passion mise à vouloir délivrer le saint sépulcre a marqué les nations de l'Occident, à l'étonnement sans doute de leur propre raison. A la fin du onzième siècle, la voix d'un ermite d'Amiens — homme de petite taille, d'aspect insignifiant *(persona contemptibilis)* et au regard singulièrement vif — prêche la première croisade ; les cimeterres et les machines de guerre de Jalil, à la fin du treizième siècle, viennent à bout de la huitième croisade devant Saint-Jean-d'Acre. L'Europe n'en entreprend plus d'autre ; la mystérieuse et durable passion, qui provoqua tant d'inutile cruauté et que Voltaire devait plus tard condamner, a atteint son terme ; l'Europe ne pense plus à récupérer le sépulcre du Christ. Les croisades n'échouèrent pas, dit Ernest Barker, simplement elles cessèrent. De la frénésie qui avait rassemblé de si vastes armées et dressé le plan de tant d'invasions, il ne resta que quelques images, qui se refléteront des siècles plus tard dans les tristes et limpides miroirs de *la Jérusalem délivrée* : hauts cavaliers bardés de fer, nuits hantées par des lions, terres de sorcellerie et de solitude. Il reste une autre image, plus douloureuse, celle d'innombrables enfants disparus.

Au début du douzième siècle, deux expéditions d'enfants partirent d'Allemagne et de France. Ils croyaient pouvoir traverser les mers à pied sec. N'étaient-ils pas encouragés et fortifiés par les paroles de l'Evangile : *Laissez les enfants venir vers moi et ne les empêchez pas* (*Luc* 18 : 16) ; le Seigneur n'avait-il pas déclaré que la foi suffit à transporter une montagne (*Matthieu* 17 : 20) ? Pleins d'espoir, ignorants, heureux, ils s'acheminèrent vers les ports du Midi. Le miracle escompté ne se produisit pas. Dieu permit que la colonne française fût capturée par des trafiquants d'esclaves et vendue en Egypte ; la colonne allemande se perdit, disparut on ne sait où, engloutie dans une contrée hostile et victime, pense-t-on, de la peste. *Quo devenirent ignoratur.* On dit qu'il subsiste un écho de ce drame dans la légende du Joueur de flûte de Hamelin.

Dans certains livres de l'Hindoustan il est dit que l'univers n'est rien d'autre qu'un songe de la divinité immobile qui est indivise en chaque homme ; à la fin du dix-neuvième siècle, Marcel Schwob — créateur, acteur et spectateur d'un songe — tente de rêver à nouveau ce qu'il avait rêvé des siècles auparavant dans les déserts de l'Afrique et de l'Asie : l'histoire des enfants qui voulurent délivrer le saint sépulcre. Il ne s'essaya pas, j'en suis certain, aux scrupuleuses reconstitutions archéologiques de Flaubert ; il préféra se saturer des vieux textes de Jacques de Vitry ou d'Ernoul et se laisser aller ensuite à son imagination et à son libre choix. Il rêva alors qu'il était le pape, l'étudiant libertin, les trois enfants, le clerc. Il appliqua, dans son travail, la méthode analytique de Robert Browning, dont le long poème narratif *The Ring and the Book* (1868) nous révèle à travers douze monologues l'histoire embrouillée d'un crime, du point de vue de l'assassin, de celui de sa victime, des témoins, de l'avocat de la défense, du procureur, du juge, de Robert Browning lui-même... Lalou (*Littérature française contemporaine,* p. 282) a loué la « sobre précision » avec laquelle Schwob a raconté la « naïve légende » ; j'ajouterais pour ma part que cette précision ne la rend pas moins légendaire ni moins pathétique. Gibbon n'a-t-il pas fait remarquer que le pathétique naît le plus souvent de détails infimes ?

WILLIAM SHAKESPEARE
Macbeth

(1970)

Hamlet, le dandy acerbe en vêtements de deuil qui, à la cour du Danemark, progressant lentement sur le chemin de sa vengeance multiplie ses monologues ou joue, mélancolique, avec un crâne, a d'autant plus intéressé la critique qu'il incarnait prophétiquement bien des figures célèbres que nous réservait le dix-neuvième siècle : Byron, Edgar Allan Poe, Baudelaire et ces personnages de Dostoïevski qui se complaisent dans l'analyse morose et exacerbée de leurs actes. Il incarnait bien d'autres choses encore : par exemple le doute — qui est une des vertus de l'intelligence — et qui, dans le cas de ce Danois, ne se limite pas à mettre en cause la vraisemblance du spectre mais bien sa réalité même et ce qui nous attend après la dissolution de la chair. Le roi Macbeth m'a toujours semblé plus réel, plus livré à son impitoyable destin qu'aux exigences scéniques. Je crois à Hamlet, mais non aux circonstances auxquelles il est confronté ; par contre je crois à Macbeth et aussi à son histoire.

Art happens (l'art fait irruption), a déclaré Whistler, mais l'idée que nous n'en finirons jamais de déchiffrer le mystère esthétique ne s'oppose pas à l'examen des faits qui l'ont rendu possible. Ces derniers, on le sait, sont infinis ; en bonne logique, pour que quelque chose se passe, il a fallu la conjonction de tous les effets et de toutes les causes qui l'ont précédé et préparé. Considérons ici quelques-unes de ces causes, les plus apparentes.

On oublie généralement que Macbeth, aujourd'hui un songe de l'art, fut à une certaine époque un homme qui a existé. Malgré les sorcières, le spectre de Banquo et la forêt qui avance vers le château, la tragédie est d'ordre historique. Dans l'article de la *Chronique anglo-saxonne* qui énumère ce qui se passa pendant l'année 1054 — une douzaine d'années avant la défaite des Norvégiens au pont de Stamford et la conquête normande — nous lisons que Siward, comte de Northumbrie, envahit par terre et par mer le royaume d'Ecosse et mit en fuite Macbeth, son roi. Ce dernier, d'ailleurs, avait quelque droit au pouvoir et ne fut pas un tyran. Sa réputation était celle d'un homme pieux et enclin à la pitié ; il était généreux avec les pauvres et fervent chrétien. Il tua Duncan en un combat loyal, au cours d'une bataille. Il s'opposa victorieusement aux Vikings. Son règne fut long et juste. La mémoire des hommes, qui est inventive, allait lui tisser une légende.

Les années passent, les siècles, et nous allons connaître un autre personnage essentiel, le chroniqueur Holinshed. Nous savons peu de chose de lui, pas même sa date ou son lieu de naissance. On dit qu'il fut « ministre de la parole de Dieu ». Il arriva à Londres vers 1560 et il collabora avec persévérance à la rédaction d'une certaine vaste et ambitieuse histoire universelle, dont il ne resta en fin de compte que ces *Chroniques* d'Angleterre, d'Ecosse et d'Irlande qui portent aujourd'hui son nom. On y trouve la légende qui allait inspirer Shakespeare et à plus d'un endroit les mots mêmes qu'il allait employer. Holinshed mourut vers 1580. On suppose que l'édition posthume de 1586 fut celle que William Shakesperare eut entre les mains.

Venons-en maintenant à celui-ci. En cette époque décisive de l'Invincible Armada, de la libération des Pays-Bas, de la décadence de l'Espagne et de la transformation de l'Angleterre, île déchirée et latérale, en l'un des grands royaumes du monde, le destin de Shakespeare (1564-1616) peut nous paraître d'une médiocrité mystérieuse. Il écrivit des sonnets, il fut acteur, directeur de théâtre, homme d'affaires et de litiges. Cinq ans avant sa mort, il se retira dans son village natal, Stratford-upon-Avon, et n'écrivit plus une ligne, en dehors d'un testament où il n'est fait mention d'aucun livre, et d'une épitaphe si vulgaire qu'il vaut mieux n'y voir qu'une plaisanterie. Il ne rassembla pas en un volume son œuvre dramatique ; la première édition que nous possédons, l'in-folio de 1623, est due à l'initiative de quelques acteurs. Jonson a déclaré qu'il savait peu de latin et moins encore de grec. De tels faits sont à l'origine de l'hypothèse qui veut qu'il n'ait été qu'un prête-nom. Miss Delia Bacon, qui finit dans un asile d'aliénés et dont le livre fut enrichi d'un prologue d'Hawthorne, lequel ne l'avait pas lu, attribua la paternité de ses drames à Francis Bacon, prophète et martyr de la science expérimentale et homme d'une imagination qui n'avait rien de commun avec celle de Shakespeare ; Mark Twain a revendiqué cette hypothèse. Luther Hofman propose la candidature, à peine moins invraisemblable, du poète Christopher Marlowe, « aimé des muses », qui ne serait pas mort poignardé dans une taverne de Depford, en 1593. La première de ces attributions date du dix-neuvième siècle, la seconde date du nôtre. Pendant plus de deux cents ans, il n'était venu à l'idée de personne que Shakespeare pût n'être pas l'auteur de son œuvre.

Les irascibles jeunes gens de 1830, qui avaient fait de Thomas Chatterton, qui se tua dans une mansarde à dix-sept ans, l'archétype du poète, ne se résignèrent jamais complètement à admettre le modeste *curriculum vitae* de Shakespeare. Ils l'auraient préféré poursuivi par l'infortune ; Hugo, avec son éloquence splendide, fit le possible et l'impossible pour démontrer que les contemporains de Shakespeare l'avaient ignoré ou sous-estimé. La vérité mélancolique est que Shakespeare, malgré quelques vicissitudes à ses débuts, fut toujours un bon bourgeois, respecté et prospère. (Il fut aussi Shylock, Goneril, Iago, Laertes, Coriolan et les Parques.)

Après avoir pris bonne note de tout ce qui précède, rappelons-nous certaines circonstances d'ordre historique qui pourront mitiger notre étonnement. Shakespeare ne fit pas imprimer ses œuvres (à une ou deux exceptions près) parce qu'il les écrivait pour être jouées et non pour être lues. De Quincey fait remarquer que les représentations théâtrales atteignent le public aussi bien sinon mieux que les caractères d'imprimerie. Au début du dix-septième siècle, écrire pour le théâtre était un travail littéraire aussi secondaire qu'écrire aujourd'hui pour la télévision ou le cinéma. Quand Ben Jonson publia ses tragédies, comédies et mascarades sous le titre d'*Œuvres*, on se moqua de lui. Je me risquerais à avancer une autre hypothèse : Shakespeare, pour écrire, avait besoin d'être stimulé par les planches, par l'urgence d'une « première » et par les acteurs. De sorte qu'après avoir vendu son théâtre, le Globe, il laissa tomber la plume. Les pièces étaient d'ailleurs la propriété des compagnies, et non celle des auteurs ou des adaptateurs.

Moins scrupuleuse et crédule que la nôtre, l'époque de Shakespeare considérait l'Histoire comme un art, l'art de la fable séduisante et de l'apologue moral, et non pas comme une science aux précisions stériles. Elle pensait que l'Histoire ne pouvait pas récupérer le passé et qu'elle ne pouvait que l'orner d'agréables légendes. Shakespeare, lecteur assidu de Montaigne, de Plutarque et de Holinshed, trouva dans l'œuvre de ce dernier l'argument de *Macbeth*.

Comme on le sait, les trois premiers personnages que nous voyons sont les trois sorcières dans la lande, sous les coups de tonnerre, les éclairs et la pluie... Shakespeare les appelle les *weird sisters* ; dans la mythologie saxonne, la *Wyrd* est la divinité qui préside à la destinée des hommes et des dieux, si bien que *weird sisters* ne veut pas dire les sœurs étranges mais bien les sœurs fatales, les *Nornes* scandinaves, les Parques. Plus que le protagoniste, ce sont elles qui mènent l'action. Elles saluent Macbeth du titre de seigneur de Cavdor et de cet autre titre, qui lui semble inaccessible, de roi ; l'accomplissement immédiat de la première des deux prophéties confère à la seconde un caractère inéluctable et le mène, poussé par Lady Macbeth, à assassiner Duncan. Banquo, son compagnon, ne leur accorde pas une grande importance. « La terre, tout comme l'eau, a ses bulles », dit-il pour expliquer ces apparitions fantastiques.

A la différence de nos réalistes naïfs, Shakespeare n'ignorait pas que l'art est toujours une fiction. La tragédie se passe en deux endroits et à deux époques à la fois : dans la lointaine Ecosse du onzième siècle et sur une scène des faubourgs de Londres au début du seizième. L'une des sorcières à barbe parle du capitaine du *Tyger* ; après une longue traversée à partir du port d'Alep, ce bateau était revenu en Angleterre et il se peut que l'un de ses marins ait assisté à la première représentation.

L'anglais est une langue germanique ; à partir du quatorzième siècle, il est aussi une langue latine. Shakespeare fait délibérément alterner les deux registres, qui ne sont jamais tout à fait synonymes. Ainsi :

The multitudinous seas incarnadine,
Making the green, one red.

Dans le premier vers sonne la splendeur des mots latins ; dans le dernier les brefs et précis mots saxons.

Shakespeare a vu me semble-t-il que l'ambition, la soif de commander, n'est pas moins le propre de la femme que celui de l'homme ; Macbeth est le poignard docile et impitoyable des Parques et de la reine. Ainsi le comprit Schlegel, mais non Bradley.

J'ai lu — et oublié — beaucoup de commentaires sur *Macbeth* ; les études de Coleridge et de Bradley (*Shakespearean Tragedy*, 1904) me paraissent toujours insurpassées. Bradley déclare que l'œuvre laisse en nous, toujours neuve, une impression ineffaçable de rapidité, non pas de brièveté. Il note que tout s'y passe dans l'obscurité, presque dans le noir : les ténèbres traversées par l'éclat d'un feu brusque, l'obsession du sang. Tout se passe de nuit, sauf la scène ironique et pathétique à la fois du roi Duncan qui, regardant les grosses tours du château d'où il ne sortira plus, observe qu'aux endroits préférés par les hirondelles, l'air est léger. Lady Macbeth, qui a prémédité sa mort, y voit des corbeaux et entend leurs croassements. La tempête et le crime se sont conjurés, la terre tremble, les chevaux de Duncan s'entre-dévorent avec frénésie.

Le réalisme court toujours le risque de tomber dans le pittoresque ; *Macbeth* est très loin de ce danger. Cette pièce est l'œuvre la plus intense que puisse nous offrir la littérature et cette intensité ne faiblit pas. Depuis les paroles énigmatiques des sorcières (*Fair is foul and foul is fair*) qui, de façon bestiale ou démoniaque, transcendent la raison humaine, jusqu'à la scène où Macbeth traqué meurt en se battant, le drame nous emporte comme la passion ou la musique. Peu importe que nous croyions aux démons, comme le roi Jacques Ier, ou que nous refusions d'y croire, peu importe que l'apparition de Banquo soit pour nous le fruit de l'imagination tourmentée de son assassin ou le spectre d'un mort ; la tragédie s'impose à ceux qui la voient, la lisent ou s'en souviennent, avec l'atroce certitude d'un cauchemar. Coleridge a écrit que la foi poétique est une complaisante ou volontaire mise en veilleuse de l'incrédulité ; *Macbeth*, comme toute véritable œuvre d'art, illustre et justifie cette opinion. J'ai dit, dans cette préface, que l'action se situait à la fois aux temps médiévaux de l'Ecosse et dans cette Angleterre des corsaires et des lettres qui disputait déjà aux Espagnols l'empire des mers ; à vrai dire, le drame que rêva Shakespeare, et que nous rêvons aujourd'hui, est hors du temps de l'histoire ou, plutôt, il crée son propre temps. Le roi peut impunément parler de rhinocéros armé, animal qu'il ignore sans doute totalement. A la différence de *Hamlet*, qui est la tragédie d'un homme qui pense au milieu d'un monde de violence, le bruit et la fureur de *Macbeth* défient l'analyse.

Tout est élémentaire dans *Macbeth*, sauf la langue, qui est baroque et d'une complexité poussée à l'extrême. Une telle langue se justifie par la passion, non par la passion technique de Quevedo, de Mallarmé, de Lugones ou du plus grand d'eux tous, James Joyce, mais par la passion de l'âme humaine. Les métaphores enchevêtrées, les exaltations et les désespoirs du héros suggérèrent à Shaw sa célèbre définition de *Macbeth* : la tragédie de l'écrivain moderne assassin et client des sorcières.

Le boucher mort et sa reine démoniaque (je reprends les termes de Malcolm, qui reflètent son dégoût, non la complexe réalité de deux êtres humains) ne se sont pas repentis des crimes qui les couvrent de sang, mais ces crimes les poursuivent étrangement, les rendent fous et les perdent.

Shakespeare est le moins anglais des poètes d'Angleterre. Comparé à Robert Frost (de la Nouvelle-Angleterre), à Wordsworth, à Samuel Johnson, à Chaucer et aux inconnus qui composèrent, ou chantèrent, les élégies anglaises, il fait presque figure d'étranger. L'Angleterre est la patrie de l'*understatement*, de la réserve bien élevée ; l'hyperbole, l'excès et la splendeur sont le propre de Shakespeare. De même, l'indulgent Cervantes semble loin de l'Espagnol des bûchers de l'Inquisition, et loin de la grandiloquente faconde verbale.

Je ne peux ni ne veux oublier de citer ici les pages exemplaires que nous a laissées Groussac à propos de Shakespeare.

WILLIAM SHAND

Ferment

(1950)

En 1877, Pater écrivait que tous les arts aspirent à la condition de la musique, le seul art qui soit pure forme ou, comme le dit Schopenhauer, le seul art qui pourrait exister même si le monde n'existait pas, parce qu'il est une objectivation directe de la volonté. La théorie de Pater n'est juste qu'au regard de ce qui se faisait de son temps ; les poèmes de Tennyson, de Swinburne, de William Morris, si divers et si inconciliables, ne veulent être que musique et le sont avec bonheur. Moore, au siècle où nous sommes, a jugé que les idées sont la malédiction de la littérature moderne et il a fait une anthologie de poésie pure, de poésie « créée par le poète en faisant abstraction de sa personnalité ».

Dans le même ordre d'idées, Yeats chercha des symboles capables d'éveiller la mémoire génétique qui subsiste derrière les mémoires individuelles et il fut prodigue en imprécisions romantiques ; aux alentours de la quarantaine, il corrigea toute son œuvre antérieure et composa des vers dans lesquels il use abondamment du style parlé et du détail concret.

L'évolution de Yeats et celle de toute la poésie britannique passent de l'ancien, de l'illustre, du mélodieux, à ce qui est immédiat, ordinaire et âpre sans affaiblir pour autant son essence. Son défi à la tradition reste naturellement traditionnel ; il n'est que d'évoquer Donne par exemple, qui s'éleva contre les douceurs de l'italianisme et s'écria :

I sing not, siren-like, to tempt, for I am harsh.

et Arthur Hugh Clough, et Browning. C'est à ce dernier, précisément, que font penser, à mon sens, certaines pages de ce livre. Entre autres, le poème intitulé *Confessions of a Worldling : 1947 A.D.*, mais si Browning cherchait toujours à justifier les personnages de ses monologues, même quand il s'agit de Caliban ou de Napoléon III, Shand, lui, ne cherche pas à défendre son mondain : il le cloue bel et bien au pilori.

Les héros de Browning sont des individus (ils sont du moins Browning essayant d'entrer dans la peau d'autres personnages), ceux de Shand sont des genres. Ceci est une constatation, non un reproche ; certes, l'avertissement de l'une des mères dans *The Blind Lover :*

Desperately you must learn
How to go on living though
Your son's grave is undefined.

n'est pas moins mémorable du fait qu'il vise une situation et non un personnage. (Je n'ai pas souvenir d'un emploi plus efficace du mot *undefined.*)

Depuis les élisabéthains, qui donc a écrit comme lui, en utilisant toute la gamme des mots ? demande non sans quelque emphase George Moore, déconcerté et ébloui par Kipling. De William Shand on pourrait également dire qu'il écrit avec toute la gamme des mots, à condition de voir dans cette expression non pas une difficile prouesse statistique mais bien l'art de combiner avec bonheur des mots venus d'horizons divers.

Eliot, dans une de ses brusques illuminations qui justifient la lecture de pages souvent obscures et sans portée, a écrit que l'essentiel pour le poète était de voir au-delà de la laideur et de la beauté ; de voir l'ennui, l'horreur et la gloire (*The Use of Poetry and the Use of Criticism*, p. 106).

Cette admirable variante de l'admirable phrase finale du Notre Père anglais définit bien une des qualités de Shand ; une autre de ses qualités est celle qui lui permet de créer des symboles pour le vain, l'ennuyeux, l'horrible monde de notre temps.

Tout livre propose un choix. Je ne sais quels sont les poèmes que l'avenir retiendra parmi ceux qui sont rassemblés ici. Peut-être *Ferment*, dont le grave et triste refrain

Forgive me if to-day you are forgotten

est moins un artifice métrique qu'une exigence de la passion qui sous-tend le poème ; peut-être *The Doll* qui avec une brièveté cinématographique fixe, dans son étroit espace, tout un destin ; peut-être *Midnight*, qui nous laisse sur cette pauvre plainte de l'être sans défense :

I am the bird founded by their hate

peut-être *I am suddenly alone* où il n'est pas un homme au monde qui ne se retrouve ; peut-être *Song*, pour ces deux vers qui mériteraient d'être anciens et anonymes, inventés par tous et non par quelqu'un :

I am so old when she is far,
So young when she is near ;

peut-être Franz, à cause de ce vers surprenant qui renferme le mystère allemand :

He smuggled music hidden in the bone ;

peut-être les diverses visions qui composent (encore l'ombre de Browning !) *The Man in the Café*.

Exercer, en cette époque de l'histoire où nous vivons, la mystérieuse et antique profession de poète, c'est là une grande responsabilité ; William Shand ne l'ignore pas et c'est avec crainte et avec bonheur qu'il pèse ses mots.

OLAF STAPLEDON

Le faiseur d'étoiles

(1965)

Ce n'est que vers 1930, à quarante ans passés, que William Olaf Stapledon commença à écrire. C'est à cette initiation tardive qu'il doit de n'avoir pas acquis certains procédés de métier mais d'avoir échappé à certaines déformations. L'analyse de son style, marqué par l'abus de mots abstraits, laisse supposer qu'avant de se mettre à écrire il avait lu beaucoup de philosophie et peu de romans ou de poèmes. Quant à son caractère et à sa destinée, mieux vaut le laisser parler : « Je suis un saboteur de naissance, protégé (ou abruti ?) par le système capitaliste. C'est maintenant seulement, après un demi-siècle d'efforts, que je commence à savoir me tirer d'affaire. Mon enfance a duré près de vingt-cinq ans ; elle a été marquée par le canal de Suez, mon petit village d'Abbotsholm et mes années d'Université à Oxford. J'ai essayé différentes carrières et chaque fois j'ai dû les abandonner devant l'imminence d'un désastre. Instituteur, j'apprenais par cœur des chapitres entiers de l'Ecriture la veille de la leçon d'histoire sainte. Dans un bureau de Liverpool j'ai abîmé des inventaires de cargaisons ; à Port-Saïd, j'ai laissé en toute innocence des capitaines charger plus de charbon qu'il n'était stipulé. Je me proposai de faire l'éducation du peuple; des mineurs et des employés des chemins de fer m'apprirent plus de choses qu'ils n'en apprirent de moi. La guerre de 1914 trouva en moi un pacifiste. Sur le front français, je conduisis une ambulance de la Croix-Rouge. Par la suite : un mariage romanesque, des enfants, l'habitude et l'amour du foyer. Je m'aperçus soudain, à trente-cinq ans, que j'étais resté, malgré mon mariage, un adolescent. Je passai péniblement et tardivement d'un état larvaire à un semblant de maturité. Deux expériences ont compté dans ma vie : celle de la philosophie et celle du tragique désordre de la ruche humaine... Aujourd'hui, alors que j'aborde le seuil de l'âge mental adulte, je constate — et j'en souris — que j'ai déjà un pied dans la tombe. »

La métaphore banale de cette dernière ligne montre bien le peu d'importance que Stapledon attache au style littéraire, mais elle est une preuve de son imagination débridée. Wells mêle ses monstres — ses Martiens tentaculaires, son homme invisible, son peuple souterrain et aveugle — à des gens ordinaires; Stapledon, lui, construit et décrit des mondes imaginaires avec la précision d'un naturaliste et presque autant de sécheresse. Toute incidence humaine est exclue de ses fantasmagories biologiques.

Dans une étude sur *Eureka* d'Edgar Allan Poe, Valéry a observé que la cosmogonie est le plus ancien des genres littéraires; mis à part les anticipations de Bacon, dont on publia au début du dix-septième siècle *La Nouvelle Atlantide,* on peut affirmer que ce qu'il y a de plus moderne dans la littérature c'est la fable ou fantaisie d'inspiration scientifique. On sait qu'Edgar Poe aborda séparément ces deux genres et qu'il est sans doute l'inventeur du second; Olaf Stapledon combine ces deux genres dans ce livre singulier. Pour cette exploration imaginaire du temps et de l'espace, il n'a pas recours à de vagues mécaniques peu crédibles, mais bien à la fusion d'un esprit humain avec d'autres esprits, à une sorte d'extase lucide ou, si l'on préfère, à une variante d'une certaine doctrine célèbre des Kabbalistes qui supposaient que dans le corps d'un homme pouvaient cohabiter plusieurs âmes, comme elles cohabitent dans le corps de la femme sur le point d'être mère. La plupart des confrères de Stapledon semblent arbitraires et superficiels ; lui, par contre, donne l'impression d'être véridique, malgré ce qu'il peut y avoir d'étrange et parfois de monstrueux dans ses récits. Il n'accumule pas des inventions pour amuser ou étonner ceux qui le liront ; il suit et consigne avec une honnêteté rigoureuse les sombres et complexes vicissitudes d'un rêve cohérent.

Puisque notre esprit est friand, on ne sait trop pourquoi, de chronologie et de précisions géographiques, nous ajouterons que ce rêveur d'univers naquit à Liverpool le 10 mai 1886 et qu'il est mort à Londres le 6 septembre 1950. Pour notre sensibilité actuelle, *Le Faiseur d'étoiles* est plus qu'un roman prodigieux, c'est une représentation possible et vraisemblable de la pluralité des mondes et de leur dramatique histoire.

EMANUEL SWEDENBORG

Œuvres mystiques

(1975)

D'un autre célèbre Scandinave, Charles XII de Suède, Voltaire a pu écrire qu'il était l'homme le plus extraordinaire qui ait jamais été sur la terre. Le mode superlatif est une imprudence, car il persuade moins qu'il ne suscite de vaines polémiques ; j'appliquerais cependant volontiers la définition de Voltaire non pas au roi Charles XII, qui fut un conquérant militaire comme tant d'autres, mais bien au plus mystérieux de ses sujets, à Emanuel Swedenborg.

Dans son admirable conférence de 1845, Emerson choisit notre Swedenborg comme prototype du mystique. Ce mot de mystique, bien que très juste, risque de nous suggérer un homme marginal, s'écartant instinctivement des circonstances et des urgences que nous appelons, je ne saurai jamais pourquoi, la réalité. Personne ne ressemble moins à cette image qu'Emanuel Swedenborg qui, lucide et tenace, parcourut par la pensée ce monde-ci et les autres. Il accepta plus que quiconque la vie dans toute sa plénitude, personne ne la scruta avec autant d'amour, avec autant de passion intellectuelle et avec une telle impatience de la connaître. Nul ne fut plus différent d'un moine que ce

Scandinave au tempérament sanguin, qui alla bien plus loin qu'Eric le Rouge.

Comme le Bouddha, Swedenborg réprouve l'ascétisme, qui appauvrit et peut annihiler les hommes. Dans un coin du ciel, il vit un ermite qui s'était efforcé ici-bas de mériter d'y être admis et qui durant sa vie mortelle avait recherché dans ce but la solitude et le désert. Ayant atteint son but, le bienheureux s'aperçoit alors qu'il ne peut suivre la conversation des anges ni pénétrer les arcanes du Paradis. Finalement, on lui permet de projeter autour de lui une image hallucinatoire du désert. Il reste donc là, comme il fut sur terre, à se mortifier et à prier, mais sans plus avoir l'espérance du ciel.

Gaspar Svedberg, le père de Swedenborg, était un éminent évêque luthérien et il y avait chez lui un rare mélange de ferveur et de tolérance. Emanuel naquit à Stockholm, au début de 1688. Enfant, il pensait déjà à Dieu et il recherchait la conversation des hommes d'Eglise qui fréquentaient la maison de son père. Il est certes significatif qu'au salut par la foi, pierre angulaire de la réforme prêchée par Luther, il ait opposé le salut par les œuvres, celui-ci prouvant l'autre indéniablement. Cet homme hors pair et solitaire fut plusieurs hommes en un seul. Il ne dédaigna pas l'artisanat ; à Londres, dans sa jeunesse, il s'exerça aux arts manuels et fit de la reliure, de l'ébénisterie, de la lunetterie, de l'horlogerie, s'intéressant aussi à la fabrication d'instruments scientifiques. Il grava également des cartes pour les mappemondes. Tout cela, sans négliger les disciplines de diverses sciences naturelles, de l'algèbre et de la nouvelle astronomie de Newton, avec lequel il aurait bien voulu s'entretenir mais qu'il ne parvint pas à rencontrer. Il avait l'esprit inventif. Il devança la théorie des nébuleuses de Laplace et de

Kant, il imagina un navire capable de se propulser dans l'air et un autre qui, à des fins militaires, pouvait naviguer sous l'eau. Nous lui devons une méthode originale pour mesurer les longitudes et un traité sur le diamètre de la Lune. Vers 1716, à Upsal, il entreprit la publication d'un journal de caractère scientifique auquel il donna le beau nom de *Daedalus hyperboreus* et qui parut pendant deux années. En 1717, son aversion pour tout ce qui était purement spéculatif lui fit refuser la chaire d'astronomie que le roi lui proposait. Au cours des guerres téméraires et presque mystiques de Charles XII — ces guerres qui firent de Voltaire, auteur de *La Henriade*, un poète épique — il remplit les fonctions d'ingénieur militaire. Il inventa et réalisa un système pour le transport par terre des bateaux et ce sur une distance de plus de quatorze milles. En 1734 parurent en Saxe les trois volumes de son *Opera philosophica et mineralia*. On lui doit de bons hexamètres latins ; la littérature anglaise — Spenser, Shakespeare, Cowley, Milton et Dryden — l'intéresse par sa puissance d'évocation. Même en dehors de la mystique, son nom resterait illustre dans le monde des sciences. Il s'intéressa, comme Descartes, au problème du point précis où l'âme agit sur le corps. L'anatomie, la physique, l'algèbre et la chimie lui inspirèrent de nombreux et savants ouvrages qu'il rédigea, suivant la coutume, en latin. Son attention fut attirée en Hollande par la foi et le bien-être des habitants ; il en vit la raison dans le fait que le pays était une république, car dans un royaume les gens, habitués à aduler leur roi, sont portés à aduler Dieu, trait servile qui ne saurait avoir Son agrément. Notons au passage que, lors des voyages qu'il effectuait, il visitait les écoles, les universités, les quartiers pauvres et les usines, qu'il aimait la musique et, en particulier, l'opéra. Il fut assesseur auprès du Bureau Royal des Mines et siégea à la Chambre des Nobles. A l'étude de la théologie dogmatique il préféra toujours celle de l'Ecriture sainte. Il ne s'en tint pas aux traductions latines ; il analysa les textes originaux en hébreu et en grec. Dans le journal intime qu'il tenait, il s'accuse d'un orgueil insensé : en feuilletant les volumes entassés sur les rayons d'une librairie, il s'était dit qu'il pourrait sans grand effort les surpasser, mais il comprit que le Seigneur a mille moyens de toucher le cœur humain et qu'il n'y a pas de livre qui n'ait son utilité. Pline le Jeune avait déjà écrit qu'il n'y a pas de livre si mauvais soit-il qui n'enferme quelque chose de bon, sentence que Cervantes allait reprendre à son tour.

L'événement le plus important de sa vie humaine se produisit à Londres, une nuit d'avril 1745. Swedenborg lui-même l'a désigné sous le nom de « degré discret » ou « point de séparation ». Il fut précédé de rêves, de prières, de périodes d'incertitude et de jeûne, et, ce qui est bien plus étrange, de travaux scientifiques et philosophiques assidus. Un inconnu, qui l'avait suivi silencieusement dans les rues de Londres et sur l'aspect duquel nous ne savons rien, apparut soudain dans sa chambre et lui dit qu'il était le Seigneur. Il le chargea directement de la mission de révéler aux hommes, actuellement plongés dans l'athéisme, dans l'erreur et le péché, la vraie foi en Jésus, aujourd'hui perdue. Il lui annonça que son esprit parcourait les cieux et les enfers, et qu'il pourrait converser avec les morts, les démons et les anges.

A l'époque, l'élu avait cinquante-sept ans ; pendant une trentaine d'années encore il mena cette existence de visionnaire qu'il consigna dans d'importants traités, écrits dans une langue claire et sans équivoque. A la différence des autres mystiques, il n'eut pas recours à la métaphore, à l'exaltation et à l'imprécise et fougueuse hyperbole.

L'explication en est évidente. L'emploi de tout vocable présuppose une expérience acquise, dont le vocable est le symbole. Si on nous parle de l'arôme du café, c'est parce que nous l'avons déjà goûté ; si on nous parle de la couleur jaune, c'est parce que nous avons déjà vu des citrons, de l'or, du blé et des couchers de soleil. Pour suggérer l'ineffable union de l'âme humaine avec la divinité, les soufis de l'Islam se voient obligés de recourir à des allégories prodigieuses, à des images de roses, d'ivresse ou d'amour charnel ; Swedenborg put renoncer à de tels artifices rhétoriques parce que son sujet n'était pas l'extase de l'âme transportée et ravie mais la description ponctuelle de régions précises bien qu'ultra-terrestres. Afin que nous puissions imaginer, ou commencer à imaginer l'infinie profondeur de l'Enfer, Milton nous parle de *No light, but rather darkness visible ;* Swedenborg préfère la rigueur et, si j'ose dire, les éventuelles prolixités de l'explorateur ou du géographe qui rend compte de royaumes inconnus.

En dictant ces lignes, je sens que je me heurte à l'incrédulité du lecteur comme à un grand mur de bronze. Cette incrédulité se fonde sur deux conjectures : l'imposture délibérée de celui qui a écrit ces choses étranges ou l'influence d'une folie soudaine ou graduelle. La première de ces hypothèses est inadmissible. Si Emanuel Swedenborg s'était proposé de nous tromper, il ne se serait pas résigné à la publication sans nom d'auteur d'une bonne partie de son œuvre, comme il le fit pour les douze volumes de son *Arcana coelestia,* qu'il prive ainsi de l'autorité que confère un nom déjà célèbre. A la manière d'Emerson (*Arguments convince nobody*) ou de Walt Whitman, il pensait que les arguments ne persuadent personne et qu'il suffit qu'on énonce une vérité pour que celle-ci soit acceptée par les interlocuteurs. Il a toujours fui la polémique. On ne peut trouver, dans son œuvre entière, un seul syllogisme ; elle n'est faite que de brillantes et tranquilles affirmations. Je me réfère, bien entendu, à ses ouvrages mystiques.

L'hypothèse de la folie n'est pas moins vaine. Si le rédacteur du *Daedalus hyperboreus* et du *Prodromus principiorum rerum naturalium* était devenu fou, nous ne serions pas redevable à sa plume persévérante de la rédaction ultérieure de milliers de pages écrites avec méthode qui représentent près de trente années de labeur et qui sont absolument incompatibles avec un dérangement cérébral.

Considérons maintenant ces visions cohérentes et multiples, qui certes tiennent pour beaucoup du miracle. William White a finement observé que nous faisons docilement crédit aux visions des anciens et que nous avons tendance à refuser ou à tourner en dérision celles des modernes. Nous croyons Ezéchiel parce qu'il jouit du prestige d'être loin dans l'espace et dans le temps, nous croyons saint Jean de la Croix parce qu'il fait partie intégrante de la littérature espagnole, mais nous repoussons les témoignages de William Blake, disciple rebelle de Swedenborg, comme nous rejetons ceux de son maître encore trop proche de nous. A quelle date précise les visions cessèrent-elles d'être authentiques pour faire place aux apocryphes ? Gibbon se posa la même question à propos des miracles. Swedenborg consacra deux années à apprendre l'hébreu pour avoir directement accès à l'Ecriture sainte. Je pense quant à moi — mais c'est là l'avis, sans doute hétérodoxe, d'un simple homme de lettres et non d'un historien ou d'un théologien — que

Swedenborg, comme Spinoza ou Francis Bacon, fut un penseur indépendant et qu'il commit une fâcheuse erreur lorsqu'il décida d'ajuster ses idées dans le cadre des deux Testaments. Il en alla de même avec les Kabbalistes hébreux qui étaient essentiellement des néo-platoniciens, quand ils voulurent invoquer l'autorité des versets bibliques, de leurs mots et même de leurs signes, pour justifier leur système.

Je n'ai pas l'intention d'exposer ici la doctrine de la Nouvelle Jérusalem — tel est le nom de l'Eglise de Swedenborg —, mais je voudrais insister sur deux points. Le premier est sa conception très originale du Ciel et de l'Enfer. Il l'expose longuement dans le plus connu et le plus beau de ses traités, *De Coelo et Inferno,* publié à Amsterdam en 1758. Blake la reprend et Bernard Shaw l'a résumée de façon très vivante dans le troisième acte de *Man and Superman* (1903) qui raconte le rêve de John Tanner. Shaw, que je sache, n'a jamais parlé de Swedenborg ; on peut supposer qu'il écrivit sous l'influence de Blake, qu'il mentionne souvent et avec respect, ou, ce qui n'est pas invraisemblable, qu'il soit arrivé de son côté aux mêmes conclusions.

Dans une lettre célèbre, adressée à Can Grande della Scala, Dante Alighieri fait observer que sa *Comédie,* comme l'Ecriture sainte, peut se lire de quatre façons différentes et que la lecture littérale n'est que l'une d'entre elles. Frappé par la précision des vers, le lecteur conserve malgré lui l'impression indélébile que les neuf cercles de l'Enfer, les neuf terrasses du Purgatoire et les neuf ciels du Paradis correspondent à trois établissements : l'un de caractère pénal, l'autre pénitentiaire, et le troisième — si le néologisme est supportable — récompensatoire. Des passages comme *Lasciate ogni speranza, voi ch'entrate* confortent cette conviction topographique, rehaussée par l'art. Rien n'est plus éloigné des destinées ultra-terrestres de Swedenborg. Le Ciel et l'Enfer de sa doctrine ne sont pas des lieux, bien que les âmes des morts qui les habitent et d'une certaine manière les créent les voient comme situés dans l'espace. Le Paradis n'est interdit à personne, personne n'est condamné à l'Enfer. Les portes, pour ainsi dire, sont ouvertes. Ceux qui meurent ne savent pas qu'ils sont morts ; durant un temps indéfini ils projettent une image illusoire de leur environnement habituel et des personnes qui les entouraient[1]. Quand ce temps est terminé, des êtres inconnus s'approchent d'eux. Si le mort est un mauvais sujet il est attiré par l'aspect et les manières des démons et il ne tarde pas à se joindre à eux ; si c'est un juste, il choisit les anges. Pour le bienheureux, le monde diabolique est une région de bourbiers, de cavernes, de huttes incendiées, de ruines, de tavernes et de lupanars. Les réprouvés n'ont pas de visage ou seulement des visages mutilés et affreux, mais ils se croient beaux. Ils trouvent leur bonheur dans l'exercice du pouvoir et dans la haine réciproque. Ils ne vivent que pour la politique au sens le plus sud-américain du mot ; c'est-à-dire qu'ils vivent pour conspirer, mentir ou imposer. Swedenborg raconte qu'un rayon de lumière céleste tomba au fond des enfers ; les réprouvés le perçurent comme une puanteur, une plaie purulente et un obscurcissement total.

L'Enfer est l'autre visage du Ciel. Cet envers exact est nécessaire à l'équilibre de la Création. Le Seigneur en est le maître, comme il est le maître des cieux. L'équilibre des deux sphères est une condition du libre

1. En Angleterre, une superstition populaire déclare que nous ne saurons pas que nous sommes morts tant que nous n'aurons pas constaté qu'un miroir ne nous reflète plus.

arbitre, qui doit sans cesse choisir entre le bien, qui vient du Ciel, et le mal, qui vient de l'Enfer. Chaque jour, chaque instant de chaque jour, l'homme forge sa perdition éternelle ou son salut. Nous serons ce que nous sommes. Les terreurs ou les alarmes de l'agonie qu'éprouve habituellement le moribond découragé et troublé sont sans aucune importance.

Que nous croyions ou non en l'immortalité personnelle, il est indéniable que la doctrine exposée par Swedenborg est plus morale et plus raisonnable que celle d'une grâce mystérieuse qui nous serait accordée, presque au hasard, à notre dernière heure. Elle nous incite, dès à présent, à mener une vie vertueuse.

D'innombrables cieux constituent le Ciel qu'a vu Swedenborg ; d'innombrables anges constituent chaque ange, et chacun de ces anges est, individuellement, un Ciel. Ils sont mus par un ardent amour de Dieu et du prochain. La forme générale du Ciel (et celle des divers cieux) est celle d'un homme ou, ce qui revient au même, celle d'un ange, car les anges ne sont pas une espèce à part. Les anges, comme les démons, sont des morts qui sont passés dans la sphère angélique ou démoniaque. Détail curieux qui suggère cette quatrième dimension que Henry Moore avait déjà imaginée : les anges, où qu'ils soient, voient toujours le Seigneur de face. Dans l'univers spirituel, le soleil est l'image visible de Dieu. L'espace et le temps n'existent que de façon illusoire ; si une personne pense à une autre, elle l'a en cet instant auprès d'elle. Les anges parlent comme les hommes au moyen de paroles articulées, qui se prononcent et s'entendent, mais le langage employé est naturel et n'exige aucun apprentissage. Il est commun à toutes les sphères angéliques. L'art de l'écriture n'est pas inconnu au Ciel ; Swedenborg reçut plus d'une fois des communications divines qui semblaient manuscrites ou imprimées, mais il ne parvint pas à les déchiffrer entièrement car le Seigneur préfère l'instruction orale et directe. Indépendamment du baptême, indépendamment de la religion professée par leurs parents, tous les enfants vont au Ciel où ils sont instruits par les anges. Ni la richesse, ni le bonheur, ni le luxe, ni la vie mondaine ne sont des obstacles pour entrer au Ciel; être pauvre n'est pas une vertu, et pas davantage le fait d'être malheureux. L'essentiel est la bonne volonté et l'amour de Dieu; non les circonstances extérieures. Nous avons déjà vu le cas de l'ermite qui, à force de mortifications et de solitude, s'est disqualifié pour le Ciel et a dû renoncer à en jouir. Dans le *Traité de l'amour conjugal,* qui parut en 1768, Swedenborg dit que sur terre un mariage n'est jamais parfait parce que chez l'homme prime la raison et chez la femme la volonté. Au Ciel, l'homme et la femme qui se sont aimés forment un seul ange.

Dans l'*Apocalypse,* qui est l'un des livres canoniques du Nouveau Testament, saint Jean le théologien parle d'une Jérusalem céleste; Swedenborg étend cette idée à d'autres grandes villes. Ainsi dans *Vera Christiana religio* (1771), il écrit qu'il y a deux Londres ultra-terrestres. A leur mort, les hommes ne perdent pas leurs caractères. Les Anglais conservent leur intime lumière intellectuelle et leur respect de l'autorité; les Hollandais continuent à faire du commerce; les Allemands sont, comme d'habitude, embarrassés de livres et quand on leur pose une question, ils consultent le volume adéquat avant de répondre. Les Musulmans présentent le cas le plus curieux de tous. Etant donné que dans leurs âmes les concepts de Mahomet et de la religion sont inextricablement liés, Dieu les dote d'un ange qui feint d'être Mahomet et qui leur enseigne la foi. Cet ange n'est pas toujours le même. Il arriva au véritable Mahomet de surgir une fois devant la communauté des fidèles et il put articuler ces mots : « Je suis votre Mahomet. » Aussitôt il noircit et replongea dans les enfers.

Dans le monde spirituel il n'y a pas d'hypocrites ; chacun est ce qu'il est. Un esprit malin chargea Swedenborg d'écrire que le plaisir des démons est dans l'exercice de l'adultère, du vol, de l'escroquerie et du mensonge, et qu'ils trouvaient également exquise la puanteur des excréments et des cadavres. J'abrège le passage ; le lecteur curieux peut consulter la page finale du traité *Sapientia Angelica de Divina Providencia* (1764).

A la différence de ce que rapportent d'autres visionnaires, le Ciel de Swedenborg est plus précis que la terre. Les formes, les choses, les structures et les couleurs y sont plus complexes et plus vivantes.

Dans l'esprit des Evangiles, le salut est un processus éthique. Il est fondamental d'être juste ; on y exalte aussi l'humilité, la misère et le malheur. A l'obligation d'être juste, Swedenborg en ajoute une autre, qu'aucun théologien n'a mentionnée avant lui : celle d'être intelligent. Rappelons-nous encore une fois l'ascète, obligé de reconnaître qu'il n'était pas digne de converser théologiquement avec les anges. (Les innombrables cieux de Swedenborg sont pleins d'amour et de théologie.) Quand Blake écrit *L'idiot n'entrera pas dans la Gloire, aussi saint soit-il* ou *Dépouillez la sainteté et revêtez-vous d'intelligence,* il ne fait pas autre chose que convertir en laconiques épigrammes la pensée discursive de Swedenborg. Blake à son tour affirme que l'intelligence et la droiture ne suffisent pas et que le salut de l'homme exige une troisième condition : celle d'être artiste. Jésus-Christ en fut un, lui qui enseigna au moyen de paraboles et de métaphores, et non par des raisonnements abstraits.

J'essaierai maintenant, non sans quelque réticence, d'esquisser, au moins de façon partielle et rudimentaire, la théorie des correspondances qui constitue pour bien des personnes le centre du thème que nous étudions. On pensait au Moyen Age que le Seigneur avait écrit deux livres : celui que nous appelons la *Bible* et celui que nous appelons l'univers. Notre devoir était de les interpréter. Swedenborg commença, je suppose, par faire l'exégèse du premier. Il présuma que chaque mot de l'Ecriture avait un sens spirituel et il parvint à édifier un vaste système de significations cachées. Les pierres, par exemple, représentent les vérités naturelles ; les pierres précieuses, les vérités spirituelles ; les astres, la connaissance divine ; le cheval, la compréhension droite de l'Ecriture, mais aussi sa déviation par des sophismes ; l'Abomination de la Désolation, la Trinité ; l'abîme, Dieu ou l'Enfer, etc. (Ceux qui désireraient poursuivre cette étude peuvent se reporter au *Dictionary of Correspondences,* publié en 1962, qui analyse plus de cinq mille mots des textes sacrés.) De la lecture symbolique de la Bible, Swedenborg serait passé à la lecture symbolique de l'univers et de nous-mêmes. Le soleil du ciel est un reflet du soleil spirituel qui, à son tour, est une image de Dieu ; il n'est aucun être sur terre qui puisse vivre sans l'influx constant de la divinité. Les choses les plus infimes, écrira De Quincey qui connaissait bien l'œuvre de Swedenborg, sont les miroirs secrets des plus grandes. L'histoire universelle, écrira à son tour Carlyle, est un texte qu'il nous faut continuellement lire et écrire et dans lequel notre propre destin s'inscrit lui aussi. Cette surprenante intuition que nous sommes les chiffres et les symboles d'une cryptographie divine, dont nous ignorons le sens véritable, abonde dans les ouvrages de Léon Bloy et les Kabbalistes la connurent.

La théorie des correspondances m'a amené à parler de la Kabbale. Autant que je sache ou que je me souvienne, personne à ce jour n'a jamais étudié leurs affinités secrètes. Au premier chapitre de la Genèse, on lit que Dieu créa l'homme à son image et ressemblance. Cette affirmation implique que Dieu a la figure d'un homme. Les Kabbalistes qui au Moyen Age compilèrent le *Livre de la Splendeur* déclarent que les dix émanations ou *sefiroth,* dont la source est l'ineffable divinité, peuvent se concevoir sous la forme d'un Arbre ou d'un Homme, l'Homme Primordial, l'Adam Kadmon. Si toutes les choses existent en Dieu, toutes les choses existeront chez l'homme, qui est son reflet terrestre. Ainsi Swedenborg et la Kabbale en viennent au concept du microcosme, c'est-à-dire de l'homme qui est un reflet ou un résumé de l'univers. Selon Swedenborg l'Enfer et le Ciel sont dans l'homme, lequel porte donc en lui planètes, montagnes, océans, continents, minéraux, arbres, herbes, fleurs, chardons, animaux, reptiles, oiseaux, poissons, outils, villes et édifices.

En 1758, Swedenborg annonça qu'il avait été témoin du Jugement universel qui avait eu lieu dans le monde des esprits à la date précise où la foi s'était éteinte dans toutes les églises. Ce déclin avait commencé à la fondation de l'Eglise de Rome. La réforme entreprise par Luther et imaginée par Wyclif était imparfaite et souvent hérétique. Un autre Jugement dernier a lieu aussi à la mort de chaque homme et il s'applique à l'ensemble de toute la vie qu'il a vécue.

Le 29 mars 1772, Emmanuel Swedenborg mourut à Londres, la ville qu'il aimait tant, la ville où Dieu l'avait chargé, un soir, de la mission qui devait faire de lui un être unique entre tous les hommes. Quelques témoignages subsistent de ses derniers jours, à propos de son vêtement démodé de velours noir et d'une épée au pommeau de forme étrange. Son style de vie était austère ; le café, le lait et le pain constituaient son alimentation. A toute heure du jour ou de la nuit, ses serviteurs l'entendaient marcher dans sa chambre, parlant avec ses anges.

Aux alentours de 1960 j'ai écrit ce sonnet :

EMANUEL SWEDENBORG

Más alto que los otros, caminaba
Aquel hombre lejano entre los hombres ;
Apenas si llamaba por sus nombres
Secretos a los ángeles. Miraba
Lo que no ven los ojos terrenales ;
La ardiente geometría, el cristalino
Laberinto de Dios y el remolino
Sórdido de los goces infernales.
Sabía que la Gloria y el Averno
En tu alma están y sus mitologías ;
Sabía, como el griego, que los días
Del tiempo son espejos del Eterno.
En árido latín fue registrando
Últimas cosas sin por qué ni cuándo[1].

1. Plus haut que les autres, marchait
Cet homme lointain parmi les hommes ;
A peine s'il n'appelait pas par leur nom
Secret les anges. Il voyait
Ce que ne voient pas les yeux terrestres :
L'ardente géométrie, le cristallin
Labyrinthe de Dieu et le remous
Sordide des jouissances infernales.
Il savait que la Gloire et l'Averne
Dans ton âme existent avec leurs mythologies ;
Il savait, comme le Grec, que les jours du temps sont miroirs de l'Eternel.
En un latin aride il consigna
Ses choses ultimes sans pourquoi ni quand.

PAUL VALÉRY

Le Cimetière marin

(1932)

Aucun problème n'est aussi essentiellement lié aux lettres et à leur modeste mystère que celui posé par la traduction. L'écrit original dissimule des omissions volontaires, une certaine vanité, une crainte de laisser deviner des processus de pensée que nous sentons dangereusement banals, un désir de conserver intacte au cœur de l'œuvre une infinie réserve d'ombre. La traduction, par contre, semble destinée à éclairer la discussion esthétique. Le modèle qu'on lui propose d'imiter est un texte évident, non pas un labyrinthe indistinct de projets abandonnés ni la tentation de facilité à laquelle on a momentanément succombé. Bertrand Russell prétend qu'un objet extérieur est comme un irradiant système circulaire d'impressions possibles ; on peut dire la même chose d'un texte, étant donné les répercussions innombrables des mots. Un précieux exemple des transformations partielles que peut subir un texte nous est fourni par ses traductions. Les nombreuses versions de l'*Iliade,* depuis Chapman jusqu'à Magnien, sont-elles autre chose que les diverses perspectives d'un fait mobile, qu'une incessante loterie expérimentale d'omissions et d'emphases ? Il n'est pas essentiellement nécessaire de changer de langue pour cela ; ce jeu délibéré d'un esprit attentif n'est pas impossible dans les limites d'une même littérature. Etablir au départ que toute nouvelle combinaison d'éléments est obligatoirement inférieure au texte original, c'est établir au départ que le brouillon 9 est obligatoirement inférieur au brouillon H — étant donné qu'il n'y a en fait que des brouillons. L'idée qu'un texte peut être *définitif* relève de la religion ou de la fatigue.

La croyance superstitieuse à l'infériorité obligatoire des traductions — qu'on exprime couramment par l'adage italien bien connu — procède d'une expérience distraite. Il n'y a pas de bon texte qui ne s'affirme indiscutable et solide si on le pratique un nombre de fois suffisant. Hume, on le sait, voulut identifier l'idée de causalité à celle de succession invariable [1]. Un film médiocre est ainsi, de façon consolante, meilleur quand nous le voyons pour la deuxième fois, à cause du caractère rigoureusement inéluctable qu'il revêt alors. Avec les livres célèbres, la première lecture est déjà la deuxième, car nous les abordons en les connaissant déjà. La très juste expression courante : *relire les classiques,* reflète naïvement une vérité. Je ne sais désormais plus si l'information : *En un lugar de la Mancha, de cuyo nombre no quiero acordarme, no ha mucho tiempo que vivía un hidalgo de los de lanza en astillero, adarga antigua, rocín flaco y galgo corredor* [2], est bonne aux yeux d'une divinité impartiale ; je sais seulement que toute modification serait sacrilège et que je ne puis concevoir

1. L'un des noms arabes du coq est Père de l'aube, comme si celle-ci était engendrée par le cri qui l'a précédée.

2. Dans une bourgade de la Manche, dont je ne veux pas me rappeler le nom, vivait, il n'y a pas longtemps, un hidalgo, de ceux qui ont lance au râtelier, rondache antique, bidet maigre et lévrier de chasse. (Trad. Louis Viardot.)

un autre début du *Quichotte*. Je crois que Cervantes se passait de ce genre de superstition et peut-être n'aurait-il pas même reconnu ce passage. Mais nous, nous ne pouvons que repousser toute modification. J'invite néanmoins le simple lecteur sud-américain — *mon semblable, mon frère*[1] — à répéter à satiété la cinquième strophe du texte espagnol, pour reconnaître que le vers original de Néstor Ibarra :

La pérdida en rumor de la ribera

est inégalable, et que son imitation par Valéry :

Le changement des rives en rumeur,

ne parvient pas à rendre intégralement toute sa saveur latine. Soutenir trop énergiquement le contraire, c'est renier l'idéologie de Valéry en faveur de l'homme temporel qui la formula.

Des trois versions espagnoles celle-ci est la seule qui se soit pliée aux rigueurs métriques de l'original. Sans d'autres libertés que le recours à quelques inversions — que Valéry ne dédaigna pas lui non plus — elle sait rendre avec bonheur l'équivalent de son illustre modèle. Je tiens à citer l'avant-dernière strophe, qui se résout d'une façon exemplaire :

¡ Si ! Delirante mar, piel de pantera,
Peplo que une miríade agujera
De imágenes del sol, hidra infinita
Que de su carne azul se embriaga y pierde,

1. En français dans le texte.

Y que la cola espléndida se muerde
En un tumulto que al silencio imita[1] !

Imágenes est l'équivalent étymologique d'idoles ; *espléndida* d'étincelante.

J'en viens maintenant au poème lui-même. Le louer serait un exercice inutile ; lui trouver des défauts, de l'ingratitude ou de l'aberration. Cependant je me risquerai à dénoncer ce que je ne puis m'empêcher de considérer comme le défaut de cet immense diamant. Je veux parler de l'intrusion du romanesque. Les vains détails circonstanciels sur lesquels s'achève le poème — la ponctuelle entrée en scène du vent, les feuillets qui en l'acceptant s'agitent et se mélangent, l'apostrophe adressée aux vagues, les focs picoreurs, le livre — visent à le rendre inutilement crédible. Des soliloques de caractère dramatique — ceux de Browning, celui de *Saint Simeon Stylite* de Tennyson — requièrent de semblables détails, non point le contemplatif *Cimetière* pour lequel la référence à un interlocuteur déterminé, dans un espace déterminé, sous un ciel déterminé, est conventionnelle. Certains affirment que ces traits ont une valeur symbolique : artifice aussi vulnérable que celui de la tempête extérieure qui prolonge, au troisième acte du *Roi Lear*, la folie sermonneuse du roi.

Dans sa vision de la mort, Valéry semble condescendre un moment à réagir d'une façon que nous pourrions qualifier d'espagnole ; non qu'elle soit exclusive-

1. Oui ! Grande mer de délires douée
Peau de panthère et chlamyde trouée
De mille et mille idoles du soleil.
Hydre absolue, ivre de ta chair bleue,
Qui te remords l'étincelante queue
Dans un tumulte au silence pareil.

ment propre à l'Espagne — on la retrouve dans toutes les littératures — mais parce qu'elle est bien le thème unique de la poésie hispanique.

Les cris aigus des filles chatouillées,
Les yeux, les dents, les paupières mouillées,
Le sein charmant qui joue avec le feu,
Le sang qui brille aux lèvres qui se rendent,
Les derniers dons, les doigts qui les défendent,
Tout va sous terre et rentre dans le jeu !

L'identification pourtant n'est pas totale : Valéry déplore la disparition de certaines manifestations tendres et érotiques ; l'espagnol, lui, se laisse aller à regretter de simples amphithéâtres d'Italica, des Infants d'Aragon, des enseignes grecques, des régiments d'Alcazarquivir, des murailles de Rome, le tombeau de la reine notre Haute Dame Marguerite et autres merveilles purement officielles. Puis vient la dix-septième strophe sur le thème primordial — l'idée de la mort — avec une tranquille interrogation sur le mode ancien :

Chanterez-vous quand serez vaporeuse ?

non moins délicate, mémorable et attendrie que celle de Publius Adrianus :

Animula vagula blandula...

Cette perplexité est propre à tous les hommes. Une ignorance spéculative est notre lot commun et si les inventions et les trépieds des sociétés spirites méritaient d'attirer l'improbable attention des morts, la littérature aurait à déplorer la perte de cette ténèbre si intéressante et si belle qui est le seul honneur que nous puissions revendiquer. D'où le fait que les certitudes juridiques de la foi, avec son brutal partage entre condamnation et gloire, ne sont pas moins contraires à la poésie qu'un athéisme impartial. La poésie chrétienne se nourrit de notre incrédulité émerveillée, de notre désir de croire que quelqu'un ne doute pas d'elle. Ses militants — Claudel, Hilaire Belloc, Chesterton — partagent notre étonnement ; ils ont dramatisé les réactions imaginaires de cet étrange personnage capable d'exister, un catholique, et ils ont fini par être supplantés par leur propre spectre vocal. Ils sont catholiques comme Hegel fut l'Absolu. Ils projettent leurs fictions sur la mort, la sachant secrète, et elle leur dispense des énigmes et des abîmes. Dante, qui ignorait notre ignorance, dut s'en tenir au romanesque, aux variations extraordinaires du destin. Il ne s'attacha fermement qu'à la seule certitude ; il ne connut ni l'espérance ni le refus. Il ignora la propice incertitude : celle de saint Paul, celle de Sir Thomas Browne, celle de Whitman, celle de Baudelaire, celle d'Unamuno, celle de Paul Valéry.

MARÍA ESTHER VÁZQUEZ

Les Noms de la mort

(1964)

Imaginer que l'étymologie renferme d'occultes et précieuses vérités est une erreur notoire, car les mots sont des symboles fortuits et variables ; mais il ne laisse pas d'être significatif que nous parlions de conter une histoire et de compter jusqu'à mille [1]. Dans toutes les langues que je connais, on emploie le même verbe ou des verbes de même racine pour l'action de narrer et celle d'énumérer ; cette identité nous rappelle que ces deux actions se déroulent dans une durée de temps dont les parties se succèdent. La littérature de notre siècle oublie généralement ce fait patent. Le mot de conte est appliqué à n'importe quelle présentation d'états mentaux ou d'impressions physiques ; on mélange délibérément, pour la plus grande perplexité du lecteur, les données du présent et celles fournies par la mémoire. On oublie de même que le mot écrit procède de la parole et cherche à provoquer les mêmes enchantements. La plus indéniable qualité des contes qui composent ce volume est qu'ils sont véritablement des contes, au sens premier de ce mot.

1. La langue espagnole a le même verbe (*contar*) pour signifier conter et compter. Ces deux verbes en français ont la même étymologie. *(N.d.T.)*

Edgar Allan Poe soutenait que tout conte devait être écrit en fonction de son dernier paragraphe ou même de sa dernière ligne ; cette exigence est peut-être exagérée, mais cette exagération résume un fait indéniable. Cela revient à dire qu'un dénouement fixé à l'avance doit ordonner le déroulement de la fable. Comme le lecteur de nos jours est aussi un critique, un homme qui connaît, et prévoit, les artifices littéraires, le conte devra comporter deux sujets : l'un, factice, vaguement esquissé, et l'autre, le véritable, qui demeurera secret jusqu'à la fin. Les nouvelles de ce recueil ne sont ni ne veulent être policières, mais on trouve en elles la rigueur, le jeu de surprise et de suspense que le récit policier a projetés sur le roman et la nouvelle.

Le thème de l'identité personnelle ou, plutôt, les possibilités littéraires du thème de l'identité personnelle a inspiré les plus beaux récits de ce volume. Dans deux d'entre eux (que je ne mentionnerai pas avec plus de précision pour ne pas gâcher le plaisir du lecteur) le « je » narratif correspond à un personnage historique ; dans un autre, nous croyons être en présence d'un sujet tout à fait banal mais nous constatons ensuite que cette banalité n'exclut ni la violence ni l'action coupable, comme il arrive si souvent dans la réalité des rapports humains. Dans les trois exemples que j'ai signalés la réussite est complète ; elle vient d'un double et délicat travail d'insinuation partielle et d'occultation mené de telle sorte que personne, avant d'être très près de la fin, ne pourra soupçonner l'identité secrète de celui qui parle. Et c'est alors la révélation finale, aussi surprenante que nécessaire et vers laquelle, comme le demande la règle esthétique de Poe, a tendu tout le récit. Le fait psychologique qui amène habituellement le lecteur à s'identifier avec le protagoniste, surtout quand le récit est à la première personne, donne à cette révélation un caractère quelque peu magique ; c'est comme si on nous révélait brusquement, ou comme si nous étions persuadés un instant que nous sommes tel ou tel personnage célèbre. Dans certains récits, le sujet pouvait paraître exiger l'emploi d'une langue archaïque ; cet archaïsme, qui aurait donné à l'histoire un air pédant et froid, a été heureusement évité.

Il y a des années que María Esther Vázquez m'honore, me réjouit et d'une certaine façon me rajeunit de sa lumineuse amitié ; j'ai pu constater, au cours de ces années, sa grande et vive curiosité littéraire qui aborde les plus diverses régions de la géographie et les plus différentes époques de l'histoire, sans tomber dans la vénération systématique de tout ce qui est ancien ou de tout ce qui est contemporain. A ses vertus intrinsèques, ce livre ajoute celle d'annoncer un livre de vers dont j'ai eu le privilège de lire et de relire le manuscrit et qui comporte certains sonnets que, pour répéter la phrase de Milton, les générations futures ne se résigneront pas à oublier. Personne n'ignore que la littérature commence par la poésie ; le vers est antérieur à la prose et il est naturel que celle-ci ait tendance, peut-être sans le savoir ni le vouloir, à remonter à sa source. Il n'y a pas un seul des contes de *Los nombres de la muerte* (Les noms de la mort) qui ne relève un peu, ou beaucoup, de la poésie ; ils n'ont pas été écrits pour illustrer telle ou telle théorie littéraire ni pour susciter un débat, ils ont été dictés par une nécessité de l'esprit et pour la délectation du lecteur. Ce double but a été pleinement atteint.

Les nouvelles du recueil *Los nombres de la muerte* sont au nombre de quatorze ; dans chacune d'elles il y a un protagoniste qui ne ressemble en rien à nous autres et qui n'en est pas moins réel, dans le temps que crée la lecture.

La littérature actuelle se complaît aux facilités du chaos et de l'improvisation due au hasard ; de ce livre adroit et sensible, nous pouvons affirmer qu'il est classique, sans rien lui ôter de la passion, de l'imagination et de cette apparence d'éternité que doivent avoir toutes les créations de l'art.

María Esther Vázquez a ressenti profondément l'énigme de la mort, présente au cœur de toute chose, et chacune de ses nouvelles illustre une des formes inépuisables de ce guet quotidien.

WALT WHITMAN

Feuilles d'herbe

(1969)

Quand on passe de l'éblouissement et du vertige de *Feuilles d'herbe* à la lecture laborieuse de l'une quelconque des pieuses biographies consacrées à leur auteur, on se sent toujours frustré. Dans la grisaille et la médiocrité des pages dont je parle, on cherche le vagabond semi-divin que révélèrent les poèmes et on s'étonne de ne pas l'y trouver. Telles du moins ont été mon impression personnelle et celle de tous mes amis. Un des buts de cette préface est d'expliquer ou de tenter d'expliquer cette surprenante discordance.

Deux livres remarquables furent publiés à New York en 1855, tous deux de caractère expérimental, et très différents l'un de l'autre. Le premier, immédiatement célèbre et aujourd'hui confiné dans les anthologies scolaires ou offert à la seule curiosité des érudits et des enfants, était le *Hiawatha* de Longfellow. Cet auteur voulut écrire, en anglais, l'épopée prophétique et mythologique des Peaux-Rouges qui avaient habité la Nouvelle-Angleterre. Outre l'emploi d'un mètre qui ne rappelât pas les mètres habituels et qui pût passer pour aborigène, il s'inspira du *Kalevala* finlandais qu'avait forgé — ou reconstruit — Elias Lönrot.

L'autre livre, passé alors inaperçu et aujourd'hui immortel, était *Feuilles d'herbe*.

J'ai dit que ces deux livres étaient différents. Ils le sont indéniablement. *Hiawatha* est l'œuvre réfléchie d'un bon poète qui a exploré les bibliothèques et qui ne manque ni d'imagination ni d'oreille ; *Feuilles d'herbe* est la révélation insolite d'un homme de génie. Les différences sont si évidentes qu'on n'arrive pas à croire que les deux ouvrages aient été contemporains. Un fait, cependant, les unit : tous deux sont des épopées américaines.

L'Amérique était alors le symbole fameux d'un idéal, maintenant quelque peu galvaudé par l'abus du recours aux urnes électorales et par les excès de l'éloquence rhétorique, bien que des millions d'hommes aient versé et continuent de verser leur sang pour cet idéal. Le monde entier avait les yeux fixés sur l'Amérique et son « athlétique démocratie ». Parmi d'innombrables témoignages, qu'il me suffise pour l'instant de rappeler au lecteur l'une des épigrammes de Goethe : *Amerika, du hast es besser*... Sous l'influence d'Emerson, qui en un certain sens fut toujours son maître, Whitman s'imposa la tâche d'écrire une épopée de cet événement historique nouveau : la démocratie américaine. N'oublions pas que la première des révolutions de notre temps, celle qui inspira la révolution française et les nôtres, fut celle de l'Amérique et qu'elle eut pour doctrine la démocratie.

Comment chanter dignement cette nouvelle foi des hommes ? Une solution s'imposait, celle que presque tout autre écrivain aurait choisie, tenté par les facilités de la rhétorique ou par le simple principe d'inertie : tisser laborieusement une ode ou peut-être une allégorie riche en invocations sonores et en majuscules. Whitman, heureusement, l'écarta.

Il pensa que la démocratie était un fait nouveau et que son exaltation requérait un procédé non moins nouveau.

J'ai parlé d'épopée. En chacun des modèles illustres que le jeune Whitman connaissait et qu'il qualifia de féodaux, il y a un personnage central — Achille, Ulysse, Enée, Roland, le Cid, Siegfried, le Christ — dont la stature est supérieure à celle des autres, qui ne sont que ses humbles sujets. Cette primauté du héros, pensa Whitman, correspond à un monde aboli ou que nous voulons abolir, celui de l'aristocratie. Mon épopée ne peut suivre ce modèle ; elle doit être plurielle, elle doit déclarer ou présupposer l'incomparable égalité absolue de tous les hommes. Une telle détermination semble devoir conduire fatalement à un informe fatras ; Whitman, qui était un homme de génie, évita ce risque avec une prodigieuse habileté. Il réalisa avec bonheur l'expérience la plus audacieuse et la plus ambitieuse que l'histoire de la littérature ait enregistrée.

Parler d'expériences littéraires c'est parler de tentatives qui ont échoué plus ou moins glorieusement, comme les *Soledades* de Góngora ou l'œuvre de Joyce. L'expérience de Whitman a si bien réussi que nous en arrivons à oublier que c'était une expérience.

Quelque part dans son livre, Whitman évoque les toiles médiévales à nombreux personnages, dont certains, avec une auréole, figurent des êtres supérieurs aux autres, et il déclare qu'il se propose de peindre une toile infinie, peuplée d'un nombre infini de personnages dont chacun aura son auréole. Comment accomplir une semblable prouesse ? Whitman, aussi incroyable que cela paraisse, y parvint.

Il lui fallait, comme à Byron, un héros, mais le sien, symbole de la démocratie multiple, devait forcément être innombrable et avoir le don d'ubiquité, comme le Dieu diffus de Spinoza. Il élabora une créature étrange que nous n'avons pas fini de comprendre et à laquelle il donna le nom de Walt Whitman. Cette créature a une nature double : c'est le modeste journaliste Walter Whitman, originaire de Long Island, qu'un ami pressé pouvait saluer au passage sur les trottoirs de Manhattan, et c'est également cet autre homme que le premier aurait voulu être et ne fut pas, un homme vivant pour l'aventure et pour l'amour, indolent, courageux, insouciant, parcourant de part en part toute l'Amérique. C'est ainsi qu'on lit dans un passage de l'ouvrage que Whitman est né dans Long Island et à d'autres passages, dans le Sud. C'est ainsi que dans l'un des poèmes les plus autobiographiques du *Chant de moi-même* il rapporte un épisode héroïque de la guerre du Mexique et il dit l'avoir entendu raconter au Texas, où il n'alla jamais. C'est ainsi qu'il déclare avoir été témoin de l'exécution de l'abolitionniste John Brown. Il serait lassant de citer plus d'exemples ; il n'y a pratiquement pas de page où ne soient confondus le Whitman de sa simple biographie et le Whitman qu'il souhaitait être et qu'il est devenu maintenant dans l'imagination et la sensibilité des générations humaines.

Whitman était déjà pluriel ; l'auteur décida qu'il serait infini. Il fit du héros de *Feuilles d'herbe* une trinité ; il lui adjoignit un troisième personnage, le lecteur, le changeant et successif lecteur. Celui-ci ne cesse de s'identifier au protagoniste de l'œuvre ; lire *Macbeth* c'est d'une certaine façon être Macbeth ; un livre de Victor Hugo s'intitule *Victor Hugo par un témoin de sa vie* ; Walt Whitman fut, semble-t-il, le premier à utiliser jusqu'au bout, jusqu'au bout interminable et complexe, cette identification momentanée. Il eut

d'abord recours au dialogue ; le lecteur converse avec le poète et il lui demande ce qu'il voit et ce qu'il entend, ou bien il lui confie la tristesse qu'il éprouve pour ne l'avoir point connu et aimé. Whitman répond à ses questions :
« Je vois le gaucho qui parcourt les plaines, je vois l'incomparable cavalier le lasso à la main, je vois sur la pampa la poursuite des troupeaux sauvages. »

Et encore :

« Ces pensées sont en fait celles de tous les hommes à toutes les époques et dans tous les pays, elles ne me sont pas particulières,
Si elles ne sont vôtres aussi bien que miennes, elles ne sont rien ou à peu près rien,
Si elles ne sont pas l'énigme et la solution de l'énigme, elles ne sont rien.
Voici l'herbe qui pousse partout où il y a de la terre et partout où il y a de l'eau,
Voici l'air commun à tous qui baigne le globe. »

Innombrables sont ceux qui ont imité avec plus ou moins de succès le ton de Whitman : Sandburg, Lee Masters, Maïakovski, Neruda... Personne, sauf l'auteur de l'inextricable et à coup sûr illisible *Finnegans Wake,* ne s'est risqué après lui à créer un personnage multiple. Whitman, j'insiste sur ce fait, est à la fois l'homme modeste qui vécut de 1819 à 1892 et celui qu'il aurait voulu être sans y parvenir, et aussi chacun de nous, et chacun de ceux qui peupleront la planète.

Mon hypothèse d'un triple Whitman, héros de son épopée, ne se propose pas le but insensé d'annuler, ou de diminuer en quoi que ce soit ce qu'a de prodigieux son œuvre. Bien au contraire, elle veut l'exalter. Inventer un personnage double et triple et à la longue infini, cela aurait pu être l'ambition d'un homme de lettres simplement ingénieux ; mener à bien cette entreprise est la prouesse inégalée de Whitman. Dans une discussion littéraire sur la généalogie de l'art, sur les diverses influences de l'éducation, de la race et du milieu ambiant, le peintre Whistler se limita à dire : « *Art happens* », ce qui revient à admettre que le fait esthétique est, par essence, inexplicable. Ainsi le comprirent les Hébreux, qui parlaient de l'Esprit ; ainsi les Grecs, qui invoquaient la muse.

Quant à ma traduction... Paul Valéry a écrit que personne comme l'artisan d'une œuvre ne connaît à fond ses déficiences ; malgré la superstition commerciale qui veut que le traducteur le plus récent laisse toujours très en arrière ses prédécesseurs ineptes, je ne me risquerai pas à déclarer que ma traduction soit supérieure aux autres. Je n'ai pas négligé ces dernières, d'ailleurs ; j'ai consulté avec fruit celle de Francisco Alexander (Quito, 1956), qui continue à me sembler la meilleure, bien qu'elle soit par endroits trop littérale, sans doute par révérence ou à cause d'un recours abusif au dictionnaire anglais-espagnol.

La langue de Whitman est une langue contemporaine ; des centaines d'années passeront avant qu'elle soit une langue morte. On pourra alors la traduire et la recréer en toute liberté, comme le fit Jáuregui avec *La Pharsale,* ou Chapman, Pope et Lawrence avec *L'Odyssée*. En attendant, je ne vois d'autre possibilité qu'une version comme la mienne, qui oscille entre l'interprétation personnelle et la rigueur résignée.

Un fait me réconforte. Je me souviens d'avoir assisté, il y a de cela des années, à une représentation de *Macbeth* ; la traduction était aussi médiocre que les acteurs et que le décor peinturluré, mais je sortis de là brisé de passion tragique. Shakespeare s'était frayé un passage ; Whitman en fera autant.

Le Livre des rêves[1]

(1975)

Dans un essai du *Spectator* (septembre 1712) repris dans cet ouvrage, Joseph Addison observait que l'âme humaine, quand elle rêve, débarrassée du corps, est à la fois le théâtre, les acteurs et le public. On pourrait ajouter qu'elle est aussi l'auteur de la fable à laquelle elle assiste. Il y a des passages qui développent la même idée chez Pétrone et chez Góngora.

Une lecture littérale de la métaphore d'Addison pourrait nous mener à la thèse, dangereusement séduisante, que les rêves constituent le plus ancien et cependant le plus complexe des genres littéraires. Cette thèse curieuse, que nous approuvons volontiers car elle ne gêne en rien la composition de cette préface ni la lecture des textes qui suivent, pourrait justifier une histoire générale des rêves et de leur influence sur les lettres. Le présent ouvrage, composé d'un mélange de textes choisis pour le délassement du lecteur curieux, pourrait fournir certains matériaux. Cette histoire hypothétique explorerait l'évolution et la ramification de ce genre si ancien, depuis les songes prophétiques de l'Orient jusqu'à ceux, allégoriques et

1. Anthologie de textes oniriques rassemblés par J. L. Borges.

satiriques, du Moyen Age et jusqu'aux pures inventions de Lewis Carroll et de Franz Kafka. On y établirait, bien entendu, une distinction entre les rêves inventés par le sommeil et les rêves inventés par la veille.

Ce livre de rêves, que les lecteurs rêveront à leur tour, englobe des rêves nocturnes — ceux que je signe, par exemple —, des rêves diurnes, qui sont un exercice volontaire de notre imagination, et d'autres d'origine oubliée : disons par exemple le rêve anglo-saxon de la Croix.

Le sixième livre de L'*Enéide* reprend une tradition de L'*Odyssée* et déclare qu'il y a deux portes divines par lesquelles nous arrivent les songes : celle d'ivoire, qui est celle des rêves fallacieux, et celle de corne, qui est celle des rêves prophétiques. Etant donné les matériaux choisis, il semblerait que le poète ait senti d'une manière obscure que les rêves qui anticipent l'avenir sont moins riches que les rêves fallacieux qui sont une invention spontanée de l'homme qui dort.

Il y a un type de rêve qui mérite particulièrement de retenir notre attention. Je veux parler du cauchemar, qui se dit en anglais *nightmare* ou jument de la nuit, mot qui suggéra à Victor Hugo la métaphore de « cheval noir de la nuit » mais qui, selon les étymologistes, veut dire fiction ou fable de la nuit. *Alp,* son nom allemand, évoque l'elfe ou l'incube qui opprime le dormeur et qui lui impose d'horribles images. *Ephialtes,* qui est le terme grec, procède d'une superstition analogue.

Coleridge écrivit que les images de la veille suscitent des sentiments, tandis que dans le sommeil les sentiments suscitent des images. (Quel fut le sentiment mystérieux et complexe qui lui aura dicté le Kubla Khan, qui fut le don d'un rêve ?) Si un tigre entrait dans notre chambre, nous aurions peur ; si nous avons peur en rêve, nous engendrons un tigre. Telle serait l'explication des visions qui nous alarment. J'ai dit un tigre mais étant donné que l'effroi précède l'apparition improvisée nous pouvons, pour le comprendre, projeter notre terreur sur une figure quelconque qui, dans la veille, n'est pas nécessairement terrifiante. Un buste de marbre, une cave, l'envers d'une monnaie, un miroir. Il n'y a pas dans l'univers une seule forme qui ne puisse se revêtir d'horreur. D'où, peut-être, la saveur particulière du cauchemar qui est très différente de l'épouvante ou des épouvantes que la réalité est capable de nous infliger. Les peuples germaniques semblent avoir été plus sensibles à cette menace imprécise du mal que les peuples de filiation latine ; rappelons-nous les mots intraduisibles *eery*, *weird*, *uncanny*, *unheimlich*. Chaque langue produit ce dont elle a besoin.

L'art de la nuit a envahi peu à peu l'art du jour. Cette invasion a duré des siècles ; le royaume dolent de la *Divine Comédie* n'est pas un cauchemar, sauf peut-être dans le Chant IV, qui donne une impression de malaise contenu ; c'est un lieu où il se passe des choses atroces. La leçon de la nuit n'a pas été facile. Les songes de l'Ecriture n'ont pas le style des rêves ; ce sont des prophéties qui mettent en œuvre d'une façon trop cohérente un mécanisme de métaphores. Les rêves de Quevedo semblent être l'œuvre d'un homme qui n'a jamais rêvé, comme ce peuple cimmérien mentionné par Pline. D'autres suivront. L'influence de la nuit et celle du jour seront réciproques ; Beckford et De Quincey, Henry James et Poe ont leurs racines dans le cauchemar et troublent souvent nos nuits. Il n'est pas improbable que les mythologies et les religions aient une origine analogue.

Je tiens à dire ici ma gratitude envers Roy Bartholomew, sans la studieuse ferveur de qui il m'eût été impossible de faire ce livre.

Buenos Aires, 27 octobre 1975.

BIBLIOGRAPHIE

1. PROSE ET POÉSIE D'ALMAFUERTE : *Prosa y poesía de Almafuerte.* Selección y prólogo de J.L.B. Buenos Aires, Eudeba, Serie del Siglo y Medio, 1962.
2. HILARIO ASCASUBI : *Paulino Lucero. Aniceto el Gallo. Santos Vega.* Selección y prólogo de J.L.B. Buenos Aires, Eudeba, Serie del Siglo y Medio, 1960.
3. ADOLFO BIOY CASARES : *La invención de Morel.* Prólogo de J.L.B. Buenos Aires, Editorial Losada, 1940.
   — *L'invention de Morel,* Laffont, 1973, trad. de l'espagnol par Armand Pierhal.
4. RAY BRADBURY : *Crónicas marcianas.* Prólogo de J.L.B. Buenos Aires, Ediciones Minotauro, 1955.
   — *Chroniques martiennes,* trad. Henri Robillot — Paris, Denoël, 1973 (Présence du futur).
5. ESTANISLAO DEL CAMPO : *Fausto.* Prólogo de J.L.B. Buenos Aires, Edicom S.A., 1969.
6. THOMAS CARLYLE : *Sartor Resartus.* Noticia preliminar de J.L.B. Buenos Aires, Emecé Editores, Biblioteca Emecé de Obras Universales, 1945.
   — *Sartor Resartus : la philosophie du vêtement.* Trad. : Louis Cazamian. Paris, Aubier-Montaigne, 1958.
7. THOMAS CARLYLE : *De los Héroes.* RALPH WALDO EMERSON : *Hombres representativos.* Traducción y estudio preliminar de J.L.B. Buenos Aires, W.M. Jackson Inc., Clásicos Jackson, 1949.

— Thomas Carlyle : *Les Héros : le culte des héros et l'héroïque dans l'histoire.* Trad. J.B.J. Izoulet-Loubatières — Paris, Armand-Colin, 1888.

— R. W. Emerson : *Hommes représentatifs,* trad. : Jean Izoulet et Firmin Roz — Paris, G. Grès, 1919.

8. VERSOS DE CARRIEGO. Selección y prólogo de J.L.B. Buenos Aires, Eudeba, Serie del Siglo y Medio, 1963.

   — *Evaristo Carriego,* par Jorge-Luis Borges, trad. de l'espagnol par Françoise-Marie Rosset, Editions du Seuil, 1970.

9. LEWIS CARROLL : *Obras,* tome II. Prólogo de J.L.B. Buenos Aires, Corregidor, 1975.

   — *Alice au pays des merveilles* et *Ce qu'Alice trouva de l'autre côté du miroir,* trad. Jacques Papy, Ed. Jean-Jacques Pauvert, 1961.

10. MIGUEL DE CERVANTES : *Novelas ejemplares.* Nota preliminar de J.L.B. Buenos Aires, Emece Editores, Clásicos Castellanos, 1946.

    — *Nouvelles exemplaires,* Pléiade 1949, Poche 1959, trad. : Jean Cassou — Gallimard 1969.

11. WILKIE COLLINS : *La piedra lunar.* Prólogo de J.L.B. Buenos Aires, Compania General Fabril Editores, 1971.

    — *La pierre de lune,* trad. Mme Gédéon de Clermont-Tonnerre. Editions de Saint-Clair, Neuilly s/Seine, 1977.

12. SANTIAGO DABOVE : *La muerte y su traje.* Prólogo de J.L.B. Buenos Aires, Editorial Alcántara, 1961.

13. MACEDONIO FERNÁNDEZ. Selección y prólogo de J.L.B. Buenos Aires, Ediciones Culturales Argentinas, Biblioteca del Sesquicentenario, 1961.

14. EL GAUCHO, Prefacio de J.L.B. Fotografías de René Burri. Texto de José Luis Lanuza. Buenos Aires, Muchnik Editores, 1968.

15. ALBERTO GERCHUNOFF : *Retorno a Don Quijote.* Prólogo de J.L.B. Buenos Aires, Editorial Sudamericana, 1951.

16. EDWARD GIBBON : *Páginas de historia y de autobiografía.* Selección y prólogo de J.L.B. Buenos Aires, Facultad de Filosofía y Letras, Departamento de Lenguas y Literaturas Modernas, 1961.

    — *Histoire du déclin et de la chute de l'Empire romain.* Trad. : Jacqueline Rémillet. Ed. David Morrice Low.

17. ROBERTO GODEL : *Nacimiento del fuego*. Prólogo de J.L.B. Buenos Aires, Francisco A. Colombo, 1932.

18. CARLOS M. GRÜNBERG : *Mester de judería*. Prólogo de J.L.B. Buenos Aires, Editorial Argiropolis, 1940.

19. FRANCIS BRET HARTE : *Bocetos californianos*. Nota preliminar de J.L.B. Buenos Aires, Emecé Editores, Biblioteca Emecé de Obras Universales, 1946.

20. PEDRO HENRÍQUEZ UREÑA : *Obra crítica*. Prólogo de J.L.B. México-Buenos Aires, Fondo de Cultura Economica, Biblioteca Americana, 1960.

21. JOSE HERNÁNDEZ : *Martín Fierro*, trad. de Paul Verdevoye, Paris, Nagel 1955.

22. JORGE LUIS BORGES : *El matrero*. Selección y prólogo de J.L.B. Buenos Aires, Edicom S.A., 1970.

23. HENRY JAMES : *La humillación de los Northmore*. Prólogo de J.L.B. Buenos Aires, Emecé Editores, Cuadernos de la Quimera, 1945.

— *L'humiliation des Northmore* in *Les Deux Visages*, trad. Diane de Margerie et F.X. Jaujard. Les Lettres Nouvelles, 1977.

24. FRANZ KAFKA : *La metamorfosis*. Traducción y prólogo de J.L.B. Buenos Aires, Editorial Losada, La Pajarita de Papel, 1938.

— *La métamorphose*, trad. de l'allemand par Alexandre Vialatte, Gallimard, Folio.

25. NORA LANGE : *La calle de la tarde*. Prólogo de J.L.B. Buenos Aires, Ediciones J. Samet, 1925.

26. LA MUERTE DE LEOPOLDO LUGONES, por Jorge Luis Borges, Cuadernos, Buenos Aires, 1963.

27. HERMAN MELVILLE : *Bartleby*. Traducción y prólogo de J.L.B. Buenos Aires, Emecé Editores, Cuadernos de la Quimera, 1944.

— *Bartleby*. Trad. Michèle Causse. 2e éd. Paris : Le Nouveau Commerce, 1976.

28. SILVINA OCAMPO : *El destino en las ventanas*.

— *Faits divers de la Terre et du Ciel*, trad. de l'espagnol par Françoise-Marie Rosset, Gallimard, 1974.

29. FRANCISCO DE QUEVEDO : *Prosa y verso*. Selección y notas de J.L.B. y Adolfo Bioy Casares. Prólogo de J.L.B. Buenos Aires, Emecé Editores, Clásicos Emecé, 1948.

— *Pablo de Ségovie* avec *Deux Songes* — Extraits de l'*Heure de tous*.
— Pages caractéristiques. Ed. Rencontre (littérature espagnole).

30. ATTILIO ROSSI : *Buenos Aires en tinta china*. Prólogo de J.L.B. Buenos Aires, Editorial Losada, Biblioteca Contemporanea, 1951.

31. DOMINGO F. SARMIENTO : *Recuerdos de provincia*. Prólogo y notas de J.L.B. Buenos Aires, Emecé Editores, Colección El Navío, 1944.
— *Souvenirs de province*. Trad. Gabrielle Cabrini, Nagel, 1955.

32. DOMINGO F. SARMIENTO : *Facundo*. Prólogo y notas de J.L.B. Buenos Aires, Librería « El Areneo » Editorial, Libros Fundamentales Comentados, 1974.
— *Facundo*. Trad. Marcel Bataillon. Paris. Institut international de coopération intellectuelle, 1934 (Collection Ibéro-Américaine).

33. MARCEL SCHWOB : *La cruzada de los niños*. Prólogo de J.L.B. Buenos Aires, Ediciones La Perdiz, 1949.
— *La Croisade des enfants*. Mercure de France.

34. WILLIAM SHAKESPEARE : *Macbeth*. Prólogo de J.L.B. Buenos Aires, Editorial Sudamericana, Colección Obras Maestras, Fondo Nacional de las Artes, 1970.
— *Macbeth* — Pléiade.

35. WILLIAM SHAND : *Ferment. Poems*. Prólogo de J.L.B. Buenos Aires, Ediciones Botella al Mar, 1950.

36. OLAF STAPLEDON : *Hacedor de estrellas*. Noticia preliminar de J.L.B. Buenos Aires, Ediciones Minotauro, 1965.
— *Le Faiseur d'étoiles*, trad. Brigitte André. Ed. Planète, 1966.

37. EMANUEL SWEDENBORG : *Mystical Works*. Prólogo de J.L.B. Nueva York, New Jerusalem Church. 1975.
— L'Amour vraiment conjugal — Swedenborg. Cercle 1974.
— Le Ciel et ses merveilles et l'Enfer — Swedenborg. Cercle 1973.
— La Sagesse des Anges — Swedenborg. Cercle 1976.

38. PAUL VALERY : *El cementerio marino*. Prefacio de J.L.B. Buenos Aires, Les Editions Schillinger, 1932.
— *Œuvres*. Gallimard.

39. MARÍA ESTHER VÁZQUEZ : *Los nombres de la muerte*. Prólogo de J.L.B. Buenos Aires, Emecé Editores, 1964.

40. WALT WHITMAN : *Hojas de hierba.* Selección, traducción y prólogo de J.L.B. Buenos Aires, Editorial Juarez, 1969.
— *Feuilles d'herbe,* trad. par Roger Asselineau, Ed. bilingue Aubier-Flammarion, 1972.

41. LIBRO DE SUEÑOS, prólogo de J.L.B. Buenos Aires, Torres Agüero editor, 1976.

Essai d'autobiographie

MA FAMILLE ET MON ENFANCE

Je ne saurais dire si mes premiers souvenirs remontent à la rive orientale ou à la rive occidentale du lent et boueux fleuve de la Plata, à Montevideo où nous passions de longues et paresseuses vacances dans la villa de mon oncle Francisco Haedo, ou à Buenos Aires, où je suis né, en plein centre de cette ville, en 1899, rue Tucumán, entre Suipacha et Esmeralda, dans une petite maison sans prétention appartenant à mes grands-parents paternels. Comme la plupart des maisons de cette époque, elle avait un toit en terrasse et un long vestibule d'entrée orné d'une arche, appelé le *zaguán* ; elle possédait une citerne, d'où nous tirions notre eau, et deux patios. Nous avons dû déménager assez rapidement pour aller habiter le faubourg de Palermo car c'est de là que datent mes premiers souvenirs d'une autre maison avec deux patios, un jardin équipé d'une haute éolienne et, de l'autre côté du jardin, un terrain vague. Palermo à cette époque — le Palermo où nous habitions, près des rues Serrano et Guatemala — était la banlieue pauvre de la ville et bien des habitants n'osant avouer qu'ils demeuraient là se bornaient à répondre qu'ils vivaient dans le nord de la ville. Nous logions dans l'une des rares maisons à deux étages de la rue ; le reste du voisinage se composait de maisons basses et de terrains vagues. J'ai souvent parlé de cet endroit comme d'un quartier sordide mais je ne donnais pas à ce mot le sens qu'a le mot *slum,* en Amérique. A Palermo vivaient des gens pauvres mais décents ainsi que des éléments beaucoup moins désirables. Il y avait aussi un Palermo de truands — que l'on appelait les *compadritos* — fameux par leurs rixes au couteau, mais ce Palermo-là n'a frappé mon imagination que plus tard, car on faisait tout à la maison pour que nous l'ignorions et l'on y parvenait fort bien. Ce n'était pas le cas pour notre voisin Evaristo Carriego qui, lui, se trouva ainsi être le premier poète argentin à exploiter les possibilités littéraires qui s'offraient là, à portée de la main. En ce qui me concerne je soupçonnais à peine l'existence des *compadritos* parce que je ne sortais pratiquement jamais de la maison.

Mon père Jorge Guillermo Borges était avocat. Philosophe anarchiste — disciple de Spencer — il enseignait en même temps la psychologie à l'Ecole Normale des Langues Modernes où il faisait ses cours en anglais, utilisant le petit livre de psychologie de William James. La connaissance de l'anglais qu'avait mon père venait du fait que sa mère, Fanny Haslam, était née dans le Staffordshire, d'une famille originaire du Northumberland. Un jeu de circonstances presque invraisemblables l'amenèrent en Amérique du Sud. La sœur aînée de Fanny Haslam épousa un ingénieur italien juif du nom de Jorge Suárez, qui introduisit en Argentine les premiers tramways tirés par des chevaux ; lui et sa femme s'établirent dans ce pays où ils firent venir Fanny. Je me souviens d'une anecdote concernant cet épisode. Suárez était un hôte du « palais » du général Urquiza, à Entre Ríos, et il commit la faute de gagner sa première partie de cartes avec le général, dictateur impitoyable de cette province, qui n'aurait pas hésité à faire trancher une gorge. La partie terminée, d'autres hôtes alarmés dirent à Suárez que s'il voulait obtenir l'autorisation de faire circuler ses tramways dans la province il était tenu de perdre tous les soirs une bonne quantité de pièces d'or au jeu. Urquiza était un si piètre joueur que Suárez eut toutes les peines du monde à perdre les sommes voulues.

C'est à Paraná, la capitale de la province d'Entre Ríos, que Fanny Haslam rencontra le colonel Francisco Borges. C'était en 1870 ou 1871, pendant le siège de la ville par les *montoneros,* la milice de *gauchos* de Ricardo López Jordán. Borges, chevauchant à la tête de son régiment, commandait les troupes qui défendaient la ville. Fanny Haslam le vit du haut du toit en terrasse de sa maison. Cette même nuit, il y eut un bal pour célébrer l'arrivée des forces libératrices du gouvernement. Fanny et le colonel se rencontrèrent, dansèrent ensemble, tombèrent amoureux l'un de l'autre et cela finit par un mariage.

Mon père était le cadet de deux fils. Il était né à Entre Ríos et avait coutume d'expliquer à ma grand-mère, une respectable dame anglaise, qu'il n'était pas réellement un citoyen d'Entre Ríos parce qu' « il avait été conçu dans la pampa ». Ma grand-mère rétorquait avec une réserve typiquement britannique : « Je ne sais vraiment pas ce que vous voulez dire. » Ce que disait mon père était cependant vrai, car mon grand-père au début des années 70 était en poste dans la pampa en tant que commandant en chef des frontières Nord et Ouest de la province de Buenos Aires. Etant enfant, j'ai entendu beaucoup d'histoires que Fanny Haslam me racontait au sujet de la vie aux frontières en ce temps-là. J'ai rapporté l'une d'elles dans mon *Histoire du guerrier et de la captive.* Ma grand-mère avait parlé à plusieurs chefs indiens dont les noms assez étranges étaient, je crois bien, Simón Coliqueo, Catriel, Pincén et Namuncurá. En 1874, au cours de l'une de nos guerres civiles, mon grand-père, le colonel Borges, trouva la mort. Il avait alors quarante et un ans. Dans les circonstances difficiles qui firent suite à sa défaite à la bataille de La Verde il allait, chevauchant lentement, vêtu d'un poncho blanc, suivi de dix ou douze de ses hommes, non loin des lignes ennemies d'où partirent les deux balles de Remington qui l'atteignirent. C'était la première fois que des carabines Remington étaient utilisées en Argentine. Je ne peux me défendre d'être frappé tous les matins en pensant que la marque du rasoir dont je me sers est la même que celle du fusil qui a tué mon grand-père.

Fanny Haslam lisait beaucoup. A quatre-vingts ans passés les gens lui disaient, croyant lui faire plaisir, qu'il n'y avait de nos jours aucun auteur pouvant rivaliser avec Dickens et Thackeray, et ma grand-mère de répondre : « A tout bien considérer je préfère encore Arnold Bennett, Galsworthy et Wells. » Quand elle mourut à l'âge de quatre-vingt-dix ans, en 1935, elle nous appela à son chevet et nous dit en anglais (elle parlait un espagnol courant mais pauvre) de sa voix fluette : « Je suis une vieille femme qui meurt, très très lentement. Il n'y a rien là d'extraordinaire ni d'intéressant. » Elle ne voyait pas la moindre raison pour que toute la maisonnée fût bouleversée et elle était confuse de prendre si longtemps pour mourir.

Mon père était très intelligent et, comme tous les

gens intelligents, très bon. Un jour il me dit de bien regarder les soldats, les uniformes, les casernes, les drapeaux, les églises, les prêtres et les boucheries, car tout cela allait bientôt disparaître et je pourrais ainsi raconter à mes enfants que j'avais vraiment vu tout cela. La prophétie ne s'est pas encore réalisée, malheureusement. Mon père était un homme si modeste qu'il aurait aimé être invisible. Bien qu'il fût très fier de son ascendance anglaise il avait coutume d'en plaisanter et disait d'un air faussement perplexe : « Après tout, les Anglais, qu'est-ce que c'est ? Un groupe de travailleurs agricoles allemands. » Shelley, Keats et Swinburne étaient ses idoles. Deux genres de lectures l'intéressaient. D'abord les livres de métaphysique et de psychologie (Berkeley, Hume, Royce et William James). En second lieu la littérature et les livres traitant de l'Orient (Lane, Burton et Payne). C'est lui qui me révéla le sens et la portée de la poésie — le fait que les mots ne sont pas seulement un moyen de communication mais aussi des symboles magiques et de la musique. Quand je récite maintenant des poèmes en anglais, ma mère me dit que j'ai ses mêmes intonations. C'est lui aussi qui — bien que je ne m'en rendisse pas compte — me donna mes premières leçons de philosophie. Quand j'étais encore tout petit, il m'expliqua, en se servant d'un échiquier, les paradoxes de Zénon — Achille et la tortue —, le vol immobile de la flèche et l'impossibilité du mouvement. Plus tard, sans mentionner le nom de Berkeley, il fit de son mieux pour m'enseigner les rudiments de l'idéalisme.

Ma mère, Leonor Acevedo de Borges, est d'une vieille souche argentine et uruguayenne et à quatre-vingt-quatorze ans elle est encore en parfaite santé, vaillante et bonne catholique. A l'époque de mon enfance, la religion était le domaine des femmes et des enfants. La plupart des hommes de Buenos Aires étaient libres penseurs — bien que, si on leur avait posé la question, ils eussent sans doute répondu qu'ils étaient catholiques. Je crois que j'ai hérité de ma mère la qualité qu'elle avait de toujours penser du bien d'autrui en son sens profond de l'amitié. Ma mère aimait pratiquer l'hospitalité. Du jour où elle apprit l'anglais avec mon père, elle n'a presque jamais lu autre chose que de l'anglais. Après la mort de mon père, ayant peine à fixer son esprit sur des textes imprimés, elle entreprit de traduire *The Human Comedy* de William Saroyan pour se concentrer sur une tâche. Cette traduction fut imprimée et la société arménienne de Buenos Aires l'en félicita. Plus tard, elle traduisit quelques contes d'Hawthorne et l'un des livres de Herbert Read sur l'art. Elle fit aussi des traductions de Melville, de Virginia Woolf et de Faulkner qu'on croit être de moi. Elle a toujours été pour moi un compagnon — spécialement durant ces dernières années, quand je suis devenu aveugle — et une amie pleine de compréhension et d'indulgence. Pendant des années et jusqu'à ces temps derniers, c'est elle qui s'est occupée de mon secrétariat, répondant aux lettres, lisant pour moi, écrivant sous ma dictée et aussi voyageant avec moi en de nombreuses occasions, tant dans mon pays qu'à l'étranger. C'est elle, bien que je n'y aie jamais pensé à l'époque, qui avec calme et efficacité a développé ma carrière littéraire.

Son grand-père était le colonel Isidoro Suárez qui, en 1824, à l'âge de vingt-quatre ans, conduisit la fameuse charge de la cavalerie péruvienne et colombienne grâce à laquelle la victoire changea de camp à la bataille de Junín au Pérou. Cette bataille fut l'avant-dernière de la guerre de l'Indépendance sud-américaine. Bien que Suárez fût le cousin issu de germain de Juan Manuel de Rosas, qui gouverna en dictateur l'Argentine de 1835 à 1852, il préféra l'exil et la pauvreté dans Montevideo à la vie sous une tyrannie à Buenos Aires. Ses domaines furent, bien entendu, confisqués et l'un de ses frères exécuté. Un autre membre de la famille de ma mère était Francisco de Laprida qui, en 1816 à Tucumán où il présidait le Congrès, déclara l'indépendance de la Confédération argentine et fut tué en 1829 dans une guerre civile. Le père de ma mère, Isidoro Acevedo, bien que non militaire, combattit dans les guerres civiles des années 1860 et 1880. J'ai donc des deux côtés de ma famille des ancêtres guerriers ; cela peut expliquer mes rêves de destinée épique que les dieux m'ont refusée, sagement sans doute.

J'ai déjà dit que j'avais passé une grande partie de mon adolescence à la maison. N'ayant pas d'amis d'enfance, ma sœur et moi inventâmes deux compagnons imaginaires appelés pour je ne sais quelle raison Quilos et le Moulin à Vent. (Quand finalement nous en fûmes fatigués, nous déclarâmes à notre mère qu'ils étaient morts.) J'ai toujours été très myope, je portais des lunettes, et j'étais plutôt frêle. Comme la plupart des gens de ma famille avaient été soldats — le frère de mon père avait même été officier de marine —, sachant que je ne le serais jamais, j'ai de très bonne heure eu honte d'être quelqu'un n'aimant que les livres au lieu d'être un homme d'action. Pendant toute mon adolescence j'ai pensé que c'était une injustice que l'on m'aimât. Je ne méritais pas que l'on m'aimât, d'aucune façon, et je me souviens que le jour de mon anniversaire me remplissait de confusion, parce que tout le monde me comblait de cadeaux et que je pensais n'avoir rien fait pour les mériter et être une sorte d'imposteur. Ce n'est qu'à trente ans passés que j'ai surmonté cette impression.

A la maison, on parlait communément l'anglais et l'espagnol. Si on me demandait ce qui a compté le plus dans ma vie, je répondrais : la bibliothèque de mon père. Il m'arrive de penser qu'en fait je ne suis jamais sorti de cette bibliothèque. Je la revois encore. C'était une pièce à part, entièrement tapissée de rayonnages vitrés, et qui devait contenir plusieurs milliers de volumes.

J'étais si myope que j'ai oublié la plupart des visages de cette époque (il est même probable, quand je pense à mon grand-père Acevedo, que c'est en réalité à sa photographie que je pense) et cependant j'ai un souvenir très net de bien des illustrations de l'*Encyclopaedia* de Chambers et de la *Britannica*. Le premier roman que j'aie lu jusqu'au bout fut *Huckleberry Finn*. Vinrent après *Roughing It* et *Flush Days in California*. J'ai aussi lu les livres du capitaine Marryat, *Les Premiers Hommes dans la lune* de Wells, Edgar Allan Poe et une édition en un volume de Longfellow, l'*Ile au trésor*, Dickens, *Don Quichotte*, *Tom Brown's School Days*, les *Contes* de Grimm, Lewis Carroll, *Les Aventures de Mr. Verdant Green* (un livre oublié maintenant), *Les Mille et Une Nuits* de Burton. Le livre de Burton, rempli de ce qu'on considérait alors comme des obscénités, nous était interdit et j'ai dû le lire en cachette sur le toit. Mais à l'époque j'étais tellement transporté par la magie de ce livre que je ne prêtai aucune attention aux passages scabreux, lisant ces contes sans me douter qu'ils pouvaient avoir quelque autre signification. Ces livres dont je viens de parler, je les ai lus en anglais. Lorsque plus tard je lus *Don Quichotte* dans le texte cela me sembla une mauvaise traduction. Je me souviens encore de ces reliures rouges avec les titres dorés de l'édition Garnier. Il vint un jour où la bibliothèque de mon père fut dispersée et quand je lus *Don Quichotte* dans une autre édition, j'eus le sentiment que ce n'était pas le vrai *Don Quichotte*. Plus tard, un ami me procura l'édition Garnier avec les mêmes gravures, les mêmes notes en bas de page et les mêmes *errata*. Toutes ces choses pour moi faisaient partie du livre ; c'était pour moi le vrai *Don Quichotte*. En espagnol j'ai lu aussi nombre de livres d'Eduardo Gutiérrez sur les hors-la-loi et les *desperados* d'Argentine — le premier d'entre eux *Juan Moreira* — ainsi que ses *Siluetas militares* où l'on trouve un récit vigoureux de la mort du colonel Borges. Ma mère nous interdisait la lecture de *Martín Fierro* car c'était un livre qui ne pouvait intéresser que les vauriens et les écoliers, et que de plus il n'y était pas du tout question des vrais *gauchos*. Celui-là aussi je l'ai lu en cachette. Les sentiments de ma mère étaient basés sur le fait que Hernández avait été un partisan de Rosas et par conséquent un ennemi de nos ancêtres du parti unitaire. J'ai lu aussi le *Facundo* de Sarmiento, de nombreux livres sur la mythologie grecque et plus tard sur la mythologie scandinave. La poésie m'est venue par l'anglais — Shelley, Keats, Fitzgerald et Swinburne, les poètes préférés de mon père qui pouvait les citer d'abondance, ce qu'il faisait souvent.

La littérature était de tradition dans la famille de mon père. Son grand-oncle Juan Crisóstomo Lafinur fut un des premiers poètes argentins ; il écrivit une *Ode* sur la mort de son ami le général Manuel Belgrano, en 1820. L'un des cousins de mon père, Alvaro Mellián Lafinur, que je connaissais depuis ma jeunesse, était un poète mineur en vue qui parvint plus tard à être membre de l'Académie des Lettres argentines. Le grand-père maternel de mon père, Edward Young

Haslam, édita un des premiers journaux anglais d'Argentine, le *Southern Cross*, et fut docteur en philosophie ou ès lettres, je ne sais plus, à l'Université de Heidelberg. Haslam n'avait pas les moyens d'aller à Oxford ou à Cambridge, c'est pourquoi il alla en Allemagne où il obtint son diplôme, après avoir fait toutes ses études en latin. Finalement, il mourut au Paraná. Mon père écrivit un roman qu'il publia à Majorque en 1921 sur l'histoire d'Entre-Ríos. Il s'intitulait *Le Caudillo*. Il écrivit aussi (et détruisit) un livre d'essais et publia une traduction de l'*Omar Khayyam* de Fitzgerald en respectant la versification de l'original. Il détruisit un livre de contes orientaux — à la manière des *Mille et Une Nuits* — et un drame, *Hacia la nada* (Vers le néant), dont le sujet était un père déçu par son fils. Il publia quelques beaux sonnets dans le style du poète argentin Enrique Banchs. Dès mon enfance, quand mon père devint aveugle, il fut tacitement convenu que je devais accomplir la destinée littéraire que les circonstances lui avaient refusée. C'était quelque chose qui allait de soi (et ces choses-là sont bien plus importantes que celles qui sont simplement exprimées). On attendait de moi que je sois écrivain.

J'ai commencé à écrire à six ou sept ans. J'ai essayé d'imiter les auteurs classiques de langue espagnole — Miguel de Cervantes, par exemple. J'avais composé en très mauvais anglais une sorte de manuel sur la mythologie classique, sans aucun doute un plagiat de Lemprière. Ce fut, je crois, ma première entreprise littéraire. Mon premier conte était une histoire assez farfelue, écrite à la manière de Cervantes — un roman de chevalerie démodé, intitulé *La Visera Fatal* (La visière fatale). J'écrivais avec application ces choses sur des cahiers. Mon père ne s'en mêlait pas. Il me laissait le soin de commettre mes propres fautes et il dit une fois : « Ce sont les enfants qui font l'éducation de leurs parents et non pas le contraire. » Vers les neuf ans, je traduisis *Le Prince heureux,* d'Oscar Wilde, en espagnol. Et cette traduction fut publiée dans un des quotidiens de Buenos Aires, *El País*. Comme elle était seulement signée « Jorge Borges », on attribua tout naturellement cette traduction à mon père.

Je n'éprouve aucun plaisir à me rappeler mes premières années d'école. Tout d'abord, je n'ai commencé à aller en classe qu'à neuf ans. Ceci parce que mon père, en bon anarchiste, se méfiait de tout ce qui était entreprise d'Etat. Comme je portais des lunettes, un col dur et une cravate, j'étais en butte aux railleries et brimades de la plupart de mes camarades qui étaient tous de la graine de voyous. Je ne peux pas me rappeler le nom de l'école, mais je sais qu'elle était située rue de la Tamise. Mon père avait coutume de dire que l'histoire de l'Argentine avait pris la place du catéchisme ; on attendait donc de nous que nous adorions tout ce qui était argentin. On nous apprenait l'histoire de l'Argentine, par exemple, sans rien nous dire des nombreux pays et des nombreux siècles qui contribuèrent à la former. Quant à la composition espagnole on m'apprenait à écrire dans un style fleuri : *Aquellos que lucharon por una patria libre, independiente, gloriosa*... (Ceux-là qui luttèrent pour une patrie libre, indépendante, glorieuse...). Plus tard, à Genève, on m'enseigna que ce style n'avait pas de sens et que je devais voir les choses avec mes propres yeux. Ma sœur Norah, qui était née en 1901, fut mise, bien entendu, dans un collège de filles.

Pendant toutes ces années, nous passions nos étés à Adrogué, à une vingtaine de kilomètres au sud de Buenos Aires où nous avions une propriété — une grande maison d'un seul étage avec un vaste parc, deux pavillons d'été, un moulin à vent et un chien de berger brun à poils hérissés. Adrogué était alors un coin perdu, un paisible labyrinthe de maisons de campagne entourées de grilles de fer aux portails flanqués de piliers en maçonnerie surmontés de vasques à fleurs, avec des jardins, des rues qui rayonnaient à partir de nombreux ronds-points, où tout était baigné d'une odeur d'eucalyptus. Nous avons fait des séjours à Adrogué pendant des dizaines d'années.

Mon premier véritable contact avec la pampa date de 1909, à l'occasion d'une visite que nous fîmes à des parents près de San Nicolás, au nord-ouest de Buenos Aires. Je me souviens que la maison la plus proche apparaissait comme un point à l'horizon. Cette étendue infinie était ce qu'on appelait la pampa et quand j'appris que les ouvriers agricoles étaient des *gauchos* comme les personnages d'Eduardo Gutiérrez, cela leur conféra un certain prestige à mes yeux. On m'autorisa une fois à les accompagner à cheval pour conduire le bétail à la rivière, de bon matin. Les hommes étaient petits et basanés et portaient des *bombachas* (une sorte de pantalon de zouave). Quand je leur demandai s'ils savaient nager, ils me répondirent : « L'eau est faite pour le bétail. » Ma mère fit cadeau d'une poupée couchée dans une grande boîte de carton à la fille du contremaître. L'année suivante nous revînmes et nous nous enquîmes de la petite fille. « Quelle joie vous lui avez faite avec cette poupée ! » dit-on à ma mère. Et on nous la montra, encore dans sa boîte, accrochée au mur comme un tableau. Il était évident qu'on permettait seulement à la fillette de la regarder mais sans y toucher car elle aurait pu la salir ou la casser. La poupée, haut placée, préservée de toute atteinte, pouvait être adorée de loin. Lugones a écrit qu'à Córdoba, avant qu'il n'eût des magasins dans cette ville, il avait souvent vu une carte à jouer servir de tableau, clouée au mur dans des cahutes de gauchos. Le 4 de *copas* avec son petit lion et ses deux tours était particulièrement recherché. Je crois avoir commencé à écrire, avant d'aller à Genève, un poème sur les gauchos, probablement sous l'influence du poète Ascasubi. Je me souviens que j'ai essayé d'y mettre autant de termes de gauchos que je le pouvais, mais je me heurtai à trop de difficultés techniques. Je dus abandonner au bout de quelques strophes.

EUROPE

En 1914 nous partîmes pour l'Europe avec l'intention de nous y installer. La vue de mon père commençait à décliner et je me rappelle lui avoir entendu dire : « Comment puis-je apposer ma signature sur des documents officiels que je suis incapable de lire ? » Contraint de prendre prématurément sa retraite, il décida et organisa le voyage en dix jours. Le monde alors n'était pas méfiant et l'on ignorait à l'époque la lourde paperasserie administrative d'aujourd'hui. Nous passâmes d'abord quelques semaines à Paris, une ville qui ni alors ni depuis ne m'a particulièrement séduit, contrairement à ce qui se passe avec presque tous les Argentins. Il se peut que, sans m'en douter, j'aie toujours été un peu britannique ; il est de fait que, pour moi, Waterloo est toujours une victoire. Le but de ce voyage était de nous faire poursuivre, à ma sœur et à moi, nos études à Genève ; nous devions y demeurer avec ma grand-mère maternelle, qui avait fait le voyage avec nous et qui mourut dans cette ville pendant que mes parents visitaient l'Europe. Mon père désirait également se faire soigner par un célèbre oculiste genevois. La vie sur ce continent était à cette époque meilleur marché qu'à Buenos Aires, et le *peso* argentin était une monnaie forte. Nous étions alors si peu au courant des événements de l'actualité que nous ne nous doutions pas que la Première Guerre mondiale allait éclater en août. Mon père et ma mère étaient en Allemagne à la déclaration de la guerre mais ils purent s'arranger pour nous rejoindre à Genève. Près d'un an plus tard, en pleine guerre, il nous fut possible de traverser les Alpes pour aller faire un tour en Italie du Nord. J'ai des souvenirs très précis de Vérone et de Venise. Dans le grand amphithéâtre vide de Vérone je déclamai bravement plusieurs strophes des poèmes d'Ascasubi sur les *gauchos*.

En ce premier automne de guerre — en 1914 — j'avais commencé mes études au Collège de Genève, fondé par Jean Calvin. C'était un externat. Dans ma classe, nous étions une quarantaine d'élèves dont la bonne moitié étaient des étrangers. La matière principale était le latin et je m'aperçus bientôt qu'on pouvait négliger un peu les autres cours si l'on était bon en latin. Tous ces autres cours, d'ailleurs — l'algèbre, la chimie, la physique, la minéralogie, la botanique, la zoologie —, étaient donnés en français. Cette année-là, je passai tous mes examens avec succès excepté précisément celui de français. Sans m'en parler, mes camarades adressèrent au directeur de l'école une pétition qu'ils signèrent tous. Ils signalaient qu'il m'avait fallu étudier tous les sujets de ces différents cours en français, une langue qu'il m'avait fallu apprendre. Ils demandaient au directeur de tenir compte de ce fait et il eut la bienveillance de le reconnaître. Au début, je ne savais même pas quand le professeur m'interrogeait parce qu'il prononçait mon nom à la française, n'employant qu'une syllabe (rimant approximativement avec « forge ») alors que nous, nous le prononcions en deux syllabes, le « g » ressemblant à un fort « h » écossais. Chaque fois que j'avais à répondre, mes camarades me poussaient du coude.

Nous habitions dans un appartement du sud, c'est-à-dire dans la vieille partie de la ville. Aujourd'hui encore, je connais Genève beaucoup mieux que je ne connais Buenos Aires, ce qui s'explique facilement du fait qu'à Genève il n'y a pas deux coins de rue semblables et qu'on apprend rapidement à les différencier. Chaque jour, je marchais le long de ce fleuve vert et glacé, le Rhône, qui traverse le cœur même de la ville, enjambé par sept ponts très différents. Les Suisses sont plutôt distants et réservés. Mes deux amis intimes étaient des Juifs d'origine polonaise — Simon Jichlinszki et Maurice Abramowicz. L'un devint avocat et l'autre médecin. Je leur appris à jouer au *truco*. Ils apprirent si bien et si vite qu'à la fin de notre première partie ils me laissèrent sans un sou. Je devins un bon élève de latin bien que ne lisant chez moi que de l'anglais. A la maison nous parlions espagnol, mais ma sœur fit de tels progrès en français qu'elle en arrivait à rêver dans cette langue. Je me rappelle, rentrant un jour à la maison, avoir trouvé Norah cachée derrière un rideau de peluche rouge, hurlant de peur : « Une mouche, une mouche ! » Elle semblait avoir adopté l'idée française que les mouches sont dangereuses. « Sors de là », lui dit ma mère qui ajouta, peu flatteuse pour sa patrie, « tu es née et tu as été élevée parmi les mouches ! » Du fait de la guerre, à part le petit tour en Italie et des excursions en Suisse, nous n'avons pas voyagé. Un peu plus tard, bravant les sous-marins allemands et en compagnie de quatre ou cinq passagers seulement, ma grand-mère anglaise vint nous rejoindre.

De mon propre mouvement et en dehors de l'école, j'entrepris l'étude de l'allemand. L'idée m'en vint à la lecture du *Sartor Resartus* de Carlyle, une œuvre qui à la fois m'éblouit et me déconcerta. Le héros, Diogenes-Excrément-du-Diable, est un Allemand professeur d'idéalisme. Dans la littérature allemande, je cherchais quelque chose de germanique, apparenté à Tacite, mais cela, je ne le trouvai que plus tard dans le vieil anglais et le vieux scandinave. La littérature allemande m'apparut romantique et maladive. J'essayai d'abord la *Critique de la Raison pure* de Kant mais je fus découragé par ce livre comme le sont la plupart des lecteurs, y compris très souvent les Allemands eux-mêmes. Je me dis alors que la poésie serait plus facile à cause de sa brièveté. Je me procurai donc un volume des premiers poèmes de Heine, les *Lyrisches Intermezzo* et un dictionnaire allemand-anglais. Peu à peu, grâce au vocabulaire réduit de ce poète, je découvris que je pouvais me passer de dictionnaire. Je fus bientôt capable d'apprécier la beauté de son langage. Je parvins aussi à lire le roman de Meyrink : *Der Golem* (en 1969, alors que je me trouvais en Israël, je discutai de la légende bohémienne du Golem avec Gershom Scholem, un expert du mysticisme juif dont j'ai utilisé deux fois le nom qui me donnait la seule rime possible dans un de mes poèmes sur le Golem). J'essayai aussi de m'intéresser à Jean-Paul Richter pour l'amour de Carlyle et de Thomas de Quincey — c'était vers 1917 — mais je découvris bientôt que cette lecture m'ennuyait. Richter, malgré ses deux défenseurs britanniques, me parut être un écrivain verbeux et sans doute dénué de passion. Je fus par contre fort intéressé par l'expressionnisme allemand et je le crois encore très supérieur aux autres écoles contemporaines telles que l'imagisme, le cubisme, le futurisme, le surréalisme, etc. Quelques années plus tard, à Madrid, j'entrepris de traduire — ce furent les premières et sans doute leurs seules traductions en espagnol — un certain nombre de poètes expressionnistes.

Alors que j'étais en Suisse, je me mis un jour à lire Schopenhauer. Aujourd'hui, si je devais m'en tenir à un seul philosophe, c'est lui que je choisirais. Si l'énigme de l'univers pouvait être exprimé en mots je pense que c'est dans son œuvre qu'on trouverait ces mots. Je l'ai relu plusieurs fois en allemand et je l'ai lu en espagnol avec mon père et son grand ami Macedonio Fernández. Je persiste à considérer l'allemand comme une très belle langue, peut-être plus belle que la littérature qu'elle a engendrée. Le Français, assez paradoxalement, a une belle littérature malgré son engouement pour les écoles et les mouvements littéraires, mais la langue elle-même est à mon avis plutôt laide. Les choses ont tendance à paraître triviales quand elles sont dites en français. En fait, je pense même que l'espagnol lui est supérieur bien que les mots espagnols soient beaucoup trop longs et pesants. En tant qu'écrivain argentin, je dois m'exprimer en espagnol et je ne suis donc que trop bien informé des défauts de cette langue. Je me souviens que Goethe a écrit qu'il avait à user du pire langage au monde — l'allemand. Je suppose que la plupart des écrivains pensent de même du langage avec lequel ils ont à se débattre. Pour ce qui est de l'italien, j'ai lu et relu *La Divine Comédie* dans plus d'une douzaine d'éditions différentes. J'ai aussi lu l'Arioste, le Tasse, Croce et Gentile, mais je suis tout à fait incapable de parler l'italien ou de suivre une pièce ou un film en italien. C'est aussi à Genève que j'ai découvert pour la première fois Walt Whitman, à travers un poème traduit en allemand par Johannes Schlaf (« *Als ich in*

Alabama meinen Morgengang machte » — Un jour qu'en Alabama je faisais ma promenade matinale). Bien sûr j'étais conscient de ce qu'il y avait d'absurde à lire un poète américain en allemand. Je commandai donc à Londres un exemplaire de *Leaves of Grass*. Je m'en souviens encore — il était relié en vert. Pendant un certain temps je considérai Whitman non seulement comme un grand poète mais comme le *seul* poète. J'en étais arrivé à penser que tous les poètes du monde n'avaient été, jusqu'en 1855, que des précurseurs de Whitman et que de ne pas l'imiter était faire preuve d'ignorance. J'en avais pensé autant de la prose de Carlyle, que je ne supporte plus aujourd'hui, et de la poésie de Swinburne. Telles sont les phases par lesquelles j'ai passé. Par la suite, j'ai connu à plusieurs reprises cette même impression d'être entièrement sous l'influence de quelque écrivain en particulier.

Nous restâmes en Suisse jusqu'en 1919. Après trois ou quatre années à Genève, nous passâmes un an à Lugano. J'avais alors obtenu mon diplôme de bachelier et il était maintenant entendu que j'étais destiné à suivre une carrière littéraire. Je désirais montrer mes manuscrits à mon père, mais il me dit qu'il ne croyait pas à l'utilité des conseils et que c'était à moi de faire mon chemin tout seul, à mes risques et périls. J'avais écrit des sonnets en anglais et en français. Les sonnets en anglais étaient de piètres imitations de Wordsworth et ceux en français, dans leur mollesse, imitaient la poésie symboliste. Je me rappelle encore un vers de mes tentatives françaises : « Petite boîte noire pour le violon cassé ». Le morceau était intitulé : « Poème pour être récité avec un accent russe ». Comme je savais que j'écrivais un français d'étranger, je pensais qu'un accent russe lui conviendrait mieux qu'un accent argentin. Dans les tentatives en anglais, j'affectais certains maniérismes dans le style du dix-huitième siècle. Comme d'écrire par exemple « *o'er* » au lieu de « *over* », et pour la nécessité de la métrique, « *doth sing* » au lieu de « *sings* ». Je compris, néanmoins, que j'étais voué à l'espagnol, irrémédiablement.

Nous décidâmes de rentrer chez nous, mais de passer d'abord un an environ en Espagne. Les Argentins, à cette époque, commençaient seulement à découvrir ce pays. Jusque-là, même des écrivains éminents comme Leopoldo Lugones et Ricardo Guïraldes, lorsqu'ils voyageaient en Europe, évitaient délibérément l'Espagne. Ce n'était pas par caprice. A Buenos Aires, les Espagnols tenaient toujours des emplois subalternes — domestiques, serveurs et ouvriers — ou c'étaient de petits commerçants, et nous autres Argentins ne nous considérions jamais comme des Espagnols. En fait nous avions cessé d'appartenir à cette nation en 1816, en proclamant notre indépendance. Quand j'ai lu dans mon enfance *The Conquest of Peru* de Prescott j'ai été stupéfait de constater qu'il voyait les Conquistadores sous un jour romantique. Pour moi, qui descendais pourtant de certaines des célébrités qu'il citait, ils étaient plutôt sans intérêt. Cependant, pour les Latino-Américains qui les voyaient à travers les Français, les Espagnols semblaient pittoresques, sortis du bric-à-brac de García Lorca — gitans, courses de taureaux et architecture mauresque. Mais, bien que l'espagnol fût notre langue et que notre sang fût surtout espagnol et portugais, il ne vint jamais à l'idée de ma propre famille que ce voyage en Espagne pût être un retour à la mère patrie après une absence de près de trois siècles.

Nous allâmes à Majorque parce que la vie y était très bon marché, que le pays était très beau et qu'il y avait peu de touristes là-bas en dehors de nous. Nous vécûmes presque une année entière à Palma et à Valldemosa, petit village perché dans les collines. Je poursuivais mes études de latin, cette fois sous la tutelle d'un prêtre qui me déclara que, son monde intérieur satisfaisant tous ses besoins, il n'avait jamais été tenté de lire un roman. Nous parcourûmes Virgile pour lequel j'ai encore beaucoup d'admiration. Je me souviens que je surprenais les gens du pays par mon habileté à nager : je m'y étais exercé dans des fleuves à courant rapide tels que l'Uruguay et le Rhône, alors que les Majorquins n'avaient jamais nagé que dans une mer tranquille et sans marée. Mon père écrivait son roman qui rassemblait ses souvenirs du vieux temps pendant la guerre civile des années 70 dans son Entre-Ríos natal. Je me souviens lui avoir proposé d'assez médiocres métaphores empruntées aux expressionnistes allemands qu'il se résigna à accepter. Il fit imprimer quelque cinq cents exemplaires du livre et les rapporta à Buenos Aires où il en fit cadeau à des amis. Chaque fois que le mot « Paraná » — sa ville natale — apparaissait dans le manuscrit, les typographes l'avaient transformé en « Panamá » pensant corriger une faute. Pour ne pas leur causer d'ennuis et, aussi, trouvant que c'était plus amusant ainsi, mon père le laissa tel quel. Dix-sept ans plus tard, peu avant sa mort, il me dit qu'il aimerait beaucoup que je récrive ce roman dans une langue plus simple, en abandonnant le style fleuri et les morceaux de bravoure. J'écrivis moi-même à l'époque un conte au sujet d'un loup-garou que j'envoyai à une revue populaire de Madrid, *La Esfera,* mais les éditeurs très sagement en refusèrent la publication. Nous passâmes l'hiver de 1919-1920 à Séville où je vis pour la première fois un de mes poèmes imprimé. Il était intitulé : « Hymne à la mer » et il parut dans la revue *Grecia* dans son numéro du 31 décembre 1919. Je m'efforçais dans ce poème d'imiter Walt Whitman :

« *¡ Oh mar ! oh mito ! oh sol ! oh largo lecho !*
Y sé por qué te amo. Sé que somos muy viejos,
Que ambos nos conocemos desde siglos...
....
Oh proteico, yo he salido de ti.
Ambos encadenados y nómadas
Ambos con una sed intensa de estrellas ;
Ambos con esperanza y desengaños[1] *... !* »

Aujourd'hui, j'ai peine à me figurer l'océan, ou moi-même, affamé d'étoiles. Des années plus tard, quand je tombai sur une phrase d'Arnold Bennett parlant du « grandiloquent de troisième ordre », je compris tout de suite de quoi il voulait parler. Et cependant, quand j'arrivai à Madrid quelques mois plus tard, comme c'était le seul poème de moi qui eût été imprimé, je passai là pour un chantre de la mer.

A Séville, je me joignis à un groupe littéraire de l'entourage de la revue *Grecia*. Ce groupe, qui s'appelait « ultraïste », se proposait de renouveler la littérature, une branche des arts dont ils n'avaient pas la moindre idée. L'un d'eux me dit une fois que tout ce qu'il avait lu était la Bible, Cervantes, Rubén Darío et un ou deux des livres du maître Rafael Cansinos-Asséns. En tant qu'Argentin je fus confondu d'apprendre que personne parmi eux ne savait le français et

1. « Ô mer ! Ô mythe ! Ô soleil ! Ô vide reposant !
Je sais que nous sommes vieux tous les deux,
Que nous nous connaissons depuis des siècles...
Ô Protée, c'est à toi que je dois la vie.
Tous deux enchaînés et errants,
Tous deux affamés d'étoiles,
Tous deux avec nos espoirs et nos déceptions... ! »

qu'ils ignoraient tous qu'il existât une littérature anglaise. On me présenta même à un homme tenu là en haute estime qu'on appelait l' « Humaniste » et je ne fus pas long à découvrir que sa connaissance du latin était bien inférieure à la mienne. En ce qui concerne *Grecia* même, son éditeur, Isaac del Vando Villar, avait fait écrire tous les poèmes qu'il y publiait sous son nom par tel ou tel de ses collaborateurs. Je me rappelle que l'un d'eux me dit un jour : « Je suis très occupé, Isaac écrit un poème. »

Nous avons été ensuite nous installer à Madrid et là, le grand événement pour moi fut mon amitié avec Rafael Cansinos-Asséns. J'aime bien encore à me considérer comme son disciple. Il était venu de Séville où il avait fait des études en vue d'accéder à la prêtrise, mais ayant trouvé le nom de Cansinos dans les archives de l'Inquisition, il avait décidé qu'il était juif. Cela le conduisit à l'étude de l'hébreu et par la suite il se fit même circoncire. Des amis que j'avais connus dans les cercles littéraires d'Andalousie me présentèrent à lui. Je le félicitai timidement d'un poème qu'il avait écrit lui aussi au sujet de la mer. « Oui, dit-il, et comme j'aimerais la voir avant de mourir ! » C'était un homme de haute stature, qui avait ce mépris andalou pour tout ce qui était castillan. Ce qu'il y avait de plus remarquable chez Cansinos, c'est qu'il vivait uniquement pour la littérature sans songer ni à l'argent ni à la renommée. C'était un bon poète. Il avait écrit un livre de Psaumes — très érotiques — appelé *El candelabro de los siete brazos* (Le chandelier à sept branches) qui fut publié en 1915. Il écrivit aussi des romans, des contes et des essais et quand je le connus il présidait un cercle littéraire.

Tous les samedis j'allais au *Café Colonial* où nous nous rencontrions à minuit et la conversation durait jusqu'à l'aube. Parfois il nous arrivait d'être trente ou quarante. Le groupe détestait tout ce qui était couleur locale espagnole — *cante jondo* et courses de taureaux. Ils admiraient le jazz venu d'Amérique et il leur importait plus d'être européens qu'espagnols. Cansinos proposait un sujet — le Métaphore, le Vers Libre, les Formes traditionnelles de la Poésie, la Poésie narrative, l'Adjectif, le Verbe. Sous son apparence tranquille, c'était un dictateur qui ne permettait aucune allusion inamicale à des écrivains contemporains et qui s'efforçait de maintenir la conversation à un niveau élevé.

Cansinos était un grand lecteur. Il avait traduit *Les Confessions d'un mangeur d'opium*, de Thomas de Quincey, les *Pensées* de Marc Aurèle, à partir du grec, les romans de Barbusse et *Les Vies imaginaires* de Schwob. Plus tard, il devait entreprendre la traduction des œuvres complètes de Goethe et de Dostoïevski. C'est lui aussi qui fit la première version espagnole des *Mille et Une Nuits* qui est une traduction beaucoup plus libre que celle de Burton ou de Lane mais qui à mon avis est plus agréable à lire. Un jour, j'allai lui rendre visite et il m'emmena dans sa bibliothèque. Je dirai plutôt que toute sa maison était une bibliothèque. Il fallait s'y ouvrir un passage comme à travers une forêt. Il était trop pauvre pour posséder des étagères et les livres étaient empilés les uns sur les autres du plancher au plafond obligeant à se frayer un chemin parmi des colonnes verticales. Cansinos m'apparaissait comme étant à lui seul tout le passé de cette Europe que je laissais derrière moi — quelque chose comme le symbole de toute la culture, de l'Ouest comme de l'Est. Mais une sorte de perversité mentale l'empêchait de s'entendre avec ses contemporains les plus en vue. Cela l'amenait à écrire des livres qui encensaient des écrivains de second ou de troisième ordre. A l'époque, Ortega y Gasset était au sommet de sa renommée mais pour Cansinos c'était un mauvais philosophe et un mauvais écrivain. Ce que je goûtais le plus chez lui c'était le plaisir d'une conversation littéraire. Il m'incita aussi à lire des livres auxquels je n'aurais jamais pensé. Je m'aperçus en écrivant que je commençais à le singer. Il écrivait en longues phrases ondulantes qui avaient une saveur plutôt hébraïque qu'espagnole.

C'est Cansinos qui, en 1919, inventa ce mot bizarre d'« ultraïsme ». Il pensait que la littérature espagnole avait toujours été en retard sur son temps. Sous le pseudonyme de Juan Las il écrivit quelques courts et laconiques textes ultraïstes. Tout ceci, je m'en aperçois maintenant, n'était que plaisanterie. Mais nous autres, jeunes gens, nous prenions cela très au sérieux. Un autre de ses disciples convaincus était Guillermo de Torre que je rencontrai à Madrid ce printemps-là et qui épousa ma sœur Norah neuf ans plus tard.

A Madrid, il y avait alors un autre groupe rassemblé autour de Ramón Gómez de la Serna. Je me mêlai à ce groupe une fois et je n'aimai pas leur façon de se comporter. Il y avait là un pitre qui portait un bracelet auquel était attachée une clochette. On lui faisait serrer la main aux gens et la clochette sonnait, et Gómez de la Serna de dire invariablement : « Où est le serpent ? » Ceci était supposé être drôle. Une fois, se tournant fièrement vers moi, « Vous n'avez rien vu de pareil à Buenos Aires, n'est-ce pas ? » me dit-il. Je dus en convenir, Dieu merci.

En Espagne, j'écrivis deux livres. L'un était une série d'essais appelés, maintenant je me demande pourquoi, *Los naipes del tahur* (Les cartes du tricheur). C'étaient des essais littéraires et politiques (j'étais encore anarchiste, libre penseur et pacifiste), écrits sous l'influence de Pío Baroja. Ils étaient censés être amers et implacables mais ils étaient en fait anodins. Je me mis à employer des mots tels que « idiot », « putain » et « menteur ». N'ayant pas trouvé d'éditeur, je détruisis mon manuscrit à mon retour à Buenos Aires. Le second recueil était intitulé *Salmos rojos* (Les Hymnes rouges) ou *Ritmos rojos* (Les Rythmes rouges). C'était une collection de poèmes — peut-être une vingtaine — en vers libres et à la louange de la révolution russe, de la fraternité de l'homme et du pacifisme, trois ou quatre d'entre eux furent publiés dans des revues — *Gesta maximalista, Trinchera, Rusia.* Je détruisis ce recueil en Espagne, à la veille de notre départ. J'étais maintenant prêt à rentrer dans ma patrie.

BUENOS AIRES

Nous retournâmes à Buenos Aires sur le *Reina Victoria Eugenia* à la fin de mars 1921. Je fus surpris après avoir vécu dans tant de villes européennes — après tant de souvenirs de Genève, de Zurich, de Nîmes, de Córdoba et de Lisbonne — de découvrir que ma ville natale avait poussé, qu'elle était maintenant une très grande ville faite de maisons basses à toits plats, s'étendant à perte de vue à l'ouest jusque vers ce que les géographes et les littérateurs appellent la pampa. C'était plus qu'un retour au pays ; c'était une redécouverte. Je portais sur Buenos Aires un regard d'autant plus vif et avide que j'en avais été longtemps absent. Si je n'avais pas vécu à l'étranger je me demande si j'aurais jamais eu en revoyant cette ville le même choc et le même éblouissement. La ville — pas toute la ville bien entendu mais plusieurs endroits qui se trouvèrent chargés pour moi d'une certaine émotion — inspira les poèmes du premier livre que j'ai publié : *Ferveur de Buenos Aires*.

J'écrivis ces poèmes de 1921 à 1922 et le volume sortit au début de 1923. En fait, le livre fut imprimé en cinq jours ; on avait dû faire vite parce que nous devions retourner en Europe. (Mon père voulait consulter un docteur genevois pour ses yeux.) J'avais prévu 64 pages mais le manuscrit était trop long et à la dernière minute il fallut retrancher cinq poèmes — fort heureusement ! Je n'en ai plus aucun souvenir. Le livre fut édité à la va-vite, avec une insouciance quelque peu juvénile. Il n'y avait eu aucune correction d'épreuves, pas de table des matières et les pages n'étaient pas numérotées. Ma sœur grava un bois pour la couverture. Le livre fut tiré à trois cents exemplaires. A cette époque, la publication d'un livre relevait de l'entreprise privée. Il ne me vint jamais à l'esprit d'envoyer des exemplaires aux libraires ou aux critiques. J'en fis cadeau la plupart du temps. Je me souviens d'une de mes méthodes de distribution. Ayant remarqué que presque tous les visiteurs qui se rendaient dans les bureaux de *Nosotros*, l'une des plus vieilles et des plus sérieuses revues littéraires de ce temps, déposaient leur pardessus au vestiaire, je remis une cinquantaine ou une centaine d'exemplaires à Alfredo Bianchi, l'un des rédacteurs de cette revue. Bianchi me regarda avec stupeur et me dit : « Vous ne pensez tout de même pas que je vais vendre ces poèmes pour vous ! » « Non, lui répondis-je. J'ai eu beau les écrire, je ne suis pas fou pour autant. J'ai pensé que je pourrais peut-être vous demander de glisser quelques exemplaires dans les poches de ces pardessus qui pendent là. » C'est ce qu'il eut l'amabilité de faire. Quand je revins, après une absence d'un an, je sus que quelques-uns des propriétaires de ces pardessus avaient lu mes poèmes et qu'un certain nombre d'entre eux avaient même écrit des articles à leur sujet. De fait, en agissant de cette façon, je m'étais acquis une petite réputation de poète.

Le livre était essentiellement romantique, bien qu'écrit dans un style plutôt dépouillé et rempli de métaphores laconiques. Il célébrait les couchers de soleil, les endroits déserts, les coins de rue peu connus ; il s'aventurait dans des métaphysiques berkeleyiennes et dans l'histoire de ma famille ; il évoquait de premières amours. J'imitais également l'espagnol du dix-septième siècle et je citais la *Religio Medici* de Sir Thomas Browne dans ma préface. Je crains que ce livre n'ait été un *plum-pudding* — j'en avais un peu trop mis. Et cependant, en me le remémorant, j'ai l'impression de n'avoir jamais dépassé ce livre-là. Je sens que tout ce que j'ai écrit depuis n'a fait que développer les thèmes abordés là pour la première fois ; je sens que durant toute ma vie j'ai réécrit ce même livre. Est-ce que les poèmes de *Ferveur de Buenos Aires* étaient de la poésie ultraïste ? Quand j'étais revenu d'Europe en 1921, je brandissais les bannières de l'ultraïsme. Je suis encore connu dans l'histoire de la littérature comme « le père de l'ultraïsme argentin ». Quand, à l'époque, j'en avais discuté avec mes camarades en poésie, Eduardo González Lanuza, Norah Lange, Francisco Piñero, mon cousin Guillermo Juan (Borges) et Roberto Ortelli, nous étions tombés d'accord pour déclarer que l'ultraïsme espagnol était encombré — à la manière du futurisme — de modernisme et de gadgets. Les trains, les hélices, les avions et les ventilateurs ne nous impressionnaient pas. Alors que dans nos manifestes nous prônions la primauté de la métaphore et l'abandon des transitions et des adjectifs superflus, nous cherchions à écrire de la poésie essentiellement poétique — des poèmes qui dépassaient l'ici et le maintenant, débarrassés de toute couleur locale et de toute circonstance contemporaine. Je pense que le poème *Llaneza* illustre suffisamment ce qu'était ma recherche personnelle :

Se abre la verja del jardín
Con la docilidad de la página
que una frecuente devoción interroga
y adentro las miradas
no precisan fijarse en los objetos
que ya están cabalmente en la memoria.
Conozco las costumbres y las almas
y ese dialecto de alusiones
que toda agrupación humana va urdiendo.
No necesito hablar
ni mentir privilegios ;
bien me conocen cuantos aquí me rodean,
bien saben mis congojas y mi flaqueza.
Esa es alcanzar lo más alto,
lo que tal vez nos dara el Cielo :
no admiraciones ni victorias
sino sencillamente ser admitidos
como parte de una Realidad innegable,
como las piedras y los árboles[1].

1. Simplicité

La grille du jardin s'ouvre
avec la docilité d'une page
qu'interroge une fréquente dévotion
J'entre dans la maison, et mes regards
n'ont pas besoin d'observer des objets
qui sont déjà totalement dans la mémoire.
Je connais bien les habitudes et les âmes
et ce dialecte d'allusions
que va tissant tout groupement humain.
Je n'ai pas besoin de parler,

Je pense que ce poème n'est pas loin des timides extravagances de mes premiers essais ultraïstes espagnols quand pour moi un tramway était un homme avec un fusil sur l'épaule, le lever du soleil un cri et le soleil couchant crucifié à l'ouest. Un ami de bon sens à qui je récitai plus tard de telles absurdités remarqua : « Ah ! je vois que pour vous le but principal de la poésie est de surprendre. » Quant à savoir si les poèmes de *Ferveur* sont ultraïstes ou non la réponse — à mon avis — me fut donnée par mon ami et traducteur en français Néstor Ibarra. « Borges, dit-il, a cessé d'être un poète ultraïste avec le premier poème ultraïste qu'il a écrit. » Je ne puis maintenant que regretter ces premiers excès. Un demi-siècle plus tard, j'en suis encore à m'efforcer de faire oublier cette période maladroite de ma vie.

Il se peut que l'événement majeur de mon retour ait été Macedonio Fernández. De tous les gens que j'ai rencontrés au cours de mon existence — et j'ai rencontré beaucoup d'hommes remarquables — aucun n'a fait sur moi une impression aussi profonde et aussi durable que Macedonio Fernández. Petite silhouette surmontée d'un chapeau melon noir, il nous attendait sur la darse Nord quand nous débarquâmes et j'ai hérité de l'amitié qu'il portait à mon père. Les deux hommes étaient nés la même année, en 1874.

---

ni de feindre des privilèges ;
ils ne m'ignorent pas, ceux qui
m'entourent,
ils savent bien mes angoisses et
ma faiblesse.
C'est là toucher à ce qu'il y a de
plus haut,
à ce que peut-être nous donnera
le Ciel :
non le prestige ni les victoires
mais seulement d'être admis
comme une partie de la Réalité
indéniable,
comme les pierres et les arbres.

(Traduction de Néstor Ibarra.)

Paradoxalement, Macedonio, qui était un brillant causeur, était aussi l'homme des longs silences et des propos laconiques. Nous nous rencontrions le samedi soir dans un café — le *Perla* — sur la place de l'Once. Nous y bavardions jusqu'à l'aube, et c'est Macedonio qui menait le jeu. Alors qu'à Madrid Cansinos me paraissait représenter tout le savoir encyclopédique, maintenant Macedonio symbolisait ici pour moi la pensée à l'état pur. Je lisais beaucoup à cette époque et je sortais très peu. Presque tous les soirs après le dîner, j'avais coutume de me coucher et de lire. Mais toute ma semaine était illuminée par l'espoir que le samedi je verrais et entendrais Macedonio. Il habitait très près de chez nous et j'aurais pu le voir aussi souvent que je l'aurais voulu mais je ne me sentais pas autorisé à user de ce privilège et je pensais que pour donner au samedi de Macedonio sa pleine valeur, je devais me priver de lui toute la semaine. A ces réunions, Macedonio prenait la parole peut-être trois ou quatre fois, ne risquant que quelques tranquilles observations. Il s'adressait — en apparence — seulement à son voisin. Ses propos n'étaient jamais péremptoires. Macedonio était très courtois, n'élevait pas la voix et il disait par exemple : « Bon, je suppose que vous avez remarqué... » Et là-dessus, il exposait quelque idée surprenante et parfaitement originale. Mais, toujours, il attribuait sa remarque à celui qui n'avait fait que l'écouter.

C'était un petit homme effacé que sa moustache et ses cheveux gris faisaient ressembler à Mark Twain. Cette ressemblance le satisfaisait. Mais quand on lui disait qu'il rappelait aussi Paul Valéry, cela le contrariait car il faisait peu de cas des Français. Il ne quittait pas son chapeau melon et j'en vins à penser qu'il ne l'ôtait même pas pour dormir. Il ne se déshabillait jamais pour se coucher et la nuit, pour se protéger des courants d'air qui, pensait-il, pouvaient lui donner des rages de dents, il s'enroulait une serviette autour de la tête. Ce qui le faisait ressembler à un Arabe. Il avait d'autres manies : son nationalisme (il admirait les présidents argentins les uns après les autres pour la simple raison que l'électorat argentin ne pouvait pas se tromper), sa peur du dentiste (ce qui l'amenait à se curer les dents en public derrière sa main, pour échapper au davier du dentiste) et aussi l'habitude de s'amouracher des filles qui faisaient le trottoir.

Comme écrivain, Macedonio publia plusieurs volumes plutôt insolites et on recherche encore ses manuscrits, près de vingt ans après sa mort. Son premier livre, publié en 1928, s'intitulait *No todo es vigilia la de los ojos abiertos* (Nous ne sommes pas toujours éveillés quand nos yeux sont ouverts). C'était un long essai sur l'idéalisme écrit dans un style volontairement confus et rébarbatif, pour mieux souligner, je crois, ce qu'il y a d'incohérent dans la réalité. L'année suivante un recueil de morceaux choisis fut publié — *Papeles de Recien venido* (Ecrits d'un nouveau venu) — ouvrage auquel je participai moi-même, rassemblant et mettant en ordre les chapitres. C'était une suite de plaisanteries imbriquées les unes dans les autres. Macedonio écrivit aussi des romans et des poèmes. Tous étaient étonnants mais d'une lecture difficile. Un roman en vingt chapitres était précédé de cinquante-six différentes préfaces. Ce n'est pas dans ses écrits qu'on peut retrouver le vrai Macedonio : il était tout entier dans sa conversation.

Macedonio vivait modestement dans des pensions de famille dont il semble avoir changé fréquemment. Ceci pour éviter les notes à payer. Chaque fois qu'il déménageait, il laissait derrière lui des piles de manuscrits. Un jour ses amis le lui reprochèrent, lui disant que c'était dommage de voir tout ce travail perdu. Il leur répondit : « Est-ce que vous croyez vraiment que je suis assez riche pour pouvoir perdre quoi que ce soit ? »

Il se peut que les lecteurs de Hume et de Schopenhauer ne découvrent pas grand-chose de nouveau dans Macedonio. Mais ce qui est remarquable chez lui c'est qu'il arriva tout seul à ses propres conclusions. Plus tard, en effet, il lut Hume, Schopenhauer, Berkeley et William James, mais je le soupçonne fort de n'avoir jamais rien lu d'autre car il citait toujours les mêmes auteurs. Il considérait Sir Walter Scott comme le plus grand des romanciers, peut-être seulement pour rester fidèle à un enthousiasme de jeunesse. Il avait échangé quelques lettres avec William James à qui il écrivait dans un mélange d'anglais, d'allemand et de français. « Je connaissais si peu de mots de chacune de ces langues, expliquait-il, que j'étais constamment obligé de passer de l'une à l'autre. »

Je pense qu'il suffisait à Macedonio de lire quelque page que ce soit pour que son esprit parte en campagne. Il prétendait non seulement que nous étions de même nature que les rêves mais il était persuadé que nous vivions tous dans un monde de rêve. Macedonio mettait en doute que la vérité pût être révélée. Il pensait que certains philosophes avaient dû la découvrir mais qu'ils n'étaient pas parvenus à la communiquer entièrement. Et pourtant il croyait qu'il serait très facile de découvrir la vérité. Il me dit une fois que s'il avait pu s'étendre sur l'herbe de la pampa, oublier le monde, s'oublier lui-même et abandonner sa recherche, la vérité aurait fort bien pu soudain se révéler à lui. Il ajouta que, naturellement, il lui aurait sans doute été impossible d'exprimer par des mots cette révélation soudaine.

Macedonio se plaisait à dresser oralement de courtes listes de gens de génie et dans l'une de celles-ci j'eus la surprise de voir figurer le nom d'une très aimable dame de nos relations, Quica González Acha de Tomkinson Alvear. Je le regardai bouche bée. Il ne me serait pas venu à l'idée que Quica pût figurer aux côtés de Hume ou de Schopenhauer. Mais Macedonio me dit : « Les philosophes ont eu du mal à essayer d'expliquer l'univers alors que Quica, elle, le sent tout simplement et le comprend. » Il se tourna vers elle et lui demanda : « Quica, qu'est-ce que l'Etre ? » Et Quica de répondre : « Je ne comprends pas ce que vous voulez dire, Macedonio. » « Vous voyez, me dit-il, elle comprend si bien qu'elle ne peut même pas imaginer que cela soit une énigme pour nous. » Il voyait là la preuve que Quica était une femme de génie. Quand plus tard je lui fis remarquer qu'il pourrait en dire autant d'un enfant ou d'un chat, Macedonio le prit très mal.

Avant de connaître Macedonio, j'avais toujours été un lecteur crédule. Ce que je lui dois surtout c'est d'avoir appris à lire avec scepticisme. J'ai commencé par le plagier servilement, adoptant certaines de ses tournures de style que j'en vins à regretter par la suite. Aujourd'hui, quand je pense à lui, avec le recul des ans, il m'apparaît comme un Adam égaré dans le Jardin d'Eden. Son génie ne survit que dans quelques-unes de ses pages ; son influence peut être comparée à celle qu'eut Socrate. J'ai vraiment aimé cet homme, plus que tout autre, presque jusqu'à l'idolâtrie.

Cette période de 1921 à 1930 fut pour moi une époque d'intense activité, peut-être en grande partie vaine et irréfléchie. J'écrivis et publiai pas moins de sept ouvrages — quatre volumes d'essais et trois de vers —, je fondai pas moins de trois revues et j'apportai une collaboration assez importante à près d'une douzaine d'autres périodiques parmi lesquels *La Prensa, Nosotros, Inicial, Criterio* et *Síntesis*. Cette productivité m'étonne aujourd'hui, et aussi le fait de me sentir presque complètement étranger à l'œuvre réalisée par moi durant ces années-là. Je n'ai jamais voulu laisser réimprimer trois de mes quatre recueils d'essais — dont il vaut mieux oublier les titres. Et lorsque, en 1953, mon éditeur actuel — Emecé — me proposa de publier mes « Œuvres complètes », la seule raison qui me fit accepter son offre fut l'occasion que cela me donnait de supprimer ces écrits ridicules. Ceci me rappelle la boutade de Mark Twain : si vous voulez avoir une bonne bibliothèque, commencez par en exclure l'œuvre de Jane Austen, et ainsi, même si cette bibliothèque ne comportait aucun autre livre elle serait quand même une bonne bibliothèque puisque les romans de cette femme n'y figureraient pas.

Dans la première de ces compilations téméraires il y avait un très mauvais essai sur Sir Thomas Browne, essai qui est peut-être le premier à avoir été publié à son sujet en langue espagnole. Il y avait aussi un essai qui avait pour objet la classification des métaphores, comme si les autres éléments poétiques, tels que le rythme et la musicalité, étaient choses négligeables. Un troisième essai était une longue étude sur l'inexistence de l'ego, imité de Bradley, du Bouddha, ou de Macedonio Fernández. En écrivant ces textes, je m'étais appliqué à imiter deux écrivains baroques espagnols du dix-septième siècle, Quevedo et Saavedra Fajardo qui dans leur espagnol guindé et aride se rapprochaient du style de Sir Thomas Browne dans *Urne-Buriall*. Je faisais de mon mieux pour écrire de l'espagnol sous une forme latine, et le livre s'effondra sous le seul poids de ses périphrases et de ses affirmations sentencieuses. L'erreur suivante prit figure de réaction. Je passai d'un extrême à l'autre — m'efforçant d'être aussi argentin que possible. Je me procurai le dictionnaire des argentinismes de Segovia et je truffai mon ouvrage de termes folkloriques tels que beaucoup de mes compatriotes avaient peine à les comprendre. Comme j'ai perdu ce dictionnaire je ne suis pas sûr de pouvoir moi-même comprendre encore ce livre, et je l'ai donc abandonné le considérant comme un cas désespéré. La troisième de mes tentatives littéraires à passer sous silence représente pour moi une sorte de rachat partiel. J'étais parvenu à me débarrasser du style de mon deuxième livre, je revenais peu à peu au bon sens et recouvrais la possibilité d'écrire avec une certaine logique, m'efforçant de faciliter les choses pour le lecteur plutôt que de l'éblouir par des phrases alambiquées. Une expérience de ce genre, de valeur douteuse, fut *Hombres pelearon* (Des hommes se battirent), qui fut ma première incursion dans le passé mythologique du vieux quartier nord de Buenos Aires. J'essayais là de narrer, à la manière argentine, une histoire purement argentine. Ce récit est l'un de ceux que j'ai repris sans cesse depuis, avec des variantes. C'est l'histoire d'un duel sans motif, ou sans objet — une simple épreuve de courage. J'insistai en l'écrivant sur le fait que dans notre façon de parler nous étions, nous autres Argentins, différents des Espagnols. Maintenant au contraire, je pense que nous devrions mettre l'accent sur ce que nos deux langues ont de comparable. J'écrivais encore, mais de façon plus neutre, afin que les Espagnols ne pussent me comprendre — écrivant en quelque sorte pour n'être pas compris. Les gnostiques proclamaient que la seule façon d'éviter le péché était de le commettre et d'en être ainsi débarrassé.

Dans mes livres de ces années-là, il me semble que j'ai commis la plupart des péchés capitaux littéraires, dont certains sous l'influence d'un grand écrivain, Leopoldo Lugones, que je ne peux encore m'empêcher d'admirer. Ces péchés étaient l'écriture recherchée, la couleur locale, la quête de l'inattendu et le style du dix-septième siècle. Aujourd'hui je ne me sens plus coupable de ces excès ; ces livres ont été écrits par quelqu'un d'autre. Jusqu'à ces dernières années, si le prix n'en était pas trop élevé, je rachetais ces exemplaires et je les brûlais.

Parmi les poèmes de cette époque, j'aurais peut-être dû supprimer aussi mon deuxième recueil, *Luna de enfrente* (La lune d'en face). Ce recueil fut publié en 1925. C'est un fatras de fausse couleur locale. Entre autres enfantillages, j'avais écrit mon prénom à la façon chilienne du dix-neuvième siècle, « Jorge » (une timide tentative d'orthographe phonétique) ; j'avais transformé l'orthographe espagnole de la conjonction « *y* » en « *i* » (notre grand écrivain Sarmiento avait fait de même, pour se donner l'air d'être aussi peu espagnol que possible) ; et je supprimais la lettre finale « *d* » dans des mots comme « *autoridá* » et « *ciudá* ». Dans des éditions postérieures, j'ai fait sauter les plus mauvais poèmes, j'ai élagué les excentricités et dans les réimpressions qui ont suivi, j'ai revu et atténué mes vers. Dans le troisième recueil de cette époque, *Cuaderno San Martín* (le titre n'a rien à voir avec notre héros national ; c'est seulement la marque de fabrication d'un très vieux cahier dans lequel j'avais écrit les poèmes), se trouvent quelques poèmes valables comme « *La noche que en el sur lo velaron* » (Cette nuit-là on veillait quelqu'un dans le Sud) dont Robert Fitzgerald a traduit le titre de façon remarquable par « *Deathwatch on the South-side* », et « *Muertes de Buenos Aires* ».

Il y est question des deux principaux cimetières de la ville. Un des poèmes du livre (qui n'est pas un de ceux que je préfère) est devenu, si l'on peut dire, dans son genre, un classique argentin : « Fondation mythique de Buenos Aires ». Ce livre, lui aussi, a été amélioré, ou plutôt allégé, par des coupures et des révisions successives.

En 1929, ce troisième livre obtint le second Prix municipal de littérature, d'un montant de trois mille pesos, ce qui, à l'époque, était une somme considérable. J'ai pu, entre autres choses, acheter d'occasion avec cet argent la collection complète de la onzième édition de l'*Encyclopaedia Britannica.* Cela m'assurait, d'autre part, une année de loisirs, et je décidai d'écrire un livre assez important sur un sujet purement argentin. Ma mère voulait que je parle de l'un des trois poètes argentins qui méritaient vraiment d'être célébrés — Ascasubi, Almafuerte et Lugones. Je regrette aujourd'hui de ne pas l'avoir fait. Au lieu de cela, je choisis d'écrire un livre sur un poète populaire à peu près inconnu : Evaristo Carriego. Ma mère et mon père me firent remarquer que ses poèmes n'étaient pas bons. « Mais c'est un ami, et un voisin », leur répondis-je. « Eh bien, me dirent-ils, si tu penses que cela le qualifie pour être le sujet d'un livre, à ta guise. » Carriego fut l'homme qui découvrit les ressources qu'offraient sur le plan littéraire les faubourgs délabrés et miséreux de la ville — le Palermo de ma jeunesse. Sa carrière a suivi la même évolution que le tango — gai, audacieux, impétueux tout d'abord, et devenu sentimental par la suite. En 1912, à l'âge de vingt-neuf ans, il mourut tuberculeux, ne laissant qu'un seul recueil de poèmes. Je me souviens qu'un exemplaire dédicacé à mon père était l'un des livres argentins que nous avions emportés à Genève, et c'est là que je le lus et relus. En 1909, je crois, Carriego avait dédié un poème à ma mère. En fait, il l'avait écrit dans son album d'autographes. Il y parlait de moi : « Et puisse votre fils aller de l'avant, conduit par l'aile sûre de l'inspiration, pour accomplir la vendange d'une nouvelle annonciation, dont les grappes sublimes donneront le vin de la Poésie. » Mais quand je commençai à écrire mon livre, il m'arriva la même chose qu'à Carlyle lorsqu'il écrivit son *Frédéric le Grand*. Plus j'écrivais et moins m'intéressait mon héros. J'avais commencé par faire une véritable biographie mais en chemin je fus de plus en plus attiré par le Buenos Aires d'autrefois. Les lecteurs, bien sûr, n'ont pas mis longtemps à trouver que le livre ne répondait que de très loin à son titre : *Evaristo Carriego*, ce qui fit qu'il n'eut aucun succès. Quand la seconde édition parut vingt-cinq ans plus tard, en 1955, quatrième volume de mes « Œuvres complètes », j'ajoutai au livre plusieurs chapitres nouveaux dont l'un était une « Histoire du tango ». La conséquence de ces additions fut — je le sentis bien — qu'Evaristo Carriego avait été en quelque sorte éliminé et que c'était mieux ainsi.

La revue *Prisma* (Prisme) fondée en 1921 et qui n'eut que deux numéros fut la première de celles que j'ai éditées. Notre petit groupe ultraïste souhaitait avoir sa propre revue. Mais faire vivre une vraie revue était au-dessus de nos moyens. Mon attention avait été attirée par des placards publicitaires et la pensée me vint que nous pourrions éditer une revue murale et la coller nous-mêmes sur les murs des bâtiments à différents endroits de la ville. Chaque numéro consistait en une seule grande feuille et contenait un manifeste, six à huit poèmes laconiques imprimés avec beaucoup de blanc autour et une gravure sur bois de ma sœur. Nous partions en expédition la nuit — González Lanuza,

Piñero, mon cousin et moi — armés de pots de colle et de pinceaux fournis par ma mère et nous parcourions des kilomètres en collant nos placards aux murs tout au long des rues de Santa Fé, de Callao, d'Entre Ríos et de Mexico. La plus grande partie de notre ouvrage était déchirée presque aussitôt par des lecteurs déconcertés. Mais, heureusement pour nous, Alfredo Bianchi, de la revue *Nosotros,* lut un de nos placards et nous invita à publier une anthologie ultraïste dans les pages de sa solide revue. Après *Prisma,* nous entreprîmes d'éditer une revue de six pages qui était en fait une simple feuille imprimée des deux côtés et pliée deux fois. C'était la première *Proa* (Proue), qui n'eut que trois numéros. Deux années plus tard, en 1924, parut la seconde *Proa.* Un après-midi, Brandán Caraffa, jeune poète de Córdoba, était venu me voir au *Garden Hotel* où nous habitions au retour de notre deuxième voyage en Europe. Il me dit que Ricardo Guïraldes et Pablo Rojas Paz avaient décidé de fonder une revue représentative de la nouvelle génération littéraire et que tout le monde lui avait dit que si tel était son but, il fallait absolument que j'en fasse partie. Bien sûr, j'étais flatté. Ce soir-là j'allai au *Phoenix Hotel* où habitait Guïraldes. Il m'accueillit par ces mots : « Brandán m'a dit que vous vous êtes réunis hier soir pour fonder une revue de jeunes écrivains et que vous avez tous pensé que je ne pouvais pas ne pas en faire partie. » Au même instant Rojas Paz entra et nous dit, très excité : « Je suis vraiment flatté. » Je l'interrompis et lui dis : « Hier soir nous nous sommes réunis tous les trois et nous avons décidé qu'une revue de jeunes écrivains ne pouvait pas se faire sans vous. » Grâce à cet innocent stratagème, la revue *Proa* était née. Chacun de nous donna cinquante *pesos,* ce qui permit de financer une édition de trois à cinq cents exemplaires sans fautes typographiques et sur beau papier. Mais un an et demi plus tard, après quinze numéros, par manque d'abonnements et d'annonces publicitaires, nous fûmes contraints d'abandonner cette entreprise.

Ces années furent très heureuses parce qu'elles furent riches en amitiés. J'avais fait la connaissance de Norah Lange, de Macedonio, de Piñero et je pouvais compter sur l'appui de mon père. Notre travail était soutenu par la conviction profonde que nous renouvelions la prose et la poésie. Bien entendu, comme tous les jeunes, je m'efforçais d'être aussi malheureux que possible — une sorte de mélange d'Hamlet et de Raskolnikov. Ce que nous avions fait ne valait rien mais nos amitiés survécurent.

En 1924, je m'introduisis dans deux groupes littéraires différents. L'un, dont je me souviens encore avec plaisir, était celui d'Antonio Guïraldes qui n'avait pas encore écrit *Don Segundo Sombra.* Guïraldes fut très généreux avec moi. Je lui donnai un poème très mal tourné et il sut lire entre les lignes, devinant ce que j'avais essayé de dire mais que ma maladresse littéraire m'avait empêché d'exprimer. Il parla alors de ce poème à des gens qui furent déconcertés en ne trouvant pas dans mon texte ce dont il leur avait parlé. L'autre groupe, auquel je regrette plutôt d'avoir appartenu, était celui de la revue *Martín Fierro.* Je désapprouvais ce que cette revue préconisait : l'idée française d'un renouveau permanent de la littérature — comme si Adam renaissait tous les matins — et aussi l'idée que puisque Paris avait des chapelles littéraires qui n'hésitaient pas à se livrer à la publicité et aux chamailleries, nous devrions, pour être à la page, en faire autant. Le résultat en fut qu'un simulacre d'affrontement littéraire prit naissance à Buenos

Aires — entre la rue Florida et la rue Boedo. La rue Florida représentait les beaux quartiers et la rue Boedo le prolétariat. J'eusse préféré appartenir au groupe de la rue Boedo puisque j'étais en train d'écrire sur les quartiers du nord et les taudis, la tristesse et les couchers de soleil. Mais l'un des deux conspirateurs — Ernesto Palacio, de la rue Florida, et Roberto Mariani, de la rue Boedo — m'apprit que j'étais déjà considéré comme un des partisans de la rue Florida et qu'il était trop tard pour changer de camp. Toute cette histoire n'était qu'un coup monté. Quelques écrivains appartenaient aux deux groupes — Roberto Arlt et Nicolás Olivari par exemple. Ce faux complot est aujourd'hui pris au sérieux par « de naïves universités ». C'était là d'une part de la publicité et d'autre part un canular.

Les noms de Silvina et de Victoria Ocampo, du poète Carlos Mastronardi, d'Eduardo Mallea et — non des moindres — celui d'Alejandro Xul-Solar restent liés à cette époque. Pour tout dire, Xul, qui était un mystique, un poète et un peintre était devenu notre William Blake. Je me souviens de l'avoir interrogé un après-midi particulièrement orageux sur ce qu'il avait fait pendant cette journée étouffante. Sa réponse fut : « Rien sinon que j'ai fondé douze religions après le déjeuner. » Xul était aussi un philologue et l'inventeur de deux langues. L'une était un langage philosophique à la manière de John Wilkins et l'autre une réforme de l'espagnol où il introduisait des mots anglais, allemands et grecs. Il était d'origine balte et italienne. « Xul » était sa traduction de « Schulz » et « Solar » celle de « Solari ». C'est aussi à cette époque que je fis la connaissance d'Alfonso Reyes. Il était ambassadeur du Mexique en Argentine. Il avait coutume de m'inviter à dîner tous les samedis à l'ambassade. Je considère Reyes comme le meilleur prosateur espagnol du siècle et c'est beaucoup grâce à lui que j'ai appris à être simple et direct dans mon écriture.

En résumant cette période de ma vie, je constate que je n'ai guère de sympathie pour ce jeune homme pédant et assez sentencieux que j'étais alors. Les amis de cette époque, quoi qu'il en soit, me sont restés très présents et très chers. En fait, ils sont une part de moi-même qui m'est précieuse. L'amitié est, je pense, la seule passion qui rachète l'Argentin.

MATURITÉ

Au cours d'une vie principalement consacrée aux livres, je n'ai lu que peu de romans, et, dans la plupart des cas, c'est par honnêteté seulement que je suis allé jusqu'à la dernière page. Par contre, j'ai toujours lu et relu des nouvelles. Stevenson, Kipling, James, Conrad, Poe, Chesterton, les *Contes des Mille et Une Nuits* de Lane et certaines histoires de Hawthorne ont toujours été mes lectures de prédilection. Quand je me rendis compte que de grands romans comme *Don Quichotte* ou *Huckleberry Finn* étaient en réalité mal construits, je fus confirmé dans mon goût pour les courts récits dont les éléments indispensables sont l'économie et, clairement définis, un début, un milieu et une fin. J'ai pensé toutefois pendant des années que le conte était au-dessus de mes capacités d'écrivain et c'est seulement après une longue et tâtonnante série d'essais dans l'art de raconter que je me suis mis à écrire de véritables nouvelles.

Il m'a fallu près de six ans, de 1927 à 1933, pour passer de l'esquisse guindée qu'était *Hombres pelearon* à mon premier conte véritable, *L'homme au coin du mur rose.* Un de mes amis, don Nicolás Paredes, un ancien chef politique et un habitué des tripots du quartier Nord était mort et je voulais rendre quelque chose de sa voix, faire revivre ses anecdotes et sa façon de les raconter. J'ai peiné sur chacune de mes pages, prononçant chaque phrase à haute voix et m'efforçant d'attraper son ton exact.

Nous habitions alors à Adrogué et comme je savais que ma mère désapprouverait avec force la matière du sujet, j'écrivis en secret pendant plusieurs mois. D'abord intitulée *Hombres de las orillas* (Les Hommes des faubourgs), cette histoire parut dans le supplément du samedi, dont j'étais le rédacteur, du quotidien populaire appelé *Crítica.* Mais par timidité, ou peut-être parce que je pensais que cette histoire me rabaissait quelque peu, je la signai d'un nom d'emprunt — le nom de l'un de mes ancêtres, Francisco Bustos. Bien que l'histoire ait acquis une célébrité qui me gêne (aujourd'hui encore je ne puis que la trouver théâtrale, maniérée, et ses personnages factices), je ne l'ai jamais considérée comme le point de départ de ma carrière. Elle est là dans mon œuvre, comme une chose insolite.

Le véritable début de ma carrière comme auteur de contes fut une série d'esquisses appelées *Historia universal de la infamia* (Histoire universelle de l'infamie) que je publiai dans les colonnes de *Crítica* en 1933 et 1934. Curieusement, *L'homme au coin du mur rose* était une histoire vraie, mais ces esquisses dans *Crítica* et plusieurs récits d'imagination qui y ont fait suite, et qui peu à peu m'ont conduit à écrire de vrais contes, relevaient plutôt du canular et du pseudo-essai. Dans mon *Histoire universelle de l'infamie,* je n'ai pas voulu répéter ce que Marcel Schwob avait fait dans ses *Vies imaginaires.* Il avait inventé les biographies d'hommes qui avaient existé réellement mais à propos desquels on ne savait à peu près rien. Tandis que moi je lisais la vie d'un personnage connu et je la déformais et la faussais délibérément au gré de ma fantaisie. C'est ainsi, par exemple, qu'après avoir lu *The Gangs of New York* d'Herbert Asbury, j'ai composé ma propre et libre version de Monk Eastman, le tueur juif, en contradiction flagrante avec l'autorité que je m'étais choisie. J'en ai fait de même avec Billy the Kid, avec John Murrel (que j'ai rebaptisé Lazarus Morell), avec le Prophète Voilé de Khorassan, avec le Tichborne Claimant et quelques autres. Je n'ai jamais pensé à faire un recueil de ces esquisses. Elles étaient destinées à la consommation courante des lecteurs de *Crítica* et c'est intentionnellement que je leur donnais du pittoresque. Je me dis aujourd'hui que le seul mérite qu'ont eu ces esquisses — en dehors du simple plaisir que j'avais à les écrire — a été de m'exercer à la composition narrative. Le sujet et les circonstances m'étant donnés, je n'avais qu'à broder des variations hautes en couleur.

Mon histoire suivante, l'*Approche d'Almotasim,* écrite en 1935, était à la fois un canular *et* un pseudo-essai. Elle prétendait être la critique d'un livre publié pour la première fois à Bombay trois ans auparavant. J'attribuai une imaginaire seconde édition à un véritable éditeur, Victor Gollancz, et sa préface à un écrivain réel, Dorothy L. Sayers. Mais l'auteur et le livre sont pure invention de ma part. Je donnais, dans ma critique, le sujet et les détails de quelques chapitres — empruntant à Kipling et faisant référence à Farid-ud-Din Attar, un mystique persan du douzième siècle — et je signalais ensuite minutieusement les faiblesses du livre. L'histoire parut l'année suivante dans un recueil de mes essais, *Histoire de l'Eternité,* enterrée à la fin du volume avec un article sur l' « Art de l'injure ». Les gens qui lurent l'*Approche d'Almotasim* prirent ce conte au sérieux et un de mes amis commanda même un exemplaire de l'ouvrage à Londres. Ce ne fut qu'en 1942 que je fis paraître au grand jour ce conte dans mon premier recueil de nouvelles : *Le jardin aux sentiers qui bifurquent*. Il est possible que j'aie été injuste pour cette histoire ; il me semble aujourd'hui qu'elle annonçait et même qu'elle fut le modèle de tous les contes qui pour ainsi dire m'attendaient et sur lesquels se fonda ma réputation d'auteur de nouvelles.

C'est aux environs de 1937 que j'eus ma première situation régulière à plein temps. J'avais exercé auparavant de petits emplois dans l'édition : au supplément de *Crítica* qui était une feuille divertissante avec une profusion de dessins humoristiques d'assez mauvais goût ; à *El Hogar*, une revue hebdomadaire très populaire dans laquelle je publiais tous les quinze jours deux pages de critique littéraire sur les ouvrages étrangers et leurs auteurs. J'avais aussi écrit des articles sur les actualités cinématographiques et j'avais été le rédacteur en chef d'une revue pseudo-scientifique appelée *Urbe*, qui était en réalité un organe de publicité pour la compagnie privée du métro de Buenos Aires. Toutes ces activités étaient peu payées et j'avais depuis longtemps dépassé l'âge auquel j'aurais dû commencer à participer aux dépenses du foyer familial. Et voici qu'enfin, grâce à des relations, j'étais gratifié d'un emploi très subalterne comme premier assistant dans le département de Miguel Cané à la Bibliothèque municipale d'un quartier pauvre et triste du sud-ouest de la ville. Bien qu'il y eût un deuxième et un troisième assistant sous mes ordres, il y avait aussi un directeur et un premier, un deuxième et un troisième employé supérieur au-dessus de moi. Je gagnais deux cents *pesos* par mois et plus tard mon salaire passa à deux cent quarante *pesos*. Ces sommes équivalaient *grosso modo* à soixante-dix ou quatre-vingts dollars américains. A la bibliothèque, nous avions très peu de travail. Nous étions une cinquantaine à faire la besogne qu'une quinzaine de personnes auraient pu facilement accomplir. Ma propre tâche, partagée avec quinze ou vingt de mes collègues, consistait à classer et à cataloguer le fonds de la bibliothèque qui n'avait jamais été catalogué. Ce fonds toutefois était si maigre que nous arrivions à trouver les livres sans avoir recours au classement, si bien que ce classement si laborieusement exécuté n'était jamais requis ni utilisé. Le premier jour je travaillai consciencieusement, le jour suivant quelques-uns de mes collègues me prirent à part pour me dire que je ne pouvais continuer ainsi sans leur faire du tort. « Et, m'expliquaient-ils, comme ce catalogue a été créé pour nous donner un semblant de travail, vous allez nous faire perdre notre place. » Je leur avais dit que j'avais classé quatre cents livres, alors qu'ils n'en avaient classé que cent. « Eh bien, si vous continuez ainsi, me dirent-ils, le directeur sera furieux et ne saura que faire de nous. » Pour sauvegarder la vraisemblance, ils me dirent qu'à partir de maintenant je devrais collationner quatre-vingt-trois livres un jour, quatre-vingt-dix le lendemain et cent quatre le jour suivant.

Je restai dans mon emploi à la bibliothèque environ neuf ans. Pendant ces neuf années je fus horriblement malheureux. Mes collègues à la bibliothèque ne s'intéressaient à rien d'autre qu'aux courses de chevaux, aux matches de football et aux histoires grivoises. Il arriva une fois qu'une femme, une des lectrices, fut violée en allant aux toilettes réservées aux femmes. De l'avis général, de telles choses étaient inévitables du fait que les toilettes pour hommes et les toilettes pour femmes étaient mitoyennes. Un jour, deux de mes amies — des femmes du monde fort élégantes et me voulant du bien — vinrent me voir à mon travail. Elles me téléphonèrent un jour ou deux plus tard pour me dire : « Vous trouvez peut-être drôle de travailler dans un pareil endroit, mais vous allez nous promettre de trouver un emploi à neuf cents *pesos* au moins avant la fin du mois. » Je leur promis d'agir en conséquence. Par une ironie du sort, j'étais à l'époque un écrivain assez connu — sauf à la bibliothèque. Je me souviens qu'un de mes collègues releva un jour dans une encyclopédie le nom d'un certain Jorge Luis Borges, ce qui le fit s'étonner de l'identité de nos noms et de nos dates de naissance. De temps à autre, dans ces années-là, en tant qu'employés municipaux, on nous gratifiait de paquets d'un kilo de maté à ramener chez nous. Parfois, le soir, en parcourant à pied le bon kilomètre qui me séparait de l'arrêt du tramway, mes yeux se remplissaient de larmes. Ces petits présents venant d'en haut soulignaient ce que mon existence avait de servile et de lugubre. Mettant à profit les deux heures environ que je passais chaque jour à faire des aller et retour en tramway, je me lançai dans *La Divine Comédie,* aidé jusqu'au « Purgatoire » par la traduction en prose de John Aitken Carlyle, puis gravissant tout seul le reste du chemin. Pendant la première heure, j'expédiais mon travail de bibliothécaire, puis je passais les autres cinq heures à lire et à écrire. Je me souviens d'avoir relu de cette façon les six tomes de l'*Histoire de la Décadence et de la chute de l'Empire romain* de Gibbon et de nombreux volumes de l'*Histoire de la République argentine* de Vicente Fidel López. Je lus Léon Bloy, Claudel, Groussac et Bernard Shaw.

Pendant mes congés, je traduisais Faulkner et

Virginia Woolf. Le jour arriva où je fus promu aux hauteurs vertigineuses du poste de troisième employé supérieur. Un matin, ma mère me téléphona et je demandai une permission pour rentrer chez moi. J'y arrivai juste à temps pour voir mourir mon père. Il avait eu une longue agonie et attendait la mort avec impatience.

C'est la veille de Noël 1938 — l'année même où mourut mon père — que j'eus un grave accident. Alors que je montais un escalier en courant, je sentis soudain quelque chose érafler mon cuir chevelu. Je m'étais écorché contre le battant d'une fenêtre ouverte et fraîchement repeinte. Malgré un premier pansement, la blessure s'infecta et pendant une semaine environ je passai mes nuits sans dormir, j'eus des hallucinations et une forte fièvre. Un soir, je perdis l'usage de la parole et on dut me conduire en hâte à l'hôpital pour une opération d'urgence. Une septicémie s'était déclarée, et pendant un mois je planai sans m'en douter entre la vie et la mort. Je relatai cela beaucoup plus tard dans ma nouvelle *Le Sud*. Quand j'entrai en convalescence, j'eus peur pour mon intégrité mentale. Je me souviens que ma mère désirait me lire un livre que je venais de commander : *Out of the Silent Planet* de C. S. Lewis. Mais deux ou trois soirs de suite je la priai de s'en abstenir. Finalement, je la laissai faire et, après avoir écouté une page ou deux, je fondis en larmes. Ma mère me demanda la raison de mes larmes : « Je pleure parce que je comprends », répondis-je. Un peu plus tard je me demandai si je serais encore capable d'avoir une activité d'écrivain. J'avais écrit précédemment un certain nombre de poèmes et une douzaine de brèves critiques. Je pensai que si j'essayais d'écrire une critique maintenant et que je n'y parvienne pas, c'était la preuve que je ne valais plus rien sur le plan intellectuel. Mais si j'essayais de faire quelque chose que je n'avais encore jamais fait, sans y parvenir, le désastre ne serait pas évident et pourrait même m'aider à me préparer à la révélation fatale. Je décidai d'essayer d'écrire une nouvelle. Le résultat fut : *Pierre Ménard, auteur de Don Quichotte.*

Pierre Ménard, comme précédemment l'*Approche d'Almotasim,* était encore à mi-chemin entre l'essai et le vrai conte. Et la réussite, cette fois-ci, me poussa à continuer dans cette voie. Je m'attaquai alors à quelque chose de plus ambitieux, *Tlön, Uqbar, Orbis Tertius,* qui traite de la découverte d'un nouveau monde qui finit par remplacer notre monde actuel. Ces deux contes parurent dans la revue de Victoria Ocampo *Sur* (Sud). Je me remis à écrire à la bibliothèque. Bien que mes collègues m'aient considéré comme un traître parce que je ne partageais pas leurs bruyants divertissements, je continuais à travailler pour mon compte dans le sous-sol ou, lorsque le temps s'y prêtait, sur la terrasse du toit. Mon histoire à la Kafka, *La Bibliothèque de Babel,* visait à être une version cauchemardesque et amplifiée de cette bibliothèque municipale, mais certains détails du conte n'ont aucune signification particulière. Le nombre des livres et des rayonnages que je rapporte dans l'histoire était exactement ceux que j'avais sous les yeux. Des critiques savants se sont penchés sur ces chiffres et leur ont généreusement attribué un sens mystique. *La Loterie à Babylone, La mort et la boussole, Les Ruines circulaires* ont été, eux aussi, écrits totalement ou en partie pendant que je faisais l'école buissonnière. Ces contes et d'autres allaient devenir *Le Jardin aux sentiers qui bifurquent,* livre qui a été complété et retitré *Fictions* en 1944. *Fictions* et *L'Aleph* (1949 et 1952), mon deuxième recueil de nouvelles, sont à mon avis mes deux livres les plus importants.

En 1946, un président dont je ne veux pas me rappeler le nom vint à la présidence. Un jour, peu après son accession à la présidence, je fus honoré de la nouvelle que j'avais été renvoyé de la bibliothèque pour être « promu » à l'inspection de la volaille et des lapins sur les marchés publics. Je me rendis à l'Hôtel de Ville pour savoir ce que tout cela voulait dire. « Ecoutez, dis-je, c'est un peu bizarre que parmi tant d'autres employés de la bibliothèque on m'ait choisi, moi, comme étant digne d'occuper ce nouveau poste. » « Mais, me répondit l'employé, vous étiez du côté des Alliés — à quoi pouviez-vous vous attendre ? » Il n'y avait rien à répondre à cela ; je démissionnai le jour suivant. Mes amis se joignirent à moi immédiatement et donnèrent un banquet en mon honneur. Je préparai un discours pour la circonstance mais, trop timide pour le lire moi-même, je demandai à Pedro Enríquez Ureña de le lire à ma place.

J'étais maintenant sans emploi. Quelques mois auparavant, une vieille dame anglaise avait lu mon avenir dans des feuilles de thé et m'avait prédit que j'allais bientôt voyager, donner des conférences et gagner ainsi beaucoup d'argent. Quand je racontai cela à ma mère nous en rîmes tous les deux car parler en public était très au-dessus de mes moyens. Sur ces entrefaites, un ami vint à mon secours et me fit nommer professeur de littérature anglaise à l'Association Argentine de Culture Anglaise. On me demanda au même moment de donner des cours de littérature américaine classique au Collège libre d'Etudes Supérieures. Ces deux propositions m'étaient faites trois mois avant l'ouverture des cours, et j'acceptai, rassuré par ce délai. L'échéance approchant, je me sentis de plus en plus mal en point. Ma série de conférences devait avoir pour sujets Hawthorne, Poe, Thoreau, Emerson, Melville, Whitman, Twain, Henry James et Veblen. Je rédigeai la première. Mais le temps me manqua pour écrire la deuxième. En outre, appréhendant cette première conférence comme le Jugement dernier, je pensai qu'elle ne pouvait déboucher que sur le silence éternel. La première conférence — par miracle — se passa sans incident. Deux jours avant la deuxième conférence, j'emmenai ma mère faire une longue promenade dans Adrogué en lui demandant de me chronométrer pendant que je répétais ma conférence. A son avis, me dit-elle, elle était trop longue. « Alors, lui dis-je, je suis rassuré. » J'avais peur d'avoir été trop court. C'est ainsi qu'à quarante-sept ans je voyais les perspectives d'une vie nouvelle et passionnante s'ouvrir devant moi. Je voyageai du nord au sud de l'Argentine et de l'Uruguay, donnant des conférences sur Swedenborg, Blake, les mystiques persans et chinois, le bouddhisme, la poésie du gaucho, Martin Buber, la Kabbale, les *Mille et Une Nuits*, T.E. Lawrence, la poésie médiévale germanique, les sagas islandaises, Heine, Dante, l'expressionnisme et Cervantes. J'allais de ville en ville, passant la nuit dans des hôtels que je ne reverrais jamais. De temps à autre ma mère ou un ami m'accompagnait. Non seulement j'ai fini par gagner beaucoup plus d'argent qu'à la bibliothèque, mais je pris plaisir à mon travail et j'y trouvai ma justification.

Un des principaux événements de ces années-là — et de ma vie entière — fut le début de mon amitié avec Adolfo Bioy Casares. Nous nous rencontrâmes en 1930 ou 31, alors qu'il avait environ dix-sept ans et que je venais de dépasser la trentaine. Il est de règle qu'en pareil cas l'aîné soit le maître et le plus jeune son disciple. Il en fut peut-être ainsi au début, mais quelques années plus tard, quand nous commençâmes à travailler ensemble, Bioy était vraiment et sans qu'il y paraisse le maître. Ensemble, nous nous lançâmes dans de nombreuses et diverses aventures littéraires. Nous composâmes des anthologies de poésie argentine, de contes fantastiques et de romans policiers ; nous écrivîmes des articles et des préfaces ; nous annotâmes Sir Thomas Browne et Gracián ; nous traduisîmes des nouvelles d'écrivains tels que Birbaum, Kipling, Wells et Lord Dunsany : nous fondâmes une revue, *Destiempo* (A contretemps), qui eut trois numéros. Nous écrivîmes des scénarios de films qui furent toujours refusés. S'opposant à mon goût pour le pathétique, le sentencieux et le baroque, Bioy me fit comprendre que la sérénité et la réserve convenaient mieux à l'écriture. Si je puis me permettre de m'exprimer en un mot, Bioy me conduisit pas à pas vers le classicisme. C'est au début des années 40 que nous commençâmes à écrire en collaboration — un exploit que jusqu'alors j'avais estimé impossible. J'avais inventé ce que je pensais être une bonne intrigue pour une histoire policière. Un matin où il pleuvait, Bioy me dit que nous devrions tenter cette collaboration. J'acceptai sans enthousiasme et, un peu plus tard dans la matinée, la chose arriva. Un troisième homme, Honorio Bustos Domecq, apparut et prit l'affaire en main. Il ne tarda pas à nous gouverner d'une poigne de fer et, pour notre plus grande joie d'abord puis, à notre consternation, il devint complètement différent de nous, ayant ses propres fantaisies, ses propres sous-entendus, son propre style apprêté. Domecq était le nom d'un arrière-grand-père de Bioy et Bustos celui d'un de mes arrière-grands-pères, de Córdoba. Le premier livre de Bustos Domecq fut *Six problèmes pour don Isidro Parodi*

(1942), et pendant toute la rédaction de l'ouvrage il se montra toujours docile. Max Carrados avait eu recours aux services d'un détective aveugle. Bioy et moi nous allâmes plus loin et nous enfermâmes notre détective dans une cellule de prison. Notre livre était en même temps une satire de l'Argentine. Pendant des années la double identité de Bustos Domecq ne fut jamais révélée. Quand elle le fut enfin, on pensa que puisque le nom de Bustos était une farce, ses écrits ne pouvaient guère être pris au sérieux. Notre œuvre commune qui suivit fut un autre roman policier, *Un modelo para la muerte* (Un modèle pour la mort). Ce livre était si allusif et si rempli de clins d'œil complices que nous le publiâmes seulement dans une édition hors commerce. Nous avions appelé l'auteur de ce livre B. Suárez-Lynch, le « B » désignait je crois Bioy et Borges, « Suárez » étant un autre de mes grands-parents et « Lynch » un autre grand-père de Bioy. Bustos Domecq réapparut en 1946 dans une édition, également hors commerce, de deux contes cette fois-ci, intitulés *Dos fantasías memorables* (Deux fantaisies mémorables). Après une longue éclipse, Bustos reprit la plume et, en 1967, il publia ses *Chroniques*. Ce sont des articles écrits par un critique d'avant-garde et consacrés à des artistes imaginaires, d'un modernisme extravagant — architectes, sculpteurs, peintres, cuisiniers, poètes, romanciers, grands couturiers. Mais l'auteur et ses personnages sont tous des imbéciles et il est difficile de dire qui est la dupe de qui. Le livre est dédié « A ces trois grands oubliés : Picasso, Joyce, Le Corbusier ». Le style, lui-même, est une parodie. Bustos écrit comme un journaliste littéraire, usant et abusant de néologismes, de latin de cuisine, de clichés, de métaphores incohérentes, d'illogismes, de grandiloquence.

On m'a souvent demandé comment deux auteurs peuvent collaborer. Je crois que la collaboration requiert un abandon simultané de tout ego, de toute vanité et peut-être même de la politesse courante. Les collaborateurs doivent oublier leur personnalité et ne plus penser qu'en fonction de l'ouvrage. En fait, quand quelqu'un désire savoir si telle ou telle plaisanterie, si telle épithète vient de moi ou de Bioy, je suis incapable honnêtement de le lui dire. J'ai essayé de collaborer avec d'autres amis — quelques-uns d'entre eux très proches — mais la difficulté qu'ils avaient d'une part à être d'une franchise brutale et d'autre part à ne pas se vexer a rendu la chose impossible. En ce qui concerne les *Chroniques* de Bustos Domecq, je crois qu'elles sont meilleures que tout ce que j'ai publié sous mon propre nom et presque aussi bonnes que quoi que ce soit que Bioy ait pu écrire de son côté.

En 1950, je fus élu président de la *Sociedad Argentina de Escritores* (la Société argentine des Ecrivains). La République argentine, hier comme aujourd'hui, était un pays aux réactions molles et la S.A.D.E. était l'une des rares forteresses s'opposant à la dictature. C'était tellement évident que bien des hommes de lettres distingués n'osèrent en être membres qu'après la révolution. Un curieux trait de la dictature fut que même ceux qui la soutenaient ouvertement laissaient voir qu'ils ne prenaient pas vraiment le gouvernement au sérieux, et qu'ils n'agissaient que dans leur seul intérêt personnel. Tout le monde comprenait cela et excusait cette attitude car la plupart de mes compatriotes ont une conscience intellectuelle, à défaut de conscience morale. Presque toutes les grossières plaisanteries faites au sujet de Perón et de sa femme émanaient des péronistes eux-mêmes, qui essayaient de sauver la face. La S.A.D.E. dut finalement fermer ses portes. Je me souviens de la dernière conférence que je fus autorisé à y donner. Dans l'assistance, très restreinte, il y avait un agent de police, assez mal à l'aise, qui s'efforçait de prendre quelques notes sur le soufisme persan. Pendant cette période morne et désespérante, ma mère — qui avait plus de soixante-dix ans — était en résidence surveillée. Ma sœur et l'un de mes neveux passèrent un mois en prison. J'avais moi-même un détective à mes trousses, que j'emmenai d'abord dans de longues promenades sans but avant de finir par m'en faire un ami. Il avoua que lui aussi détestait Perón, mais il devait obéir aux ordres. Ernesto Palacio m'offrit une fois de me présenter à l'Innommable mais je ne voulus pas le rencontrer. Comment pouvais-je être présenté à un homme dont je ne voulais pas serrer la main ?

La révolution si longtemps attendue éclata en septembre 1955. Après une nuit sans sommeil et vécue dans l'angoisse, presque toute la population sortit dans les rues, acclamant la révolution, au cri de Córdoba, nom de la ville où la majeure partie des combats s'étaient déroulés. Nous étions si enthousiasmés que nous fûmes quelque temps avant de nous rendre compte que la pluie nous trempait jusqu'aux os. Notre joie était telle que nous n'avions même pas envie de huer le dictateur déchu. Perón se cacha quelque part et on lui permit ensuite de quitter le pays. Personne ne sait combien d'argent il réussit à détourner et à emporter avec lui.

Deux de mes plus chères amies, Esther Zamboraïn de Torres et Victoria Ocampo, envisagèrent la possibilité de me faire nommer directeur de la Bibliothèque nationale. Je pensai que ce projet était insensé et j'espérais au mieux qu'on me donnerait la direction d'une bibliothèque dans une petite ville quelconque, de préférence au sud de la métropole. En une seule journée une pétition fut signée par la revue *Sur* (lisez Victoria Ocampo), par la S.A.D.E. ressuscitée (lisez Carlos Alberto Herro), par la *Sociedad de Cultura Inglesa* (lisez Carlos del Campillo), et par le *Colegio Libre de Estudios Superiores* (lisez Luis Raissic). Cette pétition fut déposée sur le bureau du ministre de l'Education et je fus finalement nommé à la direction par le général Eduardo Leonardi qui faisait fonction de président. Quelques jours auparavant, ma mère et moi avions été à la Bibliothèque un soir pour jeter un regard sur le bâtiment, mais un sentiment superstitieux me fit refuser d'entrer. « Pas avant d'être nommé », dis-je. Cette même semaine on m'appela à la Bibliothèque pour y entrer en fonction. Ma famille était présente, et j'adressai quelques mots aux employés, leur disant que j'étais effectivement leur directeur — leur incroyable directeur. Peu après, José Edmundo Clemente, qui s'était entremis quelques années auparavant pour persuader l'éditeur Emecé de publier mes ouvrages, fut nommé directeur adjoint de la Bibliothèque. J'étais, cela va de soi, pénétré de mon importance ; il n'en reste pas moins que nous ne fûmes pas payés pendant les trois premiers mois. Je ne pense pas que mon prédécesseur, qui était un péroniste, ait été officiellement congédié. Il ne revint simplement jamais plus à la Bibliothèque. On m'avait nommé sans prendre la peine de le déposer.

J'eus une nouvelle joie dès l'année suivante, quand on me donna une chaire de littérature anglaise et américaine à l'Université de Buenos Aires. D'autres candidats avaient envoyé des listes laborieuses de leurs traductions, de leurs articles, de leurs conférences et de leurs autres réalisations. Quant à moi, je me limitai à la déclaration suivante : « Tout à fait sans y penser, j'ai passé ma vie à me préparer pour ce poste. » Cette simple façon de poser ma candidature me donna la victoire, je fus nommé, et je passai dix ou douze années heureuses à l'Université.

Ma cécité avait progressé graduellement depuis mon enfance. C'était comme un lent crépuscule d'été. Il n'y avait rien là de particulièrement pathétique ou dramatique. Depuis 1927, j'ai subi huit opérations des yeux. Mais dès la fin des années 50, à l'époque où j'écrivais *Le Poème des Dons*, pour ce qui était de la lecture et de l'écriture, j'étais aveugle. La cécité était héréditaire dans ma famille ; la description d'une opération faite sur les yeux de mon arrière-grand-père Edward Young Haslam parut dans les pages du journal médical londonien *Lancet*. La cécité semble aussi avoir été courante chez les directeurs de la Bibliothèque nationale. Deux de mes éminents prédécesseurs, José Marmol et Paul Groussac, eurent le même destin. Dans mon poème je parle de l'ironie splendide de Dieu qui m'accordait à la fois 800 000 livres à lire et la cécité.

Une des conséquences marquantes de cette infirmité fut l'abandon graduel que je dus faire du vers libre pour m'en tenir à la métrique classique. De fait, la cécité m'amena à pratiquer de nouveau l'art du poème. Comme je ne pouvais faire de brouillons, j'étais obligé de me rabattre sur ma mémoire. Il est évidemment plus facile de se rappeler des vers que de la prose et de se rappeler la formulation des vers réguliers plutôt que celle des vers libres. Le vers régulier est pour ainsi dire transportable. On peut descendre la rue, circuler en métro, tout en composant et en polissant un sonnet, car la rime et le mètre ont des vertus mnémotechniques. Dans ces années-là, j'écrivis une douzaine de sonnets et des poèmes plus longs composés de quatrains de onze syllabes. Je croyais avoir pris exemple sur Lygones, mais quand mes vers furent écrits mes amis me dirent qu'ils étaient, malheureusement, très différents des siens. Dans les poèmes que j'ai écrits plus tard, on trouvera toujours une idée directrice. En fait, je pense même à des arguments pour mes poèmes. Il se peut que la différence principale entre Lugones et moi est qu'il prenait la littérature française comme modèle et vivait intellectuellement dans un univers français, alors que personnellement je suis attiré par la littérature anglaise. Dans ma nouvelle activité poétique je n'ai jamais cherché à élaborer une suite de poèmes comme je le faisais toujours auparavant, m'intéressant par contre, exclusivement, à chaque poème pris en lui-même. C'est ainsi que j'écrivis des poèmes sur des sujets aussi différents qu'Emerson et le vin, Snorri Sturlusson et le sablier, la mort de mon grand-père et l'exécution de Charles Ier. J'entrepris également de résumer les traits essentiels de mes héros littéraires : Poe, Swedenborg, Whitman, Heine, Camoëns, Jonathan Edwards et Cervantes. Sans oublier, bien sûr, de payer également ma dette envers les miroirs, le Minotaure et les couteaux.

J'ai toujours été attiré par la métaphore et cette tendance m'a porté à étudier les simples kennings saxonnes et celles plus élaborées de la poésie scandinave. En 1932, déjà, j'avais écrit un essai à leur sujet.

L'idée alambiquée d'employer aussi souvent que possible des métaphores au lieu du simple substantif, et le fait que ces métaphores fussent à la fois traditionnelles et arbitraires m'intriguaient et m'attiraient. J'en vins à penser plus tard que le but de ces figures de style était non seulement de plaire par un assemblage de mots brillants et appropriés mais encore de répondre à un goût pour l'allitération. En elles-mêmes, les kennings ne sont pas particulièrement spirituelles et appeler un navire « un étalon des mers » et la haute mer « la route des baleines » n'est pas un grand exploit. Les scaldes scandinaves allèrent plus loin, en appelant la mer « la route de l'étalon marin ». Ce qui fait que ce qui était à l'origine une image devenait une équation laborieuse. De fil en aiguille, mon enquête sur les kennings me conduisit à l'étude du vieil anglais et du vieux scandinave. Un autre facteur qui me poussa dans cette voie était mon ascendance familiale. Il est possible que cela ne soit qu'imagination romantique de ma part, mais le fait que les Haslam aient vécu dans la Northumbria et la Mercia — ou comme on dit maintenant le Northumberland et les Middlands — me rattache à un passé saxon et peut-être danois. (La satisfaction que j'avais à me savoir une semblable origine nordique a été réprouvée par quelques-uns de mes compatriotes les plus nationalistes, qui me qualifiaient d'Anglais, mais est-il besoin de signaler que beaucoup de choses anglaises me sont complètement étrangères : le thé, la Famille Royale, les sports « virils », le culte pour le moindre vers du désinvolte Shakespeare.)

A la fin de mes cours à l'Université, plusieurs de mes élèves vinrent me voir à la Bibliothèque. Nous venions d'en terminer avec toute la littérature anglaise de Beowulf à Bernard Shaw, ce qui nous avait occupés quatre mois, et je pensais que nous pourrions maintenant faire quelque chose de sérieux. Je proposai de commencer par le commencement : ils furent d'accord. Je savais qu'à la maison, dans un certain rayon du haut de ma bibliothèque, j'avais des exemplaires du *Anglo-Saxon Reader* de Sweet et l'*Anglo-Saxon Chronicle*. Quand mes étudiants vinrent le matin du samedi suivant, nous commençâmes à lire ces deux livres. Nous laissâmes de côté autant que possible la grammaire et nous prononçâmes les mots à l'allemande. D'emblée nous fûmes conquis par une phrase dans laquelle Rome (Romeburh) était mentionnée. Nous nous grisâmes de ces mots et nous dévalâmes la rue du Pérou en criant ces mots à tue-tête. Nous nous lancions ainsi dans une longue aventure. J'avais toujours pensé que la littérature anglaise était la plus riche du monde. La découverte soudaine, au seuil même de cette littérature, d'une chambre secrète m'apparut comme un cadeau inespéré. Personnellement je savais que cette expérience n'aurait pas de fin et que je pourrais continuer à étudier le vieil anglais le restant de mes jours. Le plaisir de l'étude, et non la vanité d'enseigner, avait été mon premier but et je n'ai pas été déçu au long de ces douze dernières années. Quant à mon intérêt pour le vieux scandinave, ce n'était qu'une démarche logique puisque ces deux langues sont étroitement liées, et que le vieux scandinave est le plus beau fleuron de toute la littérature médiévale germanique. Mes incursions dans le vieil anglais ont été pour moi une affaire entièrement personnelle, et c'est pour cela qu'on en retrouve l'écho dans nombre de mes poèmes. Un collègue académicien me prit un jour à part et me dit, inquiet : « Que peut bien signifier ce poème de vous publié sous le titre : " Avant d'entreprendre l'étude de la grammaire anglo-saxonne "? » J'essayai de lui faire comprendre que l'anglo-saxon était pour moi une expérience aussi émouvante que d'admirer un coucher de soleil ou de tomber amoureux.

Aux environs de 1954, je commençai à écrire de brefs morceaux en prose — des esquisses et des allégories. Un jour mon ami Carlos Frías, des Editions

Emecé, me dit qu'il avait besoin d'un nouveau livre pour la série de mes œuvres dites complètes. Je lui dis que je n'en avais aucun à lui donner. Mais Frías insista disant : « Tout écrivain a un livre en attente s'il se donne seulement la peine de le chercher. » En rangeant mes tiroirs à la maison un dimanche d'oisiveté, je retrouvai çà et là des poèmes inédits et des morceaux en prose dont certains dataient du temps où j'étais rédacteur à *Crítica*. Je triai ces textes hétéroclites et les mis en ordre. Ils furent publiés en 1960 et devinrent *El Hacedor* (L'Auteur et autres textes). Curieusement, ce livre que j'assemblai plutôt que je ne l'écrivis me paraît être mon ouvrage le plus personnel, et à mon avis, peut-être le meilleur. L'explication n'en est que trop simple : les pages d'*El Hacedor* sont exemptes du moindre remplissage. Chaque morceau a été écrit pour lui-même et dicté par une nécessité intérieure. Au moment où j'entrepris cet assemblage j'avais fini par comprendre que les textes écrits avec recherche sont une erreur, une erreur due à la vanité. Les bons textes, j'en suis persuadé, doivent être rédigés avec le plus de simplicité possible.

A la fin de ce livre je raconte l'histoire d'un peintre qui voulut faire un tableau de l'univers. Au bout de plusieurs années de travail il avait couvert un mur entier d'images de bateaux, de tours, de chevaux, d'armes et de personnages, pour découvrir au moment de mourir qu'il n'avait peint que sa propre figure. Il en est peut-être ainsi de tous les livres ; c'est certainement le cas de celui-ci.

DES ANNÉES BIEN REMPLIES

La célébrité, comme la cécité, m'était venue peu à peu. Je ne m'y étais jamais attendu et ne l'avais jamais recherchée. Néstor Ibarra et Roger Caillois qui au début des années 50 prirent le risque de me traduire en français furent mes premiers bienfaiteurs. Je veux croire que c'est à leur travail de pionniers que je dois d'avoir obtenu en 1961 le Prix Formentor que je partageai avec Samuel Beckett, car avant d'être publié en français j'étais à peu près complètement inconnu — non seulement à l'étranger mais même chez moi à Buenos Aires. La conséquence de ce prix fut que mes livres envahirent du jour au lendemain le monde occidental.

La même année, sur la proposition d'Edward Larocque Tinker, je fus invité comme « *Visiting Professor* » à l'Université du Texas. Ce fut là mon premier contact physique avec les Etats-Unis. A vrai dire, par mes lectures, j'y avais toujours été présent par la pensée. Et pourtant, cela me fit une étrange impression quand j'entendis à Austin des terrassiers creusant des tranchées sur le campus parler en anglais, langue que jusqu'alors je n'avais jamais pensé pouvoir être parlée par cette sorte de personnes. En fait, les Etats-Unis représentaient pour moi un mythe tel que j'étais stupéfait d'y trouver des choses aussi ordinaires que des mauvaises herbes, de la boue, des mares, des routes non asphaltées, des mouches et des chiens errants. Bien que nous eussions par moments le mal du pays, je sais maintenant que ma mère — qui m'accompagnait — et moi-même nous avons bientôt beaucoup aimé le Texas. Ma mère, qui avait toujours détesté le football, en arriva à se réjouir de *notre* victoire lorsque nos *Long horns* battirent l'équipe voisine des *Bears*. A l'université, lorsque j'avais terminé un cours que je donnais sur la littérature argentine, j'allais m'asseoir dans une autre salle de cours, cette fois comme étudiant, et j'écoutais le professeur Rudolf Willard qui enseignait la poésie saxonne. Mes journées étaient bien remplies. Je trouvais que les étudiants américains, à l'inverse de la plupart des étudiants argentins, s'intéressaient beaucoup plus aux sujets traités qu'aux diplômes. J'essayai d'intéresser mon auditoire à Ascasubi et à Lugones, mais on s'obstinait à me poser des questions sur moi et à me faire parler de mes propres ouvrages. Je voyais le plus souvent possible Ramón Martinéz López qui, comme philologue, partageait ma passion pour les étymologies et qui m'apprit beaucoup de choses. Pendant ces six mois passés aux Etats-Unis nous voyageâmes beaucoup et je donnai des conférences dans des universités d'une côte à l'autre. Je vis le New-Mexico, San Francisco, New York, la Nouvelle-Angleterre, Washington. Les Etats-Unis m'apparurent comme le pays le plus amical, le plus indulgent et le plus généreux que j'aie jamais parcouru. Nous autres Américains du Sud, nous avons tendance à être opportunistes alors qu'aux Etats-Unis on considère les choses sous un angle moral. Et c'est cela — protestant marginal que je suis — que j'admire par-dessus tout. Cela m'aide même à prendre mon parti des gratte-ciel, des sacs en papier, de la télévision, du plastique et de la prolifération impie des gadgets.

C'est en 1967 que je fis mon second séjour aux Etats-Unis, où j'occupai la chaire de poésie de Charles Eliot Norton à Harvard et fis des cours devant un public bienveillant sur ce qu'on appelle l' « Art de la versification ». Je passai sept mois à Cambridge, où je fis également un cours sur les écrivains argentins et voyageai à travers toute cette Nouvelle-Angleterre où semble avoir été inventé presque tout ce qui est américain, y compris l'Ouest. Je fis de nombreux pèlerinages aux lieux qu'avaient fréquentés Hawthorne à Salem, Emerson à Concord, Melville à New-

Bedford, Emily Dickinson à Hamhurst, et Longfellow tout près de l'endroit où je vivais. Je me suis fait des amis de plus en plus nombreux à Cambridge : Jorge Guillén, John Murchison, Juan Marichal, Raimundo Lida, Héctor Ingrao et un physicien persan du nom de Farid Hushfar qui avait élaboré une théorie du temps sphérique que je ne comprends pas entièrement mais que j'espère plagier un jour. J'ai également rencontré des écrivains tels que Robert Fitzgerald, John Updike, et le regretté Dudley Fitts. Je profitai de l'occasion pour voir de nouvelles parties du continent : l'Ohio, où je retrouvai, qui m'attendait, ma pampa natale ; Chicago qui me rappela Carl Sanburg ; le Missouri ; le Maryland ; la Virginie. A la fin de mon séjour, je me sentis fort honoré quand on récita mes poèmes à l'Y.M.H.A. Poetry Center de New York. Ces poèmes furent lus par plusieurs de mes traducteurs et il y avait de nombreux poètes dans l'assistance. Je suis redevable d'un troisième séjour aux Etats-Unis, en novembre 1969, à mes deux bienfaiteurs de l'Université d'Oklahoma, Lowell Dunham et Ivar Ivask qui m'invitèrent à y faire des conférences-débats et qui y convoquèrent un groupe de professeurs dont les commentaires enrichirent mon travail. Ivask me fit présent d'un poignard finlandais en forme de poisson — assez différent de ceux que j'avais pu voir dans le Palermo traditionnel de mon enfance.

Quand je revois par la pensée ces dix dernières années, je trouve que j'ai beaucoup vagabondé. En 1963, grâce à Neil Mac Ray du British Council de Buenos Aires, j'ai pu me rendre en Angleterre et en Ecosse. Là aussi, en compagnie de ma mère, je fis mes pèlerinages : à Londres, si fertile en souvenirs littéraires ; à Lichfield pour le docteur Johnson ; à Manchester pour de Quincey ; à Rye pour Henry James ; au pays des Lacs ; à Edimbourg. Je passai à Hanley, lieu de naissance de ma grand-mère, l'un des Cinq-Ports — le pays d'Arnold Bennett. Je mets l'Ecosse et le Yorkshire au nombre des plus beaux pays du monde. Certains paysages d'Ecosse firent revivre en moi un étrange sentiment de solitude et de désolation que j'avais déjà connu ailleurs ; il me fallut quelque temps pour rattacher cette impression aux lointaines et vastes étendues incultes de la Patagonie. Quelques années plus tard, cette fois en compagnie de María Esther Vásquez, je fis un autre voyage en Europe. En Angleterre nous demeurâmes chez le regretté Herbert Read dans sa belle maison des landes pleine de coins et de recoins. Il nous emmena à Yorkminster où il nous fit voir quelques vieilles épées danoises dans la salle du musée consacrée aux Vikings du Yorkshire. J'écrivis plus tard un sonnet sur l'une de ces épées. Et, juste avant sa mort, Sir Herbert corrigea mon titre original « A une épée de York », en proposant cette amélioration : « A une épée du Yorkminster ». Nous allâmes ensuite à Stockholm, invités par mon éditeur suédois Bonnier et par l'ambassadeur d'Argentine. Stockholm et Copenhague sont pour moi des villes absolument inoubliables, comme San Francisco, New York, Edimbourg, Saint-Jacques-de-Compostelle et Genève.

Au début de 1969 je fus invité par le gouvernement d'Israël et je passai dix jours très intéressants à Tel-Aviv et à Jérusalem. Je revins chez moi avec la conviction d'avoir été reçu dans la plus vieille et la plus jeune des nations, d'être passé d'un pays vivant et vigilant à une partie du monde à moitié endormie. Depuis mon séjour d'autrefois à Genève, j'avais toujours été intéressé par cette culture hébraïque qui fait partie intégrante de notre prétendue civilisation occidentale, et pendant la guerre israélo-arabe, il y a quelques années, je n'ai pas hésité un instant à choisir mon camp. Alors que l'issue en était encore incertaine, j'écrivis un poème sur ce combat. Une semaine plus tard j'en écrivis un autre sur la victoire. Israël était bien entendu encore sur pied de guerre lors de ma visite. C'est là, le long des rives de la Galilée, que je me rappelai ces vers de Shakespeare :

Over whose acres walk'd those blessed feet,
Which, fourteen hundred years ago, were nail'd,
For our advantage, on the bitter cross.

Aujourd'hui, en dépit de mon âge avancé, je pense encore à toutes les choses que j'aurais pu faire et que je n'ai pas faites et à toutes celles que je voudrais faire de nouveau. Je voudrais visiter l'Etat mormon de l'Utah que je découvris dans ma jeunesse en lisant *Roughing It* de Mark Twain et le premier livre de la saga de Sherlock Holmes, *A Study in Scarlet.* Un autre de mes désirs inassouvis est un pèlerinage en Islande et encore un autre serait de retourner au Texas et en Ecosse. A soixante et onze ans je suis encore en pleine activité et débordant de projets. L'année dernière, j'écrivis un nouveau recueil de poèmes : *Elogio de la Sombra* (Eloge de l'ombre) à la louange de la nuit. C'était, depuis 1960, mon premier recueil fait de pièces absolument inédites, et les premiers poèmes que j'aie écrits depuis 1929 avec l'idée d'en faire un livre. Ma principale préoccupation dans cet ouvrage, qui transparaît dans plusieurs de ses poèmes, est d'ordre moral, en dehors de toute pensée religieuse ou antireligieuse. L'obscurité de la nuit, dans le titre, représente à la fois la cécité et la mort. Pour terminer cet *Eloge* j'ai travaillé tous les matins, dictant à la Bibliothèque nationale. Au moment où je le finis, j'avais pris un rythme de travail qui me convenait si bien que je continuai sur ma lancée et me mis à écrire des contes. Ceux-ci, mes premières nouvelles depuis 1953, je les ai publiés cette année. Le recueil s'intitule *Le Rapport de Brodie*. C'est un ensemble de modestes tentatives de contes écrits avec la plus grande simplicité, et c'est un livre dont j'ai souvent parlé au cours de ces cinq dernières années. J'ai terminé récemment le scénario d'un film appelé *Los Otros* (Les autres). Son intrigue est de moi ; mais sa rédaction a été faite en collaboration avec Adolfo Bioy Casares et le jeune metteur en scène argentin Hugo Santiago. Je caresse un projet à long terme et j'y consacre actuellement mes après-midi : ces trois dernières années j'ai eu la chance d'avoir à mes côtés mon propre traducteur et, grâce à notre collaboration, dix ou douze volumes de mes œuvres paraîtront en anglais, cette langue que je ne domine pas complètement, cette langue dont je souhaite souvent qu'elle ait été ma langue maternelle.

J'ai l'intention maintenant de commencer un nouveau livre, une série d'essais personnels — non didactiques — sur Dante, l'Arioste et des sujets du Moyen Age septentrional. Je veux aussi composer un livre où j'exposerai mes opinions telles qu'elles sont, mes fantaisies, mes réflexions, et mes hérésies personnelles. Après cela, qui sait ? J'ai encore nombre d'histoires, que l'on m'a rapportées ou que j'ai inventées et que j'aimerais raconter. En ce moment, je termine une longue nouvelle intitulée *Le Congrès*. Malgré son titre kafkaïen, j'espère qu'elle se présentera sous une forme rappelant les ouvrages de Chesterton. Le cadre en est l'Argentine et l'Uruguay. Pendant vingt ans j'ai fatigué mes amis avec son intrigue élémentaire. Je me suis enfin rendu compte qu'il n'était pas nécessaire de la travailler davantage. J'ai un autre projet qui était en suspens depuis plus longtemps encore, celui de réviser et peut-être de récrire le roman de mon père *Le Caudillo,* comme il me l'avait demandé il y a des années. Nous avions été jusqu'à discuter ensemble, lui et moi, des problèmes qu'il posait. J'aime à considérer cette entreprise comme la poursuite d'un dialogue et une très réelle collaboration.

Tout le monde a eu pour moi une incroyable bienveillance. Je n'ai pas d'ennemis et si certaines personnes ont prétendu l'être, elles ont eu la beaucoup trop grande générosité de ne jamais me faire de mal. Chaque fois que je lis quelque article me critiquant, non seulement je suis d'accord avec son auteur, mais je pense que j'aurais pu faire moi-même beaucoup mieux son travail. Peut-être devrais-je conseiller à mes prétendus ennemis de m'envoyer leurs critiques avant de les publier, en leur garantissant mon aide et mon assistance. J'ai même souvent désiré secrètement écrire sous un pseudonyme un article sans pitié contre moi-même. Ah ! quelles vérités sans fards je tiens en réserve ! A mon âge on connaît ses limites et cette connaissance peut tenir lieu de bonheur. Quand j'étais jeune je voyais la littérature comme un jeu d'habiles et surprenantes variations. Maintenant que j'ai trouvé mon registre personnel, je pense que le fait de remanier et de retoucher n'améliore ni n'abîme beaucoup mes brouillons. Ceci bien sûr va à l'encontre d'une des principales tendances des lettres actuelles — la vanité de travailler trop l'écriture — qui amena un homme comme Joyce à publier des fragments ardus intitulés avec ostentation *Work in Progress.*

Je suppose que mon meilleur ouvrage est déjà écrit. Ceci me donne une certaine satisfaction tranquille et me met à l'aise. Et pourtant je n'ai pas le sentiment d'avoir exprimé tout ce que j'avais à dire. D'une certaine façon, la jeunesse me semble plus proche de moi aujourd'hui que lorsque j'étais un jeune homme. Je ne considère plus le bonheur comme inaccessible; une fois, il y a longtemps, je l'ai cru. Maintenant je sais que ce bonheur peut arriver à un moment quelconque mais qu'on ne doit jamais le rechercher. Quant à l'échec ou à la réussite, peu importe, je ne m'en suis jamais préoccupé. Mon seul but aujourd'hui c'est la paix, le plaisir de penser, l'amitié et — mais je suis peut-être là trop ambitieux — un certain besoin d'aimer et d'être aimé.

New York, 1970.

I. LIVRE DE PRÉFACES

II. ESSAI D'AUTOBIOGRAPHIE

DU MÊME AUTEUR

Aux Éditions Gallimard

FICTIONS

ENQUÊTES

L'AUTEUR ET AUTRES TEXTES

L'ALEPH

ENTRETIENS AVEC GEORGES CHARBONNIER

ŒUVRE POÉTIQUE (1925-1965)

LE RAPPORT DE BRODIE

CONVERSATIONS AVEC RICHARD BURGIN

L'OR DES TIGRES

LE LIVRE DE SABLE

LA ROSE PROFONDE. LA MONNAIE DE FER. HISTOIRE DE LA NUIT

Dans la collection Folio/Essais

CONFÉRENCES

COLLECTION FOLIO

Dernières parutions

2233.	Boileau-Narcejac	*J'ai été un fantôme.*
2234.	Dashiell Hammett	*La clé de verre.*
2235.	André Gide	*Corydon.*
2236.	Frédéric H. Fajardie	*Une charrette pleine d'étoiles.*
2237.	Ismaïl Kadaré	*Le dossier H.*
2238.	Ingmar Bergman	*Laterna magica.*
2239.	Gérard Delteil	*N'oubliez pas l'artiste !*
2240.	John Updike	*Les sorcières d'Eastwick.*
2241.	Catherine Hermary-Vieille	*Le Jardin des Henderson.*
2242.	Junichirô Tanizaki	*Un amour insensé.*
2243.	Catherine Rihoit	*Retour à Cythère.*
2244.	Michel Chaillou	*Jonathamour.*
2245.	Pierrette Fleutiaux	*Histoire de la chauve-souris.*
2246.	Jean de La Fontaine	*Fables.*
2247.	Pierrette Fleutiaux	*Histoire du tableau.*
2248.	Sylvie Germain	*Opéra muet.*
2249.	Michael Ondaatje	*La peau d'un lion.*
2250.	J.-P. Manchette	*Le petit bleu de la côte Ouest.*
2251.	Maurice Denuzière	*L'amour flou.*
2252.	Vladimir Nabokov	*Feu pâle.*
2253.	Patrick Modiano	*Vestiaire de l'enfance.*
2254.	Ghislaine Dunant	*L'impudeur.*
2255.	Christa Wolf	*Trame d'enfance.*
2256.	***	*Les Mille et une Nuits,* tome I.
2257.	***	*Les Mille et une Nuits,* tome II.
2258.	Leslie Kaplan	*Le pont de Brooklyn.*
2259.	Richard Jorif	*Le burelain.*
2260.	Thierry Vila	*La procession des pierres*
2261	Ernst Weiss	*Le témoin oculaire.*
2262.	John Le Carré	*La Maison Russie.*
2263.	Boris Schreiber	*Le lait de la nuit.*
2264.	J. M. G. Le Clézio	*Printemps et autres saisons.*
2265.	Michel del Castillo	*Mort d'un poète.*
2266.	David Goodis	*Cauchemar.*
2267.	Anatole France	*Le Crime de Sylvestre Bonnard.*
2268.	Plantu	*Les cours du caoutchouc sont trop élastiques.*

2269.	Plantu	*Ça manque de femmes !*
2270.	Plantu	*Ouverture en bémol.*
2271.	Plantu	*Pas nette, la planète !*
2272.	Plantu	*Wolfgang, tu feras informatique !*
2273.	Plantu	*Des fourmis dans les jambes.*
2274.	Félicien Marceau	*Un oiseau dans le ciel.*
2275.	Sempé	*Vaguement compétitif.*
2276.	Thomas Bernhard	*Maîtres anciens.*
2277.	Patrick Chamoiseau	*Solibo Magnifique.*
2278.	Guy de Maupassant	*Toine.*
2279.	Philippe Sollers	*Le lys d'or.*
2280.	Jean Diwo	*Le génie de la Bastille (Les Dames du Faubourg, III).*
2281.	Ray Bradbury	*La solitude est un cercueil de verre.*
2282.	Remo Forlani	*Gouttière.*
2283.	Jean-Noël Schifano	*Les rendez-vous de Fausta.*
2284.	Tommaso Landolfi	*La bière du pecheur*
2285.	Gogol	*Taras Boulba.*
2286.	Roger Grenier	*Albert Camus soleil et ombre.*
2287.	Myriam Anissimov	*La soie et les cendres*
2288.	François Weyergans	*Je suis écrivain.*
2289.	Raymond Chandler	*Charades pour écroulés.*
2290.	Michel Tournier	*Le médianoche amoureux.*
2291.	C.G. Jung	*" Ma vie " (Souvenirs, rêves et pensées).*
2292.	Anne Wiazemsky	*Mon beau navire.*
2293.	Philip Roth	*La contrevie.*
2294.	Rilke	*Les Carnets de Malte Laurids Brigge.*
2295.	Vladimir Nabokov	*La méprise.*
2296.	Vladimir Nabokov	*Autres rivages.*
2297.	Bertrand Poirot-Delpech	*Le golfe de Gascogne.*
2298	Cami	*Drames de la vie courante.*
2299.	Georges Darien	*Gottlieb Krumm (Made in England).*
2300.	William Faulkner	*Treize histoires.*
2301.	Pascal Quignard	*Les escaliers de Chambord.*

2302. Nathalie Sarraute — *Tu ne t'aimes pas.*
2303. Pietro Citati — *Kafka.*
2304. Jean d'Ormesson — *Garçon, de quoi écrire.*
2305. Michel Déon — *Louis XIV par lui-même.*
2306. James Hadley Chase — *Le fin mot de l'histoire.*
2307. Zoé Oldenbourg — *Le procès du rêve.*
2308. Plaute — *Théâtre complet, I.*
2309. Plaute — *Théâtre complet, II.*
2310. Mehdi Charef — *Le harki de Meriem.*
2311. Naguib Mahfouz — *Dérives sur le Nil.*
2312. Nijinsky — *Journal.*
2313. Jorge Amado — *Les terres du bout du monde.*
2314. Jorge Amado — *Suor.*
2315. Hector Bianciotti — *Seules les larmes seront comptées.*
2316. Sylvie Germain — *Jours de colère.*
2317. Pierre Magnan — *L'amant du poivre d'ane.*
2318. Jim Thompson — *Un chouette petit lot.*
2319. Pierre Bourgeade — *L'empire des livres.*
2320. Émile Zola — *La Faute de l'abbé Mouret.*
2321. Serge Gainsbourg — *Mon propre rôle, 1.*
2322. Serge Gainsbourg — *Mon propre rôle, 2.*
2323. Thomas Bernhard — *Le neveu de Wittgenstein.*
2324. Daniel Boulanger — *Mes coquins.*
2325. Albert Camus — *La mort heureuse.*
2326. Didier Daeninckx — *Le facteur fatal.*
2327. Jean Delay — *Avant Mémoire I.*
2328. Romain Gary — *Adieu Gary Cooper.*
2329. Alfred de Vigny — *Servitude et grandeur militaires.*
2330. Patrick Modiano — *Voyage de noces.*
2331. Pierre Moinot — *Armes et bagages.*
2332. J.-B. Pontalis — *Loin.*
2333. John Steinbeck — *La coupe d'or.*
2334. Gisèle Halimi — *La cause des femmes.*
2335. Khalil Gibran — *Le Prophète.*
2336. Boileau-Narcejac — *Le bonsaï.*
2337. Frédéric H. Fajardie — *Un homme en harmonie.*
2338. Michel Mohrt — *Le télésiège.*

2339.	Vladimir Nabokov	*Pnine.*
2340.	Vladimir Nabokov	*Le don.*
2341.	Carlos Onetti	*Les bas-fonds du rêve.*
2342.	Daniel Pennac	*La petite marchande de prose.*
2343.	Guy Rachet	*Le soleil de la Perse.*
2344.	George Steiner	*Anno Domini.*
2345.	Mario Vargas Llosa	*L'homme qui parle.*
2347.	Voltaire	*Zadig et autres contes.*
2348.	Régis Debray	*Les masques.*
2349.	Diane Johnson	*Dashiell Hammett : une vie.*
2350.	Yachar Kemal	*Tourterelle, ma tourterelle.*
2351.	Julia Kristeva	*Les Samouraïs.*
2352.	Pierre Magnan	*Le mystère de Séraphin Monge.*
2353.	Mouloud Mammeri	*La colline oubliée.*
2354.	Francis Ryck	*Mourir avec moi.*
2355.	John Saul	*L'ennemi du bien.*
2356.	Jean-Loup Trassard	*Campagnes de Russie.*
2357.	Francis Walder	*Saint-Germain ou la négociation.*
2358.	Voltaire	*Candide et autres contes.*
2359.	Robert Mallet	*Région inhabitée.*
2360.	Oscar Wilde	*Le Portrait de Dorian Gray.*
2361.	René Frégni	*Les chemins noirs.*
2362.	Patrick Besson	*Les petits maux d'amour.*
2363.	Henri Bosco	*Antonin.*
2364.	Paule Constant	*White spirit.*
2365.	Pierre Gamarra	*Cantilène occitane.*
2367.	Tony Hillerman	*Le peuple de l'ombre.*
2368.	Yukio Mishima	*Le temple de l'aube.*
2369.	François Salvaing	*De purs désastres.*
2370.	Sempé	*Par avion.*
2371.	Jim Thompson	*Éliminatoires.*
2372.	John Updike	*Rabbit rattrapé.*
2373.	Michel Déon	*Un souvenir.*
2374.	Jean Diwo	*Les violons du roi.*
2375.	David Goodis	*Tirez sur le pianiste !*
2376.	Alexandre Jardin	*Fanfan.*
2377	Joseph Kessel	*Les captifs.*

2378. Gabriel Matzneff — *Mes amours décomposés (Journal 1983-1984).*
2379. Pa Kin — *La pagode de la longévité.*
2380. Robert Walser — *Les enfants Tanner.*
2381. Maurice Zolotow — *Marilyn Monroe.*
2382. Adolfo Bioy Casares — *Dormir au soleil.*
2383. Jeanne Bourin — *Les Pérégrines.*
2384. Jean-Denis Bredin — *Un enfant sage.*
2385. Jerome Charyn — *Kermesse à Manhattan.*
2386. Jean-François Deniau — *La mer est ronde.*
2387. Ernest Hemingway — *L'été dangereux (Chroniques).*
2388. Claude Roy — *La fleur du temps (1983-1987).*
2389. Philippe Labro — *Le petit garçon.*
2390. Iris Murdoch — *La mer, la mer.*
2391. Jacques Brenner — *Daniel ou la double rupture.*
2392. T.E. Lawrence — *Les sept piliers de la sagesse.*
2393. Pierre Loti — *Le Roman d'un spahi.*
2394. Pierre Louÿs — *Aphrodite.*
2395. Karen Blixen — *Lettres d'Afrique, 1914-1931.*
2396. Daniel Boulanger — *Jules Bouc.*
2397. Didier Decoin — *Meurtre à l'anglaise.*
2398. Florence Delay — *Etxemendi.*
2399. Richard Jorif — *Les persistants lilas.*
2400. Naguib Mahfouz — *La chanson des gueux.*
2401. Norman Mailer — *Morceaux de bravoure.*
2402. Marie Nimier — *Anatomie d'un chœur.*
2403. Reiser/Coluche — *Y'en aura pour tout le monde.*
2404. Ovide — *Les Métamorphoses.*
2405. Mario Vargas Llosa — *Éloge de la marâtre.*
2406. Zoé Oldenbourg — *Déguisements.*
2407. Joseph Conrad — *Nostromo.*
2408. Guy de Maupassant — *Sur l'eau.*
2409. Ingmar Bergman — *Scènes de la vie conjugale.*
2410. Italo Calvino — *Leçons américaines (Aide-mémoire pour le prochain millénaire).*
2411 Maryse Condé — *Traversée de la Mangrove.*
2412. Réjean Ducharme — *Dévadé.*
2413. Pierrette Fleutiaux — *Nous sommes éternels.*

2414.	Auguste le Breton	*Du rififi chez les hommes.*
2415.	Herbert Lottman	*Colette.*
2416.	Louis Oury	*Rouget le braconnier.*
2417.	Angelo Rinaldi	*La confession dans les collines.*
2418.	Marguerite Duras	*L'amour.*
2419.	Jean-Jacques Rousseau	*La Nouvelle Héloïse, I.*
2420.	Jean-Jacques Rousseau	*La Nouvelle Héloïse, II.*
2421.	Claude Brami	*Parfums des étés perdus.*
2422.	Marie Didier	*Contre-visite.*
2423.	Louis Guilloux	*Salido* suivi de *O.K., Joe!*
2424.	Hervé Jaouen	*Hôpital souterrain.*
2425.	Lanza del Vasto	*Judas.*
2426.	Yukio Mishima	*L'ange en décomposition.*
2427.	Vladimir Nabokov	*Regarde, regarde les arlequins!*
2428.	Jean-Noël Pancrazi	*Les quartiers d'hiver.*
2429.	François Sureau	*L'infortune.*
2430.	Daniel Boulanger	*Un arbre dans Babylone.*
2431.	Anatole France	*Le Lys rouge.*
2432.	James Joyce	*Portrait de l'artiste en jeune homme.*
2433.	Stendhal	*Vie de Rossini.*
2434.	Albert Cohen	*Carnets 1978.*
2435.	Julio Cortazar	*Cronopes et fameux.*
2436.	Jean d'Ormesson	*Histoire du juif errant.*
2437.	Philippe Djian	*Lent dehors.*
2438.	Peter Handke	*Le colporteur.*

Impression Bussière à Saint-Amand (Cher),
le 30 décembre 1992.
Dépôt légal : décembre 1992.
1er dépôt légal dans la collection : janvier 1987.
Numéro d'imprimeur : 3623.
ISBN 2-07-037794-6./Imprimé en France.

63831